Claudia

© Editions Cleopas, 2007

Jacques Marchal

Au-delà des murmures...

Livre I Invitation au bonheur

CLEOPAS

ISBN 2-9522459-8-3
N° d'édition : 860
Dépot légal : août 2007
Imprimé en CE

*Je dédie ce livre à
Edouard et Renée qui me firent
un des plus beaux cadeaux de la vie,
celui d'avoir été mon Père et ma Mère.*

*Ce voyage m'a appris tellement de choses.
Il en est une que je désire partager avec vous.
Ce livre est une proposition, une simple proposition…*

Mots de Laurent Voulzy

D'île en Île, le voyage intérieur de Jacques Marchal est un chemin vers ce bonheur que l'on cherche tous.

Laurent Voulzy

Préface de Philippe Loron

Je remercie vivement Jacques Marchal de m'avoir demandé d'introduire son ouvrage « *Au-delà des murmures… Livre 1 Invitation au bonheur* ». En effet, devant tant de détresses dans le monde, tant de souffrances accumulées au cours de l'histoire de tout être humain, plus ou moins bien assumées, tant de désespérance parfois, il est essentiel de nous montrer que l'espoir existe.

Invitation au bonheur. Est-ce un rêve trop beau pour être vrai, une illusion de plus ?

Il me paraît fondamental de souligner que l'ouvrage de Jacques Marchal laisse entrevoir son vaste intérêt pour les sciences humaines de la psychologie pratique. Il rejoint le style du récit de rêves, du conte ou de la parabole, dont on sait qu'ils sont porteurs de messages ou de significations cachées. En effet, l'analyse des rêves à l'aide de la libre association d'idées fut repérée par les fondateurs de la psychanalyse comme étant la voie royale de l'étude de l'inconscient d'où émergent les désirs et les aspirations profondes. Quant aux contes, fables et mythes, ils ont, au-delà de leurs fantaisies apparentes, des vertus de gestion des émotions et d'apprentissage à la vie pratique, aussi bien pour les enfants que pour les adultes. En témoignent leurs succès à travers les époques.

Rappelons qu'un large champ thérapeutique s'est ouvert dès la seconde moitié du XXe siècle avec des psychothérapies dites brèves. On en tire la leçon que la dynamique du changement utile chez les patients qui souffrent moralement ne nécessite plus de longues et fastidieuses séances. Certains psychiatres, tel l'éminent Américain Milton Erickson (1901-1981), recourent en psychothérapie à des métaphores qui sont ici comme des contes adaptés à chaque personne, ou encore à des histoires réelles, afin de redonner espoir par l'exemple et stimuler rapidement et efficacement les couches inconscientes pour une plus grande motivation. En effet, loin de restreindre l'inconscient à l'idée d'une accumulation de refoulements au cours de la vie d'un sujet donné, ces psychiatres et psychologues de la nouvelle génération découvrent un monde inconscient plein de ressources positives, tel un grand magasin bien achalandé et toujours réapprovisionné.

Je perçois, dans cette perspective, que le mérite de Jacques Marchal est d'apporter, tout au long de son récit souvent métaphorique, sinon un certain soulagement à des détresses, du moins une note d'espoir à travers les épreuves de la vie, quels que soient nos bagages plus ou moins lourds de peines, de frustrations, voire d'amertumes.

En outre, l'art de la métaphore est connu depuis la plus haute Antiquité comme un moyen de communication propre à stimuler la mémoire et l'apprentissage. Nous retenons mieux les leçons à tirer lorsque nous n'avons pas la sensation que des ordres nous sont imposés. Milton Erickson utilisait largement les métaphores comme ayant un rôle autopédagogique. Méta (au-delà), phorein (se transporter) : c'est se transporter au-delà des apparences et donc tourner un regard plein d'espoir vers de nouveaux horizons. L'autopédagogie consiste à apprendre sur soi-même non pas avec égoïsme mais comme étant une nécessité vitale. Le sujet apprend à se connaître en plénitude, dans sa vérité essentielle en tant qu'être en devenir.

Lorsque la conscience peut ainsi s'évader, le sujet accueille davantage ses propres ressources qui surgissent tel un nouveau germe pour donner naissance à une plante grandissante sortie de terre. Le passé, l'avenir, le présent se rejoignent et se complètent en une harmonie insoupçonnée. L'espace intérieur s'élargit, des états d'âmes plus sereins et confiants s'installent, de nouvelles habitudes constructives s'établissent. Un changement bénéfique et subtil révèle la véritable personnalité de l'être à travers ses aspirations réelles.

En ce siècle stressé, cette approche devient équilibrante. Elle conduit à un mieux-être, ce qui est de première importance. Tel un rêve éveillé, riche de ses images et analogies voire symboles, elle induit chez la personne qui l'écoute – ou bien le lit, comme ici l'ouvrage de Jacques Marchal – un état de réceptivité où chacun y est acteur et spectateur. En étant acteur, notre responsabilité est engagée, en étant spectateur, on acquiert le recul nécessaire.

J'estime que la réussite de ce livre tient à ce que Jacques Marchal, qui n'est pas un psychothérapeute de profession mais un écrivain poète, nous dépeint un cheminement qui peut interpeller les profondeurs de l'âme. Nous sommes bien dans un domaine autopédagogique, en ce sens que l'on peut apprendre non seulement à partir d'informations extérieures mais surtout en nous-mêmes et par nous-mêmes dans une expérience intérieure qui touche. Les analogies, les symboles, les messages "mystérieux" et profonds de cet ouvrage sont autant de moyens d'expression qui nous y invitent. Au cours de ce livre, le parcours initiatique, les découvertes successives, les réflexions et interrogations sur différents états d'âme et traumatismes du passé, les intuitions et les décisions que l'auteur décrit tour à tour représentent à mon sens un accompagnement digne d'Erickson. Il en résultera probablement pour chacun des prises de conscience intéressantes voire bénéfiques.

Il apparaît essentiel d'oublier, le temps d'un instant, nos opinions politiques, nos références culturelles et surtout nos préjugés. Ceci nous permet d'être accueillant à la nouveauté : ici en l'occurrence à ces écrits où s'expriment souvent la compassion et la recherche de l'Amour altruiste. Même si, parfois, je n'ai pu adhérer à certaines conceptions de l'auteur, notamment la réincarnation, il est évident que la plume de l'écrivain est un hommage à la vie et se veut d'apporter l'espoir. J'ai alors interprété cette référence orientale comme une image dynamique de changement possible au cours de l'existence. La métaphore ou l'allégorie, en psychothérapie éricksonnienne, propose, mais n'impose pas, et l'inconscient de chacun se sert de ce qui lui convient en ignorant le reste. Ce qui laisse, à chacun, la liberté de suivre son propre chemin tout au long du livre.

Invitation au bonheur. Est-ce un rêve, une illusion ?

Je me permets de souligner un côté universel à cette œuvre qui permet à chacun, quelles que soient ses croyances, de trouver une résonance. Les nombreuses références à l'Extrême Orient nous transportent certes dans un beau voyage lointain qui dépayse, mais la portée du message va bien plus loin encore.

A travers cette œuvre, Jacques Marchal nous accompagne comme un ami proche tout au long des sept étapes successives – tel un cycle parfaitement abouti – qui sont autant de mises au point sur notre propre existence. Il n'hésite pas à partager des moments intimes de sa vie qui le remettent en question. L'émotion qui se dégage par moments de ces pages incite à une écoute profonde de notre propre nature dans ses aspects nobles et élevés voire mystiques. Son parcours, qui fait alterner les références biographiques avec les récits symboliques imaginaires, l'amène en fin de compte à retrouver la fraîcheur d'une âme d'enfant, par une certaine transcendance ou sublimation, et à nous transmettre un message porteur plein de compassion.

C'est ainsi que la lecture, souvent touchante, suscite confiance et espoir. Nous sommes alors encouragés à poser un autre regard sur la vie. Ce nouveau regard n'est ni un rêve vide de sens ni une illusion. Il permet de nous réapproprier nos richesses intérieures, ainsi qu'à les partager dans, par et pour l'Amour.

L'Invitation au bonheur devient une possible réalité à la portée de tous.

Philippe Loron
Neurologue
Psychothérapeute éricksonnien
Ecrivain - Conférencier

Avant mots de l'auteur

Comme la vie... Depuis quelques jours, ces mots résonnent en moi. Je ne sais pas ce qu'ils veulent me souffler. Je les accueille comme des amis inattendus mais de bonne fortune. Depuis quelque temps, la vie semble m'apprendre les subtilités de l'accueil. Celui qui ne cherche pas, ne désire pas, ne veut pas. L'autre, celui à qui l'on sourit à son arrivée, à son passage.

Comme la vie... En cet après-midi d'automne, je suis heureux. Je me promène dans la campagne aux couleurs de sommeil. La nature semble tirer sa révérence pour les mois à venir. Elle invite la blancheur à prendre possession des lieux. Je vais vers le lac avec, pour compagnon du moment, le manuscrit de mon premier livre *« Au-delà des murmures... Livre 1 Invitation au bonheur »*. Qu'il est doux de sentir contre sa chair cet « être » qui vient de naître. Je me dirige vers l'eau pour trouver la quiétude. Mes pas sont légers, ils effleurent les tombées de saison. Un ponton m'interpelle, je ne peux résister à sa demande. Je m'assois sur le banc en bois et erre mon regard dans cette immensité de plénitude.

Comme la vie... Je souris à ces mots qui carillonnent mes espaces. Ils doivent certainement être la réponse que je viens quérir mais je n'en comprends pas encore le sens. En effet, je dois prendre une décision. Avant de confier ces pages aux éditeurs, je veux savoir si je suis en accord avec mes mots. Dois-je métamorphoser quelques pages ou dois-je laisser vibrer l'encre aux rythmes existants ? Je sais qu'il est inconcevable d'écorcher un livre en fonction des avis des uns et des autres. Est-ce qu'on demande à un peintre de changer sa tulipe en rose ? A un sculpteur d'habiller son nu en habit de convenance ? A un musicien son fa en sol ? Certes pas. Je n'amputerai pas un mot pour les « bons plaisirs » d'autrui mais le ferai avec complaisance si mon cœur le suggère.

Comme la vie... Je souris toujours à ces mots chuchoteurs et me laisse voguer aux douceurs du spectacle environnant. Des frémissements hérissent les eaux aux caresses du vent. Le silence s'impose, les sons ne sont que vies. Un impalpable battement d'ailes annonce l'oiseau messager. Il se pose près de moi sur une branche qui n'a peut-être pris naissance que pour lui. A son toucher, une feuille se détache et s'envole, il faut si peu de choses. Au gré du vent, elle virevolte, tourbillonne, s'éloigne, se rapproche, descend, monte, vient à ma rencontre pour un dernier salut et s'en va vers le lointain. J'accompagne sa route du regard en oubliant tout. En cet instant, je suis cette feuille. Je me laisse porter par sa destinée. Au bout d'un temps caché, lorsqu'elle s'en est allée au-delà du minuscule pour franchir l'invisible, les mots prennent leur sens.

Comme la vie... Dans le monde d'avant, je voulais prendre le contrôle et je me suis brûlé les ailes. Comme cette feuille qui est arrivée à sa destinée au gré des vents et des eaux, la vie nous emmène où elle veut, comme elle veut. Aujourd'hui, je suis ici et demain je veux être ici, mais y serai-je ? Si je m'arrête un instant, je peux constater que la vie me transporte toujours à la croisée des chemins. Là, j'ai le choix, la voix des peurs ou celle du cœur.

Au bord de ce lac, je laisse parler mon cœur et écoute une petite voix intérieure qui me murmure.

Comme la vie... Ce livre est né un beau soir d'automne. Alors, qu'il vive, tout simplement, sa destinée au gré des rencontres. Maintenant, je sais que je respecterai la plume d'hier en n'ajoutant qu'un sourire, il faut si peu de choses.

Comme la vie... Vous ne savez pas trop où vous allez en tournant la page. Si vous voulez bien, laissez-vous porter. Tournez la page, il faut si peu de choses…

Les pavés de la ville

La nuit aux enfers

L'homme déambule en traînant les pieds sur les pavés mouillés de la ville. Il va où son esprit l'emmène. Il ne va nulle part.

Perdu dans la foule, personne ne le voit. Il est transparent. Vide, sans espoir, il pleure sa vie au rythme d'un blues lancinant de Melvin Taylor. Les notes susurrées sur les cordes d'une guitare hurlent son désespoir. Le visage vers le sol, sa tête se plie aux souffrances de sa vie.

Comment pourrait-il en être autrement ? Dans un brouillard lourd et confus, un raz de marée envahit tout son être, des vagues gigantesques viennent ronger ses entrailles. Il pleure sa vie, il n'existe plus, il n'a plus rien, même plus l'espoir. Seul au monde, il traîne ses pieds sur les pavés mouillés au rythme d'un solo de Melvin Taylor.

Ce soir, il n'a même plus d'angoisse, il est brisé. Hier, il aurait pu être heureux de passer un moment sans ces foutues angoisses qui lui bouffent la vie, mais aujourd'hui il ne voit même plus ce répit. Il ne ressent plus rien sinon un vide total où il n'y a plus de place pour une étincelle de lumière. Les vagues le rongent toujours quand il bute sur une petite fille. La colère l'envahit, il la repousse en lui adressant un regard de haine. La fillette recule. Quand l'homme reprend son chemin de nulle part, elle poursuit son jeu.

L'homme, la tête vers les pavés mouillés de la ville, entre dans un bar aux néons rouges. La fumée embrume la salle, il distingue à peine quelques silhouettes derrière ce brouillard. Le brouhaha de bavardages insipides et la voix de Melvin Taylor viennent donner un semblant de vie.

Il s'assoit devant une table au fond de la salle, commande un whisky, pose les coudes près d'un cendrier et prend son visage dans ses mains. Ses cris brûlent toutes les profondeurs de son être. Rien, plus rien ne pourrait lui donner espoir, rien plus rien. À 5 heures du matin, il hurle sa détresse : « Je ne suis rien, rien, rien... ».

Il se lève, traverse la salle obscure, ouvre la porte, et traîne ses pieds sur les pavés mouillés de la ville aux rythmes lancinant de Melvin Taylor, pour n'aller nulle part.

La nuit aux sourires

L'homme épouse les pavés de la ville. Guidé par un sourire enchanteur, il va vers le hasard des lieux. Comme un enfant, il regarde autour de lui les gens qui courent vers leur destin, les lumières scintillantes de mille vies et les gouttes sautillant sur l'asphalte. Il vole au-dessus des pavés au rythme d'un blues entraînant de Chris Rea. La musique de ses espérances le pousse allègrement vers le pas suivant.

Il est heureux. Des visages se retournent sur son passage, étonnés mais aussi envieux quelque part. Presque tous gardent ce doux sourire au fond d'eux un moment. L'inconnu distribue, à qui le veut, un petit rayon de soleil au gré des rencontres.

Baigné dans ses pensées, il effleure une petite fille. Il pose, en douceur, sa paume sur le haut du petit visage. Il lui sourit, s'écarte un peu et tend la main dans l'air pour l'inviter à poursuivre sa route. La petite fille s'en amuse et sautille de marque en marque sur le sol pour terminer sa marelle. Quand elle arrive au bout du chemin, elle se retourne en virevoltant et tend la main vers le premier trait en courbant son corps gracile dans une révérence de princesse. L'homme en souriant s'y pose et part conquérir le jeu. Un pied, puis l'autre, les deux, il avance, bondit, heureux de vivre et de sauter sur les pavés mouillés de la ville. Il gagne et prend la fillette dans ses bras. Il tourne, tourne sur lui-même. Les passants, sans comprendre, regardent ce ballet de bonheur rythmé aux rires des deux enfants. Le temps semble se suspendre. L'homme repose la petite fille, caresse son visage enjoué et reprend sa route.

Ses pas dansent sur l'asphalte, il gambade en regardant les lumières de la ville. Un néon rouge semble se détacher des autres. Sans hésiter, il pousse la porte et entre. Des faisceaux irisés venus du plafond enveloppent la salle. Des hommes et des femmes parlent, rient, boivent dans cette pépinière au rythme enjôleur de Chris Rea. Il se dirige vers une table au milieu de ce monde, tout en souriant aux fugitives rencontres. Il s'assoit, commande un whisky, recule sa chaise, tend ses jambes, pose sa tête sur le haut de la chaise et ferme les yeux. Un harmonica entame une danse de notes et s'accouple avec les cordes d'une guitare rockeuse. Une batterie endiablée vient les rejoindre, et comme un Merlin venu d'une forêt celtique, une voix rocailleuse enflamme les espaces et distille dans toutes les chairs son breuvage. L'homme s'envole vers un autre lieu, un autre monde, il laisse le temps le porter au gré des fantaisies du moment. Son visage s'illumine d'un sourire venu d'ailleurs. Un sourire pur, transportant toutes les merveilles de l'univers. L'homme se love dans cette plénitude, s'y baigne en toute confiance et vogue ainsi jusqu'à 5 heures du matin.

Il se lève, se dirige vers la porte en souriant aux furtives rencontres et danse ses pas sur les pavés mouillés de la ville. Il avance au rythme enjôleur d'un rock de Chris Rea. Il va vers le bonheur.

Le pourquoi des anges

Une nuit pose son manteau bleuté sur une ville quelque part. Deux hommes marchent sur les pavés mouillés, l'un dans la souffrance, l'autre dans le bonheur.

Pourquoi tant de différences ? Pourquoi la vie semble-t-elle s'acharner sur l'un et pas sur l'autre ?

Pourquoi ? Voilà une question qui obsède bien des nuits, mais est-il si important de savoir pourquoi ? Derrière ce mot se cache beaucoup de peurs. Il est tellement plus rassurant de trouver une soi-disant explication.

Si nous n'avions aucune peur, jamais on ne se demanderait pourquoi. Nous pourrions, alors, comprendre le sens de la situation, de la difficulté ou de l'épreuve que nous traversons. Seule la compréhension de ce sens est importante, car elle ouvre les portes de la libération, du bonheur.

Il y a tant de pourquoi que les réponses en deviennent infinies. Il faudrait de l'aide pour trouver une issue. Alors, au gré de mes fantaisies, j'imagine qu'un ange vient frapper à ma porte et me chuchote :

- Bonjour Ami, je viens te voir pour t'annoncer une grande nouvelle. Nous avons décidé entre nous, les anges, que...

Il s'interrompt et précise avec un petit rictus embarrassé :

- Avec l'accord de Dieu, bien sûr...

Il pousse un soupir libérateur et reprend :

- Nous avons décidé, avec l'accord de Dieu, que tu aurais la réponse divine à une question. Une seule question qui obligatoirement concerne un Pourquoi. C'est un privilège que nous t'offrons.

Dans ce rêve éveillé, j'ai une question à poser sur un Pourquoi et j'aurai la réponse divine, quelle chance. Mais attention ce n'est pas si simple car, une fois posée, je pourrais en trouver une autre et me rendre compte que je n'ai pas posé la bonne. En fait c'est une responsabilité énorme, je dois trouver le seul et unique Pourquoi.

Après réflexion, je trouve le Pourquoi que je vais poser à cet ange. Je l'ai trouvé en un moment magique où l'imaginaire et la réalité étaient à la croisée des chemins.

Je souris à mon ange et lui murmure :

- Une nuit pose son manteau bleuté sur une ville quelque part. Deux hommes marchent sur les pavés mouillés, l'un dans la souffrance, l'autre dans le bonheur. Pourquoi la vie semble-t-elle s'acharner sur l'un et pas sur l'autre ?

Amusé, il me susurre la réponse en langue séraphine. Je vais vous en traduire l'essentiel.

La réponse est simple. L'homme dans la souffrance s'appelle Jacques et l'homme dans le bonheur s'appelle aussi Jacques. Mais est-ce un hasard ?

Certainement pas, vous êtes dans l'histoire depuis le premier mot. L'homme plongeant dans la nuit aux enfers et l'homme heureux dans la nuit aux sourires sont la même personne, votre humble serviteur.

Un monde les sépare.

Pour danser ses pieds sur les pavés mouillés de la ville aux accents de sourires, il faut retourner dans la nuit aux enfers, monter à bord d'un bateau et partir pour une longue croisière vers l'île aux bonheurs.

L'envol de la plume

L'envol de la plume

Depuis l'origine de l'humanité, la transmission nous apporte la connaissance et nous donne les moyens de vivre et de progresser. Un vieil homme, accroupi devant un feu, transmet le savoir des anciens à un enfant qui le prend comme une offrande. L'homme de sagesse offre le fruit de son expérience et celles de ses ancêtres. Il n'est qu'un maillon de la chaîne et ce jeune en sera un autre. Tout ce qui entoure ces deux êtres, maintenant, est le résultat de pensées et d'actes de bien d'autres avant eux. Dans les siècles à venir, les alentours et les modes de vie seront différents mais tout ce qui sera, au moment où un vieil homme transmettra à un enfant, dépendra des transmissions du passé. De générations en générations, nous grandissons du savoir des anciens.

Par un après-midi chatoyant, nos pas nous entraînent vers une immensité au loin. Plus nous nous rapprochons, plus les détails s'ouvrent à nos yeux. Tout est beauté, des milliers d'arbres s'offrent à nous, les couleurs éblouissent notre vision. Tout est vie, la nature est reine, nous sommes témoins des merveilles de l'univers. Chaque élément crée l'ensemble. Un arbre, une feuille, une brindille, une fleur fait partie du Tout. La merveille est l'association subtile de chaque partie. Des siècles de naissances et de morts ont permis ce miracle. Si nous partons, loin dans le passé, nous trouverons une graine qui, transportée par le vent, est venue épouser le sol. Puis elle s'est enfoncée de quelques centimètres dans la terre par la magie d'un animal en quête de nourriture. La pluie a ensuite fait son œuvre au fil du temps, et aujourd'hui cet arbre nous éblouit par son gigantisme et sa majesté. Certes, il est beau, mais nous ne réalisons pas qu'au cours de sa croissance il a contribué au Tout. Chaque partie de son « être » a accueilli et protégé la vie. Des graines sont tombées pour donner naissance à d'autres arbres. Des oiseaux ont volé les germes et les ont déposés en d'autres lieux pour offrir aux promeneurs d'autres splendeurs. La petite graine à l'origine de cet arbre n'est rien en elle-même mais elle existe et contribue à l'ensemble.

L'expérience d'un homme est peu de choses comparée aux milliards de vies et aux milliards d'années de notre planète, mais elle fait partie du Tout. Elle peut humblement grossir la corbeille des transmissions, qu'un enfant ou un adulte cueillera pour se distraire, pour comprendre ou peut-être plus.

Un beau soir d'hiver, j'ai pris une plume pour vous distraire, ou peut-être plus. J'ai tourné un bouton et je me suis laissé porter par la magie de la nuit et des mélodies. Bercé par la voix envoûtante de George Michael chuchotant un « *Wild in the wind* » enjôleur, j'ai pianoté mes premières notes, mes premiers mots. Guidée par les harmonies du swing, l'encre a glissé de page en page, un courant continu de vérités intérieures. J'ai remonté le temps pour aller à la rencontre de celui qui partit pour un si long voyage. Je ne sais pas si c'était un rêve, mais je sais qu'un beau matin d'hiver, j'ai embarqué sur un navire au nom venu d'ailleurs…

…Quelque temps en arrière, j'avance ma vie au gré des circonstances. Je poursuis ma route doucement quand, un jour, j'ouvre mon cœur. Une femme, rayonnante dans sa robe de rêve éveillé, se love dans mes bras. Nous dansons une valse composée par nos cœurs. Nous valsons, tournons, virevoltons aux notes de nos passions. Meskhenet entre dans ma vie.

Pendant plusieurs années, nous savons que l'amour est là, nous le partageons, nous nous en éloignons, nous nous en rapprochons, nous nous séparons et nous nous retrouvons. Un interminable ballet handicapé par les souffrances d'hier. Quoi que nous fassions, elles empêchent nos sentiments de s'exprimer dans toutes leurs splendeurs. Nous essayons, bien sûr, mais nous continuons de danser alourdis par nos hiers. Au coeur de ce tumulte, nous vivons des moments magiques. Que dire de ces instants où le temps semble se suspendre, où les souffles ne font qu'un, où les âmes communient, où aimer ne se dit plus mais se respire.

La magie de l'amour nous enveloppe quand, soudain, sans prévenir, une vague aux remous dévastateurs vient submerger ce doux rêve. Les peurs prennent possession des lieux, Meskhenet referme la porte sur un « à demain » qui n'a pas vu le jour.

Cet arrêt, je lui ai donné un nom, « l'œuf aux silences ». Symbole de la naissance, l'œuf porte le nouvel être. La coquille se brise doucement, pour se fendre et s'écarter au rythme des poussées d'un petit enfant. Dans le silence, il ouvre sa prison pour aller au devant du nouveau monde. « L'œuf aux silences » m'a transporté loin, si loin. Il m'a d'abord précipité dans la nuit aux enfers…

…Je pleure mon désespoir sur les pavés mouillés de la ville. En sortant du bar, je traîne mes pieds vers un je ne sais où. Je ne peux m'arrêter, car je ne veux rien voir et rien entendre.

Même plus mes larmes qui ricochent sur l'asphalte. Pour ne pas rentrer, je poursuis ma route au hasard des rues. Au fond de ce qui me semble une impasse, je débouche sur un quai. Je vais au-devant d'une lumière qui jaillit dans la nuit comme un salut. La masse imposante d'un bateau m'immobilise. J'avance et fais le tour de ses flancs. J'en découvre le nom « Lü ».

Je ne sais pas pourquoi, mais j'emprunte la passerelle et pose le pied sur le pont. Je me dirige, sans réfléchir, vers la cabine 7. Je tourne la poignée qui s'ouvre avec complaisance. A l'intérieur, je distingue un bureau dans un coin de la pièce. Une lumière venue du haut l'éclaire divinement. Je m'en approche, pousse le siège et m'assois. Sur la marqueterie, je découvre un objet limé par le temps. Un magnifique cylindre en bois à huit facettes sculpté de calligraphies. Je le prends et admire les signes qui me semblent chinois. Mes doigts partent à sa découverte et, au contour d'un arrondi, les extrémités s'ouvrent comme par magie. Un clapet se libère et le bois s'écarte pour m'offrir, en son cœur, un parchemin.

Je m'adosse sur le dossier de la chaise et réalise subitement où je suis. Je me lève d'un bond, sors de la pièce et m'apprête à quitter le navire. Je n'entends aucun bruit et ne vois aucune lumière dans la nuit à part celle de la cabine 7. Je comprends maintenant pourquoi j'ai été attiré par elle.

Je ne sais pas quoi faire. De toute façon, je n'ai plus rien à faire à ce moment précis de ma vie. Je suis à l'extrême limite de partir quand, soudain, je repense au parchemin. Je repasse la porte et me pose sur cette chaise qui semble m'attendre. Je prends le document, souffle dessus pour le débarrasser de ses poussières et le déplie. Je découvre ces mots :

« Bonjour Ami

Enfin tu es là, et j'en suis heureux. Je t'attendais depuis si longtemps, si tu savais. Mais c'est une autre histoire. Plus tard, peut-être...

Tu es perdu comme tu l'as été tant de fois avant. Tu es passé si souvent devant cette lumière sans jamais t'arrêter. Mais aujourd'hui quelque chose t'a poussé jusqu'ici. Une petite voix qui t'a toujours parlée et que tu entends enfin.

Tu es à la croisée des chemins l'Ami, mais le choix n'est pas simple. Tu peux rejoindre ta vie. Tu peux retourner d'où tu viens et poursuivre ta route. Ton désespoir te fera hurler des nuits durant. Par contre, tu peux choisir de rester et lire ces mots jusqu'au dernier trait. Mais je préfère t'avertir l'Ami, la route sera difficile, très difficile.

Ce que je te propose est un cadeau. Car derrière la tourmente, le bonheur est destin.
Maintenant, tu dois faire ton choix. Ou tu pars ou tu restes ».

Le mot « restes » termine la page. Je pose le parchemin sur le bureau et vais à la rencontre d'un silence intérieur. Je ne sais pas où je vais mais je sais ce que je quitte. Alors, par curiosité, car je ne comprends pas grand chose, j'ouvre les yeux et décide de lire la suite :

« Si tu es arrivé à ces lignes l'Ami, c'est que tu vas rester. Crois-en mon expérience. Je te salue dans le nouveau monde et t'offre les clefs du voyage qui t'attend. Dans quelques instants, le bateau va quitter le port pour voguer vers sa destinée. Tu pars pour Pi, l'île aux bonheurs.
En lisant le mot Pi, tu as ouvert les portes de ta vie à Tchen, l'éveilleur.
Il va réveiller et ébranler tes profondeurs. Ce qui est enfoui en toi depuis la nuit des temps va submerger tout ton être. Si tu laisses parler tes peurs, le chaos dévastera ta route. Si tu laisses parler ton cœur et la connaissance, tu seras protégé.
Près de toi, tu trouveras Tsien, la coupe des connaissances. Elle t'est indispensable, car elle contient le savoir qui te permettra de comprendre les méandres de tes peurs. Tu pourras alors traverser l'infranchissable.
Cette coupe des connaissances contient des Tsins, les graines de savoir. Tu les reconnaîtras facilement, elles sont identiques au cylindre sculpté que tu as trouvé. Elles contiennent toutes un parchemin. Au départ, tu en auras 3. Tu les découvriras tout à l'heure. Ton voyage t'en offrira d'autres. Elles viendront de plusieurs horizons.
Quand Lü partira, tu auras de nombreux bagages. Ils sont très lourds, car chacun d'eux renferme des événements de ta vie d'adulte, d'enfant et de bien plus loin. L'Ami, tu es venu à bord avec les murmures de la folie du passé.
Ta croisière te portera vers 7 escales. A chacune d'elles, des murmures resurgiront. Laisse les vivre et pose sur eux le regard du cœur et de la compréhension, tu pourras ainsi t'en séparer.
Sache que si tu le voulais, tu ne pourras plus faire marche arrière. Il est trop tard. Aie confiance, tu ne seras plus jamais seul, je suis à tes côtés. Si tu as besoin de moi, appelle-moi et sache que

L'envol de la plume

si tu me crois absent, il n'en sera rien. Je serai toujours là.

Tu trouveras dans le tiroir un carnet de bord. Il est pour toi, inscris à chaque escale les bagages dont tu t'es séparé et les graines de savoir que tu as découvertes.

Tu pars pour un très long voyage. Tu t'envoles au-delà des murmures de la folie du passé, tu vogues vers l'île aux bonheurs.
Bonne route l'Ami.

Hungalaï »

Je reste un long moment sur cette chaise, le parchemin dans mes mains. Hungalaï, ce nom résonne dans mon esprit. Je me lève et quitte la pièce. Je marche sur le pont pour poser mon regard sur la mer qui semble m'attendre. Devant cette immensité noirâtre, je dis aux vents : « Hungalaï, je ne sais pas qui tu es mais je sais que je le saurai un jour ». Je ne savais pas si bien dire.

Une douce brise caresse mon visage. Dans ce moment de vie où le bonheur n'est plus de mise, je souris à des possibles.

Pour la première fois de ma vie, je me laisse porter. J'accepte la destinée d'un navire au nom de Lü.

Je retourne dans la cabine 7 et m'installe devant le bureau. J'ouvre le carnet de bord que je viens de trouver dans un des tiroirs. Le papier est très ancien. On dirait des vieilles cartes marines. Je trouve un titre à chaque page. Bien sûr, sept noms pour sept escales. Je les lis et découvre mes futures terres d'asile : « La rencontre du possible, Le manège désenchanteur, Le doigt sur les aiguilles, Bonjour Amour, Bonjour Moi, Bonjour Madame la peur, Bonjour Nous ». Je ne me rends pas bien compte. Par contre, les aiguilles et la peur me dérangent vraiment.

Comme pour lui échapper, je lève les yeux et, au hasard du regard, je devine un objet derrière des bouquins poussiéreux. Je tends le bras pour le saisir et souris à ma découverte. Je tiens dans mes mains une coupe qui contient en son cœur 3 cylindres en bois, mes trois premières graines.

J'ouvre la première et découvre « Le glissement des nuages », dans la seconde « Un chemin de savoir » et dans la troisième « La métamorphose de Monsieur Non ». J'ai hâte d'en prendre connaissance.

C'est à ce moment précis que je sens une présence derrière moi. Je me retourne d'un bond mais ne vois rien. Une partie de la pièce est dans la pénombre et je suis certain que je ne suis pas seul. Paniqué, je me lève et tâtonne le mur pour aller à la recherche d'un bouton libérateur. Rapidement mon doigt frôle un clapet que je baisse avec empressement. La lumière jaillit et je découvre, dans un coin, un homme assis sur une chaise.

Il est des instants inexplicables de la vie. Je me croyais seul depuis bien longtemps. Je réalise qu'un homme m'observe depuis le début et je n'éprouve aucune peur. Je me sens en confiance devant cet inconnu. Son sourire transporte la paix. Une joie paisible semble déborder de lui pour se répandre sur moi. Je me laisse baigner par cette béatitude puis lui demande :

- Mais qui êtes-vous ?

Sa réponse est déconcertante :

- Est-ce si important ?

- Bien sûr, c'est important. En plus, je ne comprends rien. Je trouve une lettre qui me semble destinée. On parle de désespoir, de voyage pour moi. Comment savez-vous ? Pourquoi moi ? Pourquoi tout ça ? Et…

Il m'interrompt en levant la main pour me dire :

- Calme toi, tout va bien. Si je ne t'avais pas arrêté, tu m'aurais assailli de milliers de comment et de pourquoi. Ne les cherche plus, ils sont inutiles. D'ailleurs, un jour tu sauras. Peut-être demanderas-tu, alors, aux anges.

Devant l'étrangeté de la situation, je le regarde continuer, incrédule :

- Ce que je peux te dire c'est que cette lettre est bien pour toi. Je connais les raisons de ta détresse comme celle de tant de gens. Comme je te l'ai dit, ne cherche pas à comprendre mais prends ce moment de vie comme un cadeau. La seule chose importante maintenant n'est pas de savoir qui je suis, mais de savoir si tu es heureux de faire ce voyage, l'Ami ?

Je suis surpris par sa question et lui réponds, qu'en fait, je ne sais pas trop ce que je vais faire. Son sourire m'enveloppe de nouveau

- As-tu le choix ? Comme tu l'as lu, tu es à la croisée des chemins. Tu peux rejoindre ta vie. Ton désespoir te fera hurler des nuits durant. Tu supplieras les vents qu'ils portent la bonne parole à Meskhenet. Tu lui en voudras, tu pourras même la détester, c'est si humain. Et la vie sera. Tu repasseras devant ce navire, encore et encore, sans voir la lumière qui t'appelle. C'est ce que tu veux ?

Devant mon silence, il poursuit :

- Il est tellement plus simple de repartir d'où tu viens. La fuite est le plus facile des saluts. D'ailleurs quand tu quittes un endroit, le nouveau te semble beaucoup plus beau, n'est-ce pas ? Mais pour

L'envol de la plume

combien de temps ? Combien de fois as-tu été confronté à des difficultés ou des épreuves ? Combien de fois as-tu fait le contraire de ce que ta conscience te disait de faire ? Combien de fois as-tu voulu faire sans pouvoir le faire ? Combien de fois as-tu rendu les autres responsables de ton malheur ? Dans les tourmentes de la vie, vouloir ne suffit pas. Tu en sais quelque chose puisque tu es toujours face aux mêmes problèmes. Alors, veux-tu continuer de souffrir ?

Sans hésiter une seconde j'ai hurlé un non à faire trembler les murs.

Pour me rassurer, il me chuchote, comme il le ferait à un enfant :

- L'Ami, écoute ton cœur. Reste et ne fuis plus. Regarde ce que tu refusais de voir. Ecoute ce que tu refusais d'entendre. Bien sûr, tu seras confronté à tes peurs. Et crois-moi qu'une tempête n'est rien comparée aux hurlements des profondeurs qui t'habitent depuis si longtemps, tellement longtemps. Mais, quoi qu'il arrive, quel que soit le temps que cela prenne, continue ta route. Si tu persistes, chaque pas te fera avancer vers ta destination finale, Pi, l'île aux bonheurs. Mais n'oublie jamais que tu dois toujours écouter la voix de ton cœur et rester humble. Sache que si tu crois être arrivé, peut-être qu'il n'en sera rien. Il peut te rester encore un bout de chemin à parcourir, des épreuves à vivre. Mais si tu as la foi, tu arriveras. Au fin fond de ces escales, l'île aux bonheurs t'ouvrira ses bras et comme une terre promise tu pourras enfin vibrer du mot « Bonheur ». Tu auras retrouvé « Yokayachi », le sourire à la vie, qui est en toi depuis toujours.

Il me repose la même question que tout à l'heure :

- Es-tu heureux de faire ce voyage ?

Je soupire et lui dis :

- Heureux, je ne sais pas. Mais je sais que j'en ai assez de souffrir, de me voiler la face. Je vais faire ce voyage. En fait, je ne sais pas pourquoi, mais je sais que je dois le faire, alors...

Je lis dans ses yeux une immense compassion.

- Je suis vraiment heureux de ta décision. Comme tu le sais maintenant, derrière la tourmente, le bonheur est destin. En restant, tu te fais un des plus beaux cadeaux. La cabine 7 est la tienne. Ne cherche pas à comprendre comment, il est trop tôt et cela ne te servirait à rien. Tu es sur un bateau qui vogue vers des îles pour y acquérir des perles. A chaque escale, les hommes d'équipages iront vers les lieux de cultures. Toi, tu iras vers où ton instinct te guidera. Ne suis pas ces hommes, ta route est autre.

Tu feras de belles rencontres et sache que tu iras où tu dois aller. Tout est dans l'ordre des choses maintenant. Tu dois toujours te rappeler que chaque événement est là pour te faire comprendre et que tu dois aller à la recherche des Tsins. Trouve celles qui jalonneront ton parcours. Décèle celles qui seront l'essence des conversations avec des êtres de rencontre. Enfin, découvre les dernières qui prendront naissance en toi, dans ta conscience. Elles seront le fruit d'anciennes connaissances dont tu ignorais l'existence. Tu sais, ces lectures que tu as pu faire sans en comprendre le sens, sans savoir qu'une graine venait de prendre vie en toi.

Remplis la coupe de connaissances des graines de savoir. Va où chaque être a envie d'aller, où chaque être mérite d'aller. Pose pied sur l'île aux bonheurs.

Un long silence prend possession de ce qui est, à présent, ma cabine. Je me laisse bercer par l'étrangeté du moment quand un homme en uniforme pénètre dans la pièce. Il regarde l'homme assis dans le coin de la pièce et lui dit dans un accent indéfinissable

- Alors ?

J'entends cette réponse

- Vous avez un nouveau passager.

Décidément, le sourire est de mise. Maintenant, deux hommes me font l'offrande de ce merveilleux présent. L'homme debout devant la porte me dit :

- Je suis très heureux de votre décision. Je me présente, je suis le capitaine de ce navire. Il est important que je vous précise quelques règles à respecter. Comme vous devez le savoir, nous avons la mission d'acheter des perles pour le compte de grands bijoutiers. Alors, pour des raisons de sécurité, je vous demande de rester à l'écart des hommes d'équipage. Vous mangerez dans votre cabine, on vous apportera les repas. Vous pouvez vous promener sur le ponton, mais il vous est interdit de vous aventurer dans le navire. Soyez poli quand vous rencontrerez quelqu'un sur le bateau, mais ne discutez pas avec lui. De toute façon, personne ne parle français à part moi. Quand nous accosterons sur une île, vous pourrez y aller mais ne vous occupez pas de nous. En général, nous restons plusieurs jours. De toute façon, nous ferons sonner la corne pour vous prévenir quatre heures avant chaque départ. Cela vous laissera le temps pour revenir à bord. Vous connaissez les règles, si vous les respectez, tout se passera bien.

Pour la première fois depuis plusieurs jours, je souris à quelqu'un.

- Je respecterai vos règles, faites-moi confiance.

Il me tend la main en me souhaitant un agréable voyage puis quitte la pièce. L'homme sur sa chaise me demande

- Et si tu lisais la première Tsin ?

La croisée des chemins

Le glissement des nuages

J'ouvre mon premier cylindre et vais à la rencontre de ma première Tsin :

« Bonjour Ami, que ton cœur s'ouvre aux glissements des nuages. Une vie s'écoule au rythme des nuages. Les instants si chers à tes émotions du moment s'évaporent dans l'immensité du passé. Tout ce qui te semble essentiel aujourd'hui devient éphémère demain. Le temps s'écoule, tout doucement, au rythme des nuages.

Tels les doigts qui effleurent les touches d'un accordéon glissant avec tendresse les notes d'un chant mélancolique d'un troubadour sur tes émotions, tu te laisses, sans défense, emporter vers tes horizons, ton intérieur si propice aux joies, aux tristesses, aux larmes et aux espoirs. Que de portes te sont présentées. Tu vas de l'une à l'autre avec insouciance ou avec exaltation. La fugitive touche d'un présent te dirige vers l'une, te claque la porte de l'autre. Toute ta vie, tu cours de l'une à l'autre, du bonheur au malheur, au rythme des nuages.

Sans le savoir, tu es le pantin de tes éternelles allées et venues. De portes en portes, tu crois avancer, mais dans l'éclairage d'une soudaine lucidité, tu pourrais réaliser que tu tournes en rond pour revenir au point de départ. Rien n'avance, tu restes à la même place. Ebloui par tes émotions, ce Moi qui te dirige t'entraîne inlassablement à ouvrir les mêmes portes. Et si dans l'éclairage de cette soudaine lucidité, tes yeux hagards allaient au-delà des nuages ?

En ce moment magique, ose aller voir et traverse cette opacité brumeuse. Le chemin est obscur, la route inconnue, tes pas semblent s'enfoncer mais une petite voix te chuchote de continuer. Sans comprendre tu l'écoutes, car son timbre est rassurant. Comme un funambule tremblant ses pas sur un câble suspendu au-dessus d'un vide sans fin, tu déambules vers l'autre côté, vers cette destination inconnue. Après une traversée interminable, tu poses le pied sur le nouveau monde. Loin d'un Christophe Colomb ou d'un Magellan, tu n'es pas conquérant mais dans l'attente, comme un enfant. Là, devant tes yeux éberlués, le paysage se résume à une seule et unique porte. Habitué aux possibilités d'avant, tu passes l'étonnement pour, après tout, l'ouvrir. Tu n'as pas fait ce voyage pour rien.

La poignée tourne avec aisance. Sans effort, la porte s'ouvre comme poussée par un souffle invisible. Le dernier pas est franchi, tu es de l'autre côté, un horizon immaculé déploie son éternité et sa sérénité. Là, tu as le savoir, le sens. Tu es chez Toi. Le vrai chez Toi, celui de ta venue sur cette terre, ton être dans toute sa splendeur, ta pureté, ta sérénité, ta confiance, ta joie, ton amour.

Nombre de civilisations l'ont découvert, mais au cours de l'histoire beaucoup ont disparu. Malgré les absurdités des hommes, ils restent des écrits et surtout des transmissions vivantes. Parmi celles-ci, les Tibétains perpétuent depuis des siècles la connaissance de ce Moi intérieur, ils l'appellent la Vraie Nature. Dans cette traversée, tu vas voguer de tes connaissances personnelles au savoir de cette Vraie Nature.

Rappelle-toi, ton premier savoir. Par un beau jour de printemps, il y a bien longtemps. Au hasard des étagères, tu saisis un livre qui peut sembler anodin. Sans le savoir, tu quittes le monde de l'insouciance pour entrer dans celui de la recherche du bonheur. Tu as entre les mains « Le livre des mutations », le Yi-King. Bien sûr, il ne bouleverse pas ta vie, il est la première graine d'une coupe qui t'accompagne depuis. Il t'offre le cadeau d'un autre regard. De nombreux livres lui ont succédé et, tout naturellement, la coupe s'emplit de nouvelles graines. Certaines dévoilent leur joyau à la lecture, d'autres dans la réflexion, d'autres dans le temps et d'autres dans tes chemins de vie.

Mais il est des graines qui ne révèlent leur secret qu'au fil du temps. Des phrases défilent sous tes yeux et le sens t'échappe. Du moins le crois-tu, car elles se promènent quelque part en toi et si tu as le vouloir, elles prennent leur essor. Un jour, sans savoir comment, des mots incompris se réveillent et t'ouvrent des portes qui t'étaient inconnues. Elles te font franchir des murs et te dévoilent des merveilles.

Pour « grandir », toucher le « bonheur », le chemin est long, très long. Il prend son énergie dans le vouloir, avec ce désir d'aller, toujours plus loin. Le temps est un précieux allié, car il t'accorde le droit aux erreurs, aux égarements et aux peurs.

Combien de fois as-tu fui devant la vie, pour ne pas souffrir ?

Combien de fois as-tu hurlé devant la vie, pour ne pas mourir ?

Mais tes pas s'enchaînent et tu avances. Si tu as le vouloir, tu grandiras assurément. Pendant de nombreuses années, tu t'es efforcé d'élargir ton autre regard, d'aller plus en profondeur.

Des petits pas au gré des fantaisies d'une compréhension graduelle.

La vie t'apporte son cortège d'événements. Des joies, des bonheurs mais aussi des peines et des épreuves. Une histoire peut en détenir tous les rouages. Parfois, tu ouvres les bras au destin, parfois tu lui tournes le dos. Tu peux le voir et l'accueillir, le voir et te cacher les yeux ou plus simplement garder les paupières toujours closes. Les yeux fermés, tu ne vois rien, tu vis dans la fuite, tu perds le sens des autres et de ta vie.

Tu es à l'opposé de l'aveugle qui ne voit pas mais qui développe ses autres sens. Il est riche de ses autres regards. Il peut te dépeindre l'être aimé de mille détails qui t'échappent. Sans voir, il va au-delà des apparences et aime « l'autre » pour ce qu'il est réellement.

Si tu as l'illumination, tu te libères de tes peurs, tu découvres le bonheur en un éclair. Mais cette lumière instantanée est rarissime, alors la vie vient maltraiter tes quotidiens. La puissance des épreuves peut dépendre de ton évolution. Moins tu comprends, plus elles seront difficiles. Si, un jour de lucidité suprême, tu essayes d'aller au cœur de l'événement, tu peux faire un saut gigantesque. Les petits pas accumulés depuis tant d'années se métamorphoseront en pas libérateurs. Quelles que soient les souffrances du moment, il faut te laisser porter par cette énergie qui te guidera vers le bonheur.

Ce n'est pas si loin, c'est en oubliant les myriades de portes et en dirigeant tes pas au-delà des nuages.

Hungalaï »

Je reste là, le parchemin à la main. Le silence épouse la quiétude du sourire de l'homme à mes côtés. Je ne trouve que ces mots à lui dire :
- Etes-vous Hungalaï ?
Il joint ses deux paumes et me dit :
- Je te l'ai déjà dit, est-ce si important, l'Ami ? L'essentiel aujourd'hui est le chemin que tu vas parcourir. Les Tsins que tu vas découvrir et les expériences que tu vas vivre au cours de ce voyage. Abreuve-toi de la lumière qui t'est offerte. Seule cette lumière t'ouvrira les portes du bonheur. Un jour, peut-être, ton visage s'illuminera de Yokayachi, le sourire à la vie. Tu verras que ce jour-là, tu en feras don aux autres et que tu le garderas en toi pour toujours.

Je souris à cet homme qu'il me plaît d'appeler Hungalaï. Mon sourire est sincère mais si loin de celui de ce visage qui me regarde avec compassion. Maintenant, je saurai reconnaître la lumière de Yokayachi. Quelles que soient les épreuves qui m'attendent, je veux au plus profond de mon être briller, un jour, de cette étincelle d'amour et de compassion.

Je crois qu'il comprend tout le sens de mes pensées. Il se lève, pose sa main sur mon épaule et me dit :

- Je dois partir l'Ami. Je sais que tu es inquiet mais tu dois faire ce voyage seul. Je ne te servirai à rien. Seul toi peux poser chaque pas sur ton chemin. Sois rassuré tout se passera bien. Tu n'es pas seul, je serai là même si tu ne me vois pas. Si tu laisses parler ton cœur tu sentiras ma présence. Et tu verras, ta route sera jalonnée de Tsins et de belles rencontres. Je te dis à très bientôt l'Ami et que Dieu te protège.

Je ne bouge pas. Je reste là en le regardant s'éloigner. Je peux vous assurer qu'il a laissé le bonheur dans la pièce. Bien longtemps après je l'ai encore ressenti.

Je crois que j'ai un peu peur de me retrouver seul. Alors, comme pour aller à la rencontre d'une présence, je prends la deuxième Tsin.

Un chemin de savoir

Je l'ouvre avec hâte :

« Bonjour Ami, que ton cœur s'ouvre au chemin de savoir.

La blessure d'un enfant est inscrite au plus profond de son âme. L'extérieur semble lisse et doux, mais l'intérieur se ronge au gré des circonstances. Comment cacher une cicatrice invisible ? Comment guérir un mal sans apparence ?

De nombreux chemins sont possibles. Chacun a le sien mais si tu oses suivre le tien, il t'ouvre la porte de la libération. Aujourd'hui, la vie t'a emmené à la croisée des chemins. L'instinct, ou ce que tu ne définis pas encore, te montre une voie. Sans réfléchir tu l'as prise, d'un pas hésitant certes, mais tu as posé le premier pied, puis le suivant.

L'itinéraire est long, semé d'embûches, de pas en avant, de pas en arrière, d'espoirs, de certitudes d'avancées remplacées par des certitudes de recul. Mais Dieu, que l'arrivée est belle. Etre là-bas hier, et ici aujourd'hui.

C'est poser le premier pied sur ton chemin, prendre près de ton cœur une coupe vide puis, à chaque pas, te baisser, cueillir une graine et la déposer dans ta coupe. Au fil des pas, Tsien se remplira. Les Tsins donneront naissance à leur nature et les fruits resplendiront.

Mais ces graines, qui sont-elles ? Où sont-elles. Elles sont partout, les écrits de tous horizons, les êtres de rencontre, les hasards de la vie. Toutes ont leur raison d'existence dans la découverte de ta Vraie Nature.

Les graines d'écrits doivent être cueillies, regardées, comprises et déposées dans la coupe si un trait de lumière s'en échappe. Les autres, remets-les à leur place, elles ne te concernent pas. Les écrits des hommes sont une source inépuisable de savoir. Souvent, elles sont le résultat d'expériences et de compréhension. Elles sont la consistance des transmissions. Ta coupe se remplira, au fil des pas, de savoir de toutes natures, savoir d'aujourd'hui et savoir d'hier.

Regarde la première graine de tout à l'heure, le Yin King. Il renferme de nombreux trésors, il t'a révélé le Yin et Le Yang, l'unité dans ses contraires. Les contraires créent l'unité, le jour et la nuit, l'homme et la femme, le feu et la pluie, le ciel et la terre.

Que serait le Tout en l'absence de l'un ou de l'autre ? Que serions-nous en l'absence de l'un ou de l'autre ? Cette question est essentielle, elle peut t'emmener plus loin que tu l'imagines. Si tu te demandes « Qui serais-je sans mes contraires ? », pose-toi cette question.

Tes contraires font partie de toi, rejeter la partie sombre, colère, tristesse et il ne te reste que la partie claire. A première vue c'est intéressant. Mais va plus loin, que serait la terre sans la nuit, que serait la terre sans l'eau, que serait la terre sans le ciel ? Quoique tu puisses en penser aujourd'hui, que serait l'homme sans la femme et que serait la femme sans l'homme ? Ose te poser cette question et surtout ose affronter la vraie réponse. Oserais-tu, dans un moment de folie, prétendre changer les lois de l'univers ? Alors, si dans l'honnêteté et l'humilité, tu arrives à la conclusion que le Yin et le Yang sont indispensables au Tout, quelle est la solution ?

Tu acceptes sans difficulté et sans y réfléchir, que le jour et la nuit, le feu et la pluie, le ciel et la terre, et plus difficilement parfois que l'homme et la femme sont naturellement dans l'ordre des choses. Tout est normal, tout est à sa place.

Alors pourquoi ne pas suivre la même route, et accepter tout simplement, ta partie claire et ta partie sombre ? Tu es un être humain avec des rires et des larmes, avec des espoirs et des doutes, avec des tolérances et des colères. Accepte-toi déjà comme tu es, puis laisse au temps la transformation suivre son cours. Apprends à te connaître, apprends à développer tes parties claires, apprends à accepter vraiment tes parties sombres puis à les transformer.

Quand tu auras, enfin, accepté tes Yin et tes Yang, tes parties claires et tes parties sombres, tu seras en harmonie avec toi. Ensuite, tu pourras être en harmonie avec les autres. Tu pourras commencer à être heureux avec toi et avec l'autre.

Tu pourras étendre cette harmonie, à tes parents, tes enfants, ta famille, tes amis, tes relations, tes rencontres de hasard. Certains créent cette harmonie entre eux et l'humanité. Le monde en a vraiment besoin. Sa Sainteté Le Dalaï-Lama, mère Térésa et beaucoup d'autres s'occupent de l'humanité, ils le font si bien. Mais, si tu ne prends pas le chemin de la compassion universelle, au moins fais le pour toi, pour l'autre et pour tes proches.

Envole-toi, déploie tes ailes et, comme un aigle majestueux, plane vers l'horizon. Que le vent te transporte au-delà des nuages vers une destination qui t'inspire. Dans cette immensité, va où ton instinct te guide. Quand tu sauras que dessous, une nouvelle graine te tend les mains, plonge vers la terre. Là, tu découvriras un lac. Tu verras deux hommes assis près de l'eau. Un jeune garçon regarde avec béatitude un ancien. Il est plus vieux, son visage reflète une sagesse apaisante. Son sourire de compassion enveloppe les espaces. En ces moments de privilège, Confucius dit « C'est ainsi que tout s'écoule comme ce fleuve, sans relâche, jour et nuit ».

Prends dans ton cœur ces simples mots et déploie tes ailes vers la prochaine graine.

L'eau ruisselle en suivant son cours. Infatigable elle poursuit sa coulée, s'insinue dans les creux, grimpe les rochers, glisse sur les berges. Inexorablement, elle poursuit sa route. Lü s'est posé sur cette mer, le gouvernail tourne de bâbord à tribord. Une traversée d'instants de vie, d'itinéraires de lectures et de rencontres t'est offerte.

Prends place, la cabine 7 est tienne. Découvre chaque escale et laisse-toi porter au rythme des flots et des vents.

Hungalaï »

C'est curieux, j'ai lu les deux premières graines sans attendre, mais la troisième, je la garde dans mes mains. J'ai envie de me laisser aller.

Le poids de ma solitude du moment me dirige naturellement vers un lieu où je ne suis plus seul. Je retourne en pays de connaissance, je vais au-devant de mes souvenirs.

La route vers l'île

Avant le départ

Tournez la page

La métamorphose de Monsieur Non

Je ferme les yeux et je me revois un après-midi, sur une plage de Bretagne. Meskhenet et moi, nous nous promenons quand, soudain, elle s'arrête. Elle me raconte que le matin, très tôt, elle vient ici. Vers sept heures, elle s'assoit sur le sable et s'évade à la vue d'un vieil homme. Tous les jours, il prend son bateau et part vers le large. Un pêcheur anonyme qui vogue, seul, au gré des marées.

Elle songe à son père qui, jadis, faisait les mêmes gestes, plus au sud. Elle revoit ses préparatifs, ses sourires de départ et ses joies de retour quand la pêche était miraculeuse. Souvent, elle pense à lui. Il s'est envolé vers d'autres horizons. Elle s'accompagne, maintenant, de sa présence tranquille. Parfois, elle entend ses chuchotements venus de loin, ils viennent de si haut.

Nous avions tellement parlé de son enfance et de son père, que je lui propose de venir, demain, avec elle. Elle me répond qu'elle serait vraiment heureuse de partager cet instant magique avec moi. Puis, elle me sourit et me dit que ce n'est qu'un rêve, car elle sait qu'à cette heure je dormirai.

Bien sûr, elle peut avoir raison. Comme beaucoup, je suis un couche tard, donc un lève tard. Le matin, un lever vers sept heures n'est pas envisageable pour elle, elle me connaît trop. Elle apprécie vraiment ma proposition mais c'est impossible.

Nous poursuivons notre journée. Je pense à cet inconnu, au plaisir que je pourrai offrir à Meskhenet. Le lendemain, avant sept heures, je lui souris et me lève pour préparer un petit déjeuner. Elle ne comprend pas, mais baigne dans le bonheur. Nous sillonnons le sable, main dans la main et nous nous asseyons. Sa tête posée sur mon épaule, nous guettons la silhouette tant attendue qui vient au rendez-vous. Nous contemplons ce spectacle anodin pour autrui. Enchantement du moment, nous vivons l'amour dans la complicité des silences. Nos respirations, nos sensations, nos émotions s'unissent. L'inconnu quitte le rivage pour aller au-delà des étendues marines.

Le père de Meskhenet semble nous rejoindre. Nous nous laissons porter par les tendres caresses du soleil qui déploie son rouge sur notre tableau breton.

En revivant ce souvenir je m'aperçois que ce jour-là nous avons vécu ce qui semblait impossible à Meskhenet.

Je reste un long moment avec ce sentiment, puis j'ouvre ma troisième Tsin pour y découvrir, avec étonnement ces mots :

« Bonjour Ami, que ton cœur s'ouvre à la métamorphose de Monsieur Non.

Parfois, les êtres s'enferment dans une fausse croyance. Tu ne crois pas ?

Tu es surpris, n'est ce pas ? Ne le sois pas et ne te pose pas de questions. Laisse faire, tout simplement. Tu comprendras le moment venu.

Mais revenons-en à ceux qui endossent l'habit du non catégorique, le Monsieur Non. Tu en fais partie, comme beaucoup. Tu es parfois certain d'une chose, mais as-tu toujours raison ?

Tu ne crois aujourd'hui que ce tu crois.

Tu souris. Cela te semble ridicule. Tu vas dire que c'est une lapalissade. Là, tu es sûr de toi. Pourtant, même ce que tu appelles une lapalissade est une fausse croyance. En fait, le maréchal Jacques de Chabannes de La Palisse est tué en 1 525 à la bataille de Pavie. Un quatrain écrit par ses soldats, en son honneur, se termine par ces mots « Hélas, s'il n'était pas mort, il ferait encore envie ». Les auteurs veulent dire qu'il s'est battu vaillamment jusqu'au dernier moment.

Plus tard, des hommes transformèrent « il ferait encore envie » par « il serait encore en vie ». Le mythe est né.

Tu ne crois aujourd'hui que ce tu crois.

Tes croyances évoluent au cours de ton existence. Tes méconnaissances se transforment en refus, en incompréhensions, en possibilités, en certitudes ou en savoirs. Les incompréhensions se mutent en refus, possibilités, certitudes ou savoirs. Ainsi de suite, le manège incontournable de ton évolution. D'un Monsieur Non qui rejette une possibilité, tu peux devenir un Monsieur Peut-être qui l'envisage et finir en Monsieur Oui qui certifie.

Parfois, pour le même sujet, hier tu étais Monsieur Non dans le refus et aujourd'hui, tu es Monsieur Oui dans l'affirmation. Il serait intéressant de réfléchir à une de tes certitudes d'aujourd'hui que tu refusais hier. Qu'est-ce que tu refusais de croire hier que tu crois aujourd'hui ? Si tu as trouvé cette « fausse certitude », tourne-toi vers ce Monsieur Non avec ce refus catégorique. A l'époque, tu étais sûr de toi. Rien ne pouvait te faire changer d'avis. Pourtant, aujourd'hui tu affirmes le contraire, n'est-ce pas ?

Pourquoi Monsieur Non hier ? Pourquoi Monsieur Oui aujourd'hui ? Les passages du non au oui sont naturels. Ils sont le reflet de ton développement et la conséquence de ton évolution personnelle.

Parfois, tu vas de Monsieur Non à Monsieur Oui directement. Ne serait-il pas sage de s'ouvrir davantage devant une nouvelle hypothèse ?

Si tu endossais le manteau de Monsieur Peut-être par exemple ? L'avantage est évident, Monsieur Peut-être étudie les éventualités, cherche, essaye de comprendre. Au final il pourra aller vers le non ou le oui mais en connaissance de cause. Parfois, il restera un Monsieur Peut-être qui gardera en lui une ouverture.

A l'inverse, Monsieur Non ferme toutes les portes aux hypothèses. Sans connaissance de cause, il affirme l'impossibilité. Quand, au hasard des chemins, il se trouve en face d'une personne qui a des convictions contraires, à bout d'argument il répond toujours « Donnez-moi la preuve que... », ou il s'énervera.

Tu te souviens des discussions épiques avec tes amis, au sud de Versailles, sur la possibilité d'une vie après la mort. Surnaturel, vous étiez dans deux mondes différents. Tes croyances se heurtaient à la même rengaine : « Donne-moi la preuve que... ». Ce couple adorable était des scientifiques de grandes valeurs. Il leur fallait la preuve sur tout, même sur Dieu. Mais Dieu ne se prouve pas, on l'éprouve. Pas un seul instant ils n'ont revêtu l'ouverture d'un Monsieur Peut-être. Ils ont toujours été Monsieur Non, par faute de preuve. Quoi qu'il en soit, vous êtes restés sur vos positions en vous quittant, comme toujours, bons amis.

Jean-François Revel dans « Le Moine et le Philosophe » dit «

... ne pas trouver quelque chose n'est pas une preuve de son inexistence ». La non preuve ne peut prouver la non-existence. Sans la preuve, on peut envisager un possible. C'est ce possible qui ouvre des portes, dont celle des croyances.

Sinon, où vas-tu ? La preuve de Dieu n'est pas faite, alors Dieu n'existe pas. En suivant ce raisonnement jusqu'au bout, où vas-tu justement ? Que serait l'humanité sans croyance ? Que seraient les hommes et les femmes sans aucune croyance ?

Imaginons un tel monde. Plus de Dieu, de Bouddha, de Mahomet. Essayons d'imaginer l'histoire sans croyance.

Que serais-tu, aujourd'hui, si aucune croyance n'avait accompagné les hommes et les femmes durant les temps ? Serais-tu là ? Dans quel état ?

Pose cette graine un instant et essaye de répondre vraiment à ces questions. Si les croyances n'existaient pas.

Poussons ce « jeu » dans une autre direction. Que serais-tu, aujourd'hui, si le monde n'était composé que de Monsieur Non depuis la nuit des temps ?

Tu peux admettre que, souvent, toute nouvelle connaissance dérange. Les hommes n'aiment pas changer leurs habitudes et, encore moins, leur acquit. Grâce à eux, ils ont souvent un métier, une position, un pouvoir. Ils veulent garder, à tout prix, les choses en l'état. L'histoire nous montre les difficultés rencontrées par les chercheurs, les innovateurs, les inventeurs pour faire accepter leurs nouvelles idées.

Imagine qu'à chaque carrefour de nouvelles théories un Monsieur Non possède le pouvoir absolu. Rien de nouveau n'aurait pu naître. Que serais-tu aujourd'hui ? Tu n'aurais, peut-être, même pas un livre entre tes mains.

L'évolution est permise par l'alchimie complexe des Monsieur Non, des Monsieur Peut-être et des Monsieur Oui. Alors, pourquoi ne pas essayer de t'ouvrir davantage ? Pourquoi ne pas quitter, le plus souvent, le Non pour s'ouvrir au Peut-être ?

A ce stade, la réponse des scientifiques serait toujours la même : « de toute façon, sans preuve, on ne peut admettre que... ».

La réponse est trop facile, certains ont la mémoire courte. Au cours de l'histoire, ils ont affirmé des théories avec une assurance inébranlable. Ils se sont battus contre des hommes défendant de nouvelles conceptions. Ils sont restés longtemps sur leur position. Ils ont même, parfois, parlé de blasphèmes. Ils oublient Galilée, Newton, Copernic et bien d'autres. Remonte le temps et observe les théories sur la terre.

La terre est plate... Au IIe siècle avant Jésus Christ, la terre est un disque plat au centre du monde. Ptolémée décrit sa théorie géocentrique selon laquelle la Terre est fixe au centre de l'Univers et les planètes tournent en petits cercles autour d'elle.

La terre est plate... Affirmation de nombreux savants occidentaux et des théologiens du christianisme jusqu'au Moyen Age. Lactance énonce « Il est insensé de croire qu'il existe des lieux où les choses puissent être suspendues de bas en haut ». Que dire de ceux qui osent exprimer une autre hypothèse, que la terre est ronde par exemple. C'est une aberration. La terre est plate, c'est une certitude.

La terre est ronde… Aujourd'hui, tu le sais. Il serait absurde de prétendre le contraire. Pourtant quelques siècles en arrière, des hommes avaient, eux aussi, une évidence, une certitude. La terre était plate.

Deux illustres personnages se sont battus contre ces Messieurs Non de l'époque. Copernic énonce sa théorie héliocentrique selon laquelle les planètes tournent autour du soleil qui est immobile au centre de l'Univers. Ayant mis en cause le système de Ptolémée, il est vivement critiqué et condamné. Galilée, considéré aujourd'hui comme le fondateur de la physique moderne, soutient le système héliocentrique de Copernic devant l'Inquisition, ce qui le conduit à la mort.

De tels exemples pullulent par milliers. Des certitudes, des affirmations de scientifiques imminents qui pourtant sont fausses. L'histoire en est la preuve, s'il en est besoin.

Pour conclure, Jorge Louis Borges dans les « Trois versions de Judas » pourrait leur répondre : « Qui se résigne à chercher des preuves d'une chose à laquelle il ne croit pas ou dont la prédication ne l'intéresse pas ? ».

Alors, si Monsieur Non se métamorphosait en Monsieur Peut-être ?

Pose-toi sur cette apostrophe d'André Gide : « Je n'écris plus une phrase affirmative sans être tenté d'y ajouter peut-être ».

Tu t'apercevras, au fil du temps, que le Non se fonde, souvent, sur des peurs enfouies ou se justifie par un manque de tolérance vis-à-vis de soi, des autres ou de la vie

Au cours de ta traversée, l'Ami, le Non n'est plus de mise.

Qui sait, tu vas peut-être découvrir ce qui t'était inaccessible ?

Hungalaï »

J'ai l'impression d'être resté des heures avec cette troisième Tsin dans la main. Comment a-t-elle pu commencer par ces mots « Parfois les êtres s'enferment dans une fausse croyance », alors que je me remémorais Meskhenet dans une telle situation. Mille pensées m'assaillent. Tout cela me semble impossible.

A tout de suite

Je soupire et remonte sur le pont. L'air me fait du bien. Je m'abandonne aux souffles du moment. J'explore mes croyances de Dieu au Tibet. Je revois « Le livre tibétain de la vie et de la mort » dans sa version contemporaine, source inépuisable, qui repose sur ma table de chevet. Chaque mot berce ma route depuis si longtemps. Comme des pages imaginaires, je tourne celles de mes souvenirs pour aller à la quête des mots.

La Vraie Nature, notre être intérieur, celui de notre venue sur cette terre, notre être dans toute sa splendeur, sa pureté, sa sérénité, sa confiance, sa joie, son amour. La réincarnation, cet enchaînement de vies, de Samsara et de Karma. Ces vies où nos pensées et nos actes sont le sens même du Karma. Deux essentiels, parmi d'autres, mais qui sont l'essence de mes croyances. Dieu, Bouddha, le Samsara, le Karma.

Je sais que mes croyances ne sont pas forcément celles des autres. Je respecte sincèrement celles de chacun. Je ne cherche pas à convaincre qui que soit. J'aimerais, simplement, que chacun respecte les croyances des autres et, s'il ne croit en rien, alors qu'il essaye d'endosser le manteau d'un Monsieur Peut-être.

Je souris à ce Monsieur Peut-être. Je comprends, à présent, le sens de cette troisième Tsin. Sur ce bateau, effectivement, Monsieur Non n'est pas de mise. Quand je me disais, tout à l'heure « Tout cela me semble impossible », j'étais sur le chemin d'un Non qui m'interdisait tous nouveaux horizons. Il me semble maintenant évident que je dois quitter cet habit d'impossible pour porter celui d'un possible. Ce qui me paraît inaccessible ou incompréhensible aujourd'hui, peut-être que demain il en sera autrement.

C'est avec une certaine légèreté que je repars vers ma cabine pour prendre la plume. Si j'avais un compagnon imaginaire pour la croisière à venir, je pourrais lui dire que si l'emblème de son étendard est la non croyance, si Monsieur Non est son porte-parole, la suite semble évidente. Il quittera peut-être le navire. Mais, si un jour Monsieur Non perd sa cristalline et donne naissance à Monsieur Peut-être, c'est avec plaisir que je le retrouverai sur ma route.

Par contre, si l'emblème de son étendard est la croyance en Monsieur Peut-être, il serait le bienvenu à bord et je lui dirai, avec bonheur...

A tout de suite...

Carnet de route vers l'île aux bonheurs

Je suis à bord du bateau Lü. J'embarque pour Pi, l'île aux bonheurs.

Si Tchen, l'éveilleur, vient ébranler mes profondeurs, je dois rester dans la confiance.

Tsien, la coupe de connaissances, contient le savoir qui me permettra de comprendre les méandres de mes peurs et de poursuivre ma route. Je vais remplir cette coupe de graines de savoir, les Tsins, qui me seront offertes au cours de la traversée.

Je pars, avec pour bagages, les murmures de la folie du passé. Je vais les abandonner lors des escales.

Je ne suis plus seul, Hungalaï est près de moi.

Le bateau tremble de ses flancs. Le départ est imminent. Je ne me retourne pas pour voir ce que je quitte. Pour la première fois de ma vie je me laisse porter, tout simplement.

Invitation au voyage

Espérances marines

Espérances marines

Le bateau fend les flots depuis si longtemps que j'en ai oublié le quai. Appuyé sur la rambarde, j'erre mon regard sur la danse des eaux. Mon visage s'immobilise aux touchers d'une brise glacée. Mon cœur ne m'obéit plus, il en fait à sa guise. Des larmes silencieuses, aux senteurs de possibles effondrés, inondent mes demains désirés.

Je vogue vers un inconnu aux lendemains invisibles. Fidèles compagnons de mon parcours, les murmures de la folie du passé illusionnent ma solitude. Les hiers habités s'amoncellent dans la cale. Mes bagages attendent les escales, mes mains en seront libératrices. Au fil de la traversée, les souvenirs et les êtres d'avant quitteront leurs habits de fardeaux. Les vagues couvriront leur nudité du moment, les nuages glisseront les parures de pardon.

Je contemple l'horizon qui m'appelle. Au-delà des yeux, une terre d'asile me tend les bras. Je souris à son nom en ce moment de grande tristesse. Pi est destinée, sa route mystérieuse. Je dépose mes espoirs au gré des volontés marines.

Carnet de route vers l'île aux bonheurs

Les pavés de la ville ont disparu avec le port. La mer est calme, l'horizon n'est que bleuté.

Je me suis laissé bercer si longtemps par les balancements du bateau que j'en connais les moindres finesses. Depuis peu, les flots s'ouvrent avec plus de délicatesse. Lü semble ralentir.

Je crois que la première escale s'annonce.

Première escale

La rencontre du possible

Le possible est en nous

Lü accoste aux abords d'un ponton. Je pars à la conquête de ma première escale. Mes pieds glissent sur un sable plus doux que les pavés de la ville. Ma tristesse ne veut plus me quitter. En avançant, mes pensées s'envolent pour se poser dans une pièce aux murs blancs. Des frissons parcourent mon corps, je ne veux pas revivre cet épisode de ma vie. Je fais tout pour occuper mon esprit, mais rien n'y fait. Je me retrouve toujours dans cette blancheur inhospitalière.

Je ferme les yeux et appelle Hungalaï à mon secours. J'ai beau me concentrer, je ne vois rien, n'entends rien et ne ressens rien. Je suis prêt à faire demi-tour quand j'aperçois, au loin, un unique rocher. Je vais à sa rencontre et ce qui me semblait être solitude abrite une grande barque et un homme adossé à sa coque. Il passe une grande aiguille dans les mailles d'un filet de pêche qu'il tend entre ses orteils.

Je vais vers lui. Arrivé à sa hauteur, il me sourit et me dit :
- Bonjour Ami, beau temps aujourd'hui, n'est-ce pas ?

Je lui réponds un oui évasif. Il me dévisage. Après m'avoir détaillé de la tête aux pieds il me demande ce qui ne va pas. Je lui prétends que tout va bien, mais il ne me croit pas. Il insiste tellement que je me sens presque obligé de lui dire :
- Depuis que je suis sur cette plage, je repense à un vieux souvenir qui me dérange.

Il prolonge son sourire par ces mots :
- Les souvenirs sont de belles choses. Ils font partie de toi. S'ils te semblent pénibles, c'est que tu ne poses pas le juste regard sur eux. Raconte, si tu veux bien.

Il pose son aiguille et s'installe plus confortablement contre la coque. Je soupire et offre à cet inconnu une intimité de ma vie...

...Le soleil s'infiltre dans la pièce aux murs blancs. Douce journée d'été, mes parents sont passés me souhaiter un joyeux anniversaire. Trente ans, une jeunesse d'adulte au milieu de cette pièce. Je regarde les rayons du soleil chatouiller mes pieds. Je souris à ce clin d'œil de la nature. Quelques minutes plus tôt, un homme était à genoux devant moi. La seule offrande qu'il me présentait était la force de ses mains. Maintenant, il tend son épaule pour m'aider à marcher, il me soutient pour m'asseoir dans ce fauteuil roulant. Il dépose, un à un, mes pieds sur les barres métalliques. Il me sourit, passe derrière moi, et pousse le fauteuil. Pas de musique en cette journée d'été. Il m'emmène, comme tous les jours, vers la recherche. Celle de ce mal qui m'immobilise. Compagnon d'infortune, il pousse, ouvre des portes, me pose ici, me place là. Des bonjours me saluent, suivis de bavardages pour combler les silences. Ce compagnon infatigable, revient toujours, pousse et retourne dans la pièce aux murs blancs. Manège incessant, couché, assis, couché ; ses mains tendues pour déposer, un à un, mes pieds sur les barres métalliques du fauteuil.

Un jour, un homme en blanc entre les bras chargés d'enveloppes et de papiers. Le visage embarrassé, il donne son verdict. Jugement pour un non coupable : « Tous les examens ne montrent rien de grave. Vous avez un problème de cervicales, mais ça n'explique pas tout ». J'ai mis des années pour digérer ce « ça n'explique pas tout ».

Derrière le paravent de cet aphorisme, se dissimule une gêne évidente. Bien sûr, le ton est tout autre, interrogatif, camouflé d'incompréhension. Comment peut-il en être autrement, ce médecin au diagnostic déloyal m'a emmené vers cet hôpital, mais ce qu'il ne dit pas c'est qu'il m'a emmené ailleurs. Il m'a conduit vers l'inertie de mon corps. Un jour, un diagnostic, des médicaments sans effet, de nouveaux médicaments, toujours sans effet. En désespoir de cause, des doses de plus en plus fortes, une descente infernale.

Dans un brouillard de confusion, des mots résonnent dans mon esprit, problème de cervicales. Subitement, dans une énergie inébranlable je lui dis que je veux rentrer chez moi. Je ne sais pas pourquoi je dis ça, mais je sais que je dois le faire. Aujourd'hui, je peux affirmer que Dieu m'a guidé, m'a sauvé. Il s'ensuit une bataille sans répit, des discussions sans fin. Ma détermination est telle qu'il finit par céder. Je signe une décharge, puis une ambulance vient me chercher. Quelque temps plus tard, le soleil chatouille mes pieds, chez moi. Je n'ai jamais revu cet homme.

Le soleil se couche, les rayons ne réchauffent plus mes pieds. Je suis à ma place, mais sans mon compagnon d'infortune. Allongé sur mon lit, la nuit s'écoule. Les yeux fermés, l'esprit ouvert, je me fraye un passage au travers des chemins de pensées. L'aube pointe sa lumière. Décidé, je téléphone à un pharmacien, livreur innocent des causes du mal. La lucidité me montre le bon chemin. Une forme de soulagement, de bonheur emplit la ligne, il me donne un nouveau point de salut. Des mots s'échangent et, quelques instants plus tard, un nouveau médecin est devant moi. Les rayons de soleil chatouillent de nouveau mes pieds.

Comme il est étrange que, d'un homme à un autre, les diagnostics s'opposent. Aujourd'hui, je suis dans le bon camp, l'avenir me le prouvera. Je me souviendrai toujours des mots qu'il m'a dit après ma guérison : « Quand je vous ai vu la première fois, pour moi vous étiez foutu. Je suis heureux que vous ayez prouvé le contraire ».

Le soleil réchauffe ma vie, plan de bataille d'un médecin au grand cœur, la visite d'une infirmière accompagnée de piqûres, un nouveau traitement. Ensuite le salut des cervicales, guérir le mal, ce qui fut fait. Le ça n'explique pas tout devient origine du mal et guérison. Des années auparavant, j'avais eu un accident de voiture, pas trop de mal. Du moins en apparence, le coup du lapin qui ne m'avait causé que quelques maux de tête passagers, avait fait son œuvre au cours des années. Des symptômes m'avaient fait ouvrir la porte d'un homme à la blouse blanche.

Mais aujourd'hui, être chez moi devient difficile. Les luttes emplissent mon quotidien. Des avancées déterminées aux tombées du corps. Pas un moment de répit, tout est lutte. Lutte contre le corps, lutte contre les pensées. Courage, désillusion, assurance et désespoir. Dans la continuité des jours, je me lève. J'avance toujours plus loin, un pas, puis deux, puis d'autres, toujours plus. Tous ces instants mis à bout m'emmènent au bout de la route.

Je me souviens d'une semaine parmi tant d'autres qui a marqué ma vie. Un soir, au début de cette « aventure », je regarde la fenêtre. Derrière les vitres se dessine un jardin. Pas très grand, mais un beau jardin. Tout au fond, un saule semble me faire signe, il m'appelle. Quelques minutes plus tôt, la douce infirmière me le montrait. Son sourire nourrissait ma graine de courage. « Regardez cet arbre, il faudrait poser votre main sur le tronc. Vous pouvez le faire, prenez le temps. L'important c'est d'aller le toucher, pas le jour où vous y arriverez. »

Ce soir-là, je regarde cet arbre qui semble si loin. Bien après, j'ai mesuré les pas ; trente-trois pas me séparaient de l'immobilité à la première marche. Je consacre tous mes prochains jours à ce défi. Trente-trois pas, le défi du moment. Que dire de ces minutes d'acharnement à poser le pied, se stabiliser pour trembler debout, à oser le bouger d'un petit centimètre. S'arrêter, respirer, reprendre courage et aller au-devant de ce prochain centimètre. Toutes les minutes ne prenaient leur existence qu'à ma main qui, un jour, irait caresser ce tronc.

Au gré des jours et des nuits, je grignote ces centimètres sans jamais baisser ma volonté. Jamais, pas une seconde je ne renonce.

Je veux caresser ce tronc, il attend ma victoire. Ces heures semblent durer des vies. Un centimètre de plus est déjà une victoire. Mais si un nouveau centimètre devient silence, il faut s'immobiliser, se tenir sur ses jambes qui ne veulent plus obéir, trembler sur place et essayer de repartir vers ce nouveau défi, ce centimètre de plus.

Mais il est des centimètres qui sont les derniers pour cette heure. Je suis suspendu en un lieu où le seul point de retour est derrière, dans ce canapé d'où je viens. Les centimètres sont nombreux. Je ne peux plus avancer d'un centimètre et je dois reculer de tellement de centimètres. Ce retour semble impossible. Le sur place s'éternise, la volonté doit m'emmener, derrière. Le point de salut devient le but du moment, je reprends cette route interminable à l'envers. Un petit pas, un arrêt, une volonté vers le prochain, une répétition incessante, une partition connue. Et le canapé m'offre le repos, les minutes où les heures s'égrènent.

Je regarde ce saule, je veux le caresser, alors je me relève et repars à sa conquête. Je ne me souviens plus avoir dormi, je me souviens que les jours et les nuits se vivaient du canapé au saule. Parfois, je fais un détour à la cuisine pour me donner des forces. Tout un monde sépare cet arbre de la cuisinière. Vers le tronc, je suis seul, l'espace m'enveloppe. Vers la cuisine, un allié inestimable, en ces temps, m'épaule, le mur libérateur du poids de mes jambes.

Après ces retours, je reprends force. Une force du dedans, une force intérieure. Une respiration longue donne toujours le départ vers les incomparables trente-trois pas. Le ballet incessant des avancées et des reculs reprend ses droits. Devant, derrière, devant, derrière, mais toujours devant avec un centimètre de plus, toujours un inévitable centimètre de plus. Ce centimètre-là est mon cheval de bataille et, mis au bout des autres centimètres, il me rapproche inexorablement de ce tronc à l'appel de vie.

Un jour de magie, au-delà de la raison, j'ai caressé ce saule. Dieu, que la victoire est belle…

Je garde cette force en moi quand je regarde l'homme au filet de pêche. Il me dit :

- C'est une très belle histoire. D'ailleurs, une jouissance de vivre vibre dans tout ton être. Ce passage peut être vu avec des yeux de tristesse, de difficulté, de dureté de la vie. Bien sûr, c'est une façon d'aborder ton histoire. Mais tu en es l'acteur, tu peux en donner une autre approche. Ces moments pénibles sont une expérience, un passage dans l'ordre des choses. Cette expérience est une chance, car si tu en saisis le sens tu apprendras que le possible est en toi.

L'énergie que tu as déployée a décuplé les centimètres, puis les mètres, les kilomètres et enfin tu as découvert qu'il n'y a plus de limite aux horizons. Cette énergie, cette victoire fait partie de toi. Ces jours passés ont été un bout de chemin, mais ils t'ont surtout donné accès à la connaissance profonde qu'une telle énergie vit en toi. Elle t'appartient. Tu as fait sa connaissance dans ce jardin, elle t'accompagne depuis. Tu vois, ce souvenir qui te dérangeait est un trésor pour toi si tu poses le juste regard. Si tu rencontres des difficultés, traverse le jardin de la vie pour caresser l'arbre de la confiance absolue.

Un poids énorme semble sortir de mon corps. Je le remercie et il me dit :

- Mais de quoi ? J'ai aimé ton histoire. C'est moi qui devrais te remercier de m'avoir apporté ce rayon de soleil.

Il reprend son filet et repasse son aiguille. Je lui dis au revoir et il me souhaite une bonne journée. Je repars vers le ponton en sachant que je me suis délesté d'un murmure de la folie du passé.

Par cette belle journée, de toute mon âme, je bénis les barres métalliques de ce fauteuil roulant, je bénis ce jardin et je bénis ce saule.

Etre l'auteur de notre vie

Je marche depuis longtemps quand je décide de me poser. J'ai besoin de laisser aller mes pensées. Je ne comprends pas vraiment ce qui m'arrive. Je suis si loin de chez moi. J'ai cette impression étrange de vivre un rêve. Pourtant tout semble réel. Je n'ose effleurer le visage de Meskhenet dans les recoins de mes souvenirs. Je suis conscient du mal qui frappera tout mon être. Je préfère rester, pour l'instant, avec le sourire d'un pécheur inconnu.

Ces paroles m'ont ouvert un nouvel horizon, le juste regard.

Il a raison, ce passage de vie a été très pénible mais aujourd'hui je le regarde comme un cadeau. Ces centimètres et cette bénédiction sont distants de plusieurs années. Deux comportements pour la même histoire. Les avancées de pas puis le chemin de l'esprit, faire de ce passage difficile une beauté. Deux regards, un œil empli de larmes pour voir le pénible dans une épreuve, un œil ébloui de lumière pour vibrer du bonheur de cette expérience.

Des yeux qui regardent dans deux directions, mais les yeux du même homme. Je réalise que l'homme a la capacité d'énergie et de regards. Tous, nous traversons des moments difficiles et s'en plaindre nous plonge dans la détresse. En fait, ou nous choisissons de pleurer ou nous choisissons de voir. Chaque expérience qui nous est proposée nous appartient et peut nous permettre de comprendre, d'en tirer toute sa signification et de progresser. La vie en est la preuve irréfutable.

Un homme chute son avenir sur le dossier d'un fauteuil, les pieds posés sur des barres métalliques. Il égrène sa vie aux sons des désespoirs, des lamentations, des désillusions et au nom de la malchance. Il est écrasé par le destin.

Un homme se pose délicatement sur le dossier d'un fauteuil, les pieds posés sur des barres métalliques et avance les pas, poursuit sa vie, éclaire de lumière les barres métalliques aux sons de l'espoir, des ressentis.

J'imagine la fin de chaque histoire. La première est dramatique et la seconde sublime.

Je prends conscience, sur cette plage, que des mondes semblent séparer ces deux hommes. L'un n'est pas, l'autre est. Pourtant, ils sont hommes tous les deux. Nous sommes tous des hommes et des femmes, des êtres humains qui foulons nos vies dans un seul et même monde. Un monde semblable pour tous, parsemé de pleurs, de rires, de tristesses, de bonheurs. Nous avons tous ce parcours, absolument tous. Alors pourquoi des hommes sont-ils plus heureux que d'autres ?

Je regarde les nuages dans l'attente d'une hypothétique réponse. Elle ne vient pas et je poursuis mon chemin de pensées. Peut-être que certains ne traversent que rires et bonheurs ?

Je me demande si j'en connais. Il me semble en trouver deux ou trois. J'essaye de voyager au centre de leur vie et je suis obligé d'abdiquer. Non, je n'en connais pas. D'ailleurs, si un jour, je rencontre un homme qui en connaît un, il faudra qu'il me le présente, il sera unique. J'en serai ravi, mais je le prierai de quitter son manteau d'égoïsme et de partir à la conquête du monde pour présenter cet homme à l'humanité, elle en a tant besoin.

N'ayant trouvé aucun être qui n'a traversé que rires et bonheurs, je décide d'aller plus loin. Je fouille l'histoire, je remonte jusqu'à la nuit des temps. Je ne sais pas si c'est un manque de culture, mais je n'ai vraiment pas trouvé un homme, une femme qui, de la naissance à la mort, n'ait connu que rires et bonheurs.

En fait, nous connaissons tous les pleurs, les rires, la tristesse, le bonheur. Nous sommes tous égaux sur le parcours de la vie.

Par contre, pour les mêmes expériences, nous pouvons avoir des destinations différentes. Certains sont heureux, d'autres pas.

Je ne sais pas si c'est Hungalaï qui vient à mon aide, mais je sais que j'explore les méandres des émotions avec une facilité qui m'était inconnue. C'est comme si tout devenait un peu plus simple. De toute façon, depuis que j'ai posé le pied sur ce navire, tout est différent, tellement différent.

Je poursuis ma traversée du bonheur et vais à la rencontre de ces deux hommes face aux barres métalliques. Le premier se laisse écraser par les circonstances de la vie, communes à tous, ou laisse les peurs prendre le pouvoir. L'autre prend cette expérience et la nourrit d'espoir et d'amour. Il traverse un passage qui est dans l'ordre des choses, explore, comprend, en tire les fruits. Il bâillonne le mental et affronte les peurs. Il va au-delà des murmures de la folie du passé et respire au rythme de son ressenti.

La différence est dans la manière. Entre le premier et le second la subtile nuance est la manière. Quelles que soient les expériences pénibles, elles n'en restent pas moins des difficultés et des souffrances. Le secret est la manière et non l'homme. Alors, puisque la clef n'est ni dans les circonstances, ni dans l'homme, mais dans la manière de traverser une épreuve, je me dis que nous devons être l'auteur de notre vie.

En trouvant ces mots, « Etre l'auteur de notre vie », des frissons parcourent mon corps. La plage prend une autre dimension. Un petit quelque chose s'éclaire. Je prends conscience qu'à chaque expérience j'ai le choix d'être cet auteur. Je suis, alors, à la croisée des chemins. Je dois me demander à qui je donne le pouvoir ? A mes peurs ou à mon cœur ? Quel regard je pose sur ce passage de vie ? Celui de la fatalité et du désespoir ou celui de la compréhension et de la confiance ?

J'ai rencontré des multitudes de croisées de chemin au cours de mon existence. Certaines ont été anodines, d'autres importantes, d'autres cruciales. Mon ressenti m'a toujours interpellé pour me murmurer un essentiel. Parfois, je suis devenu auteur sans m'en apercevoir, comme si quelque chose me poussait. Je ne comprenais pas, mais j'ai agi. Parfois, j'ai su que quelque chose était présent, je le ressentais, sans trop savoir, et j'ai agi aussi. Mais surtout, à tous ces petits moments de vie, quand un petit quelque chose vient murmurer un chuchotement, je comprends que l'essentiel est de laisser parler son cœur.

Je regarde de nouveau les nuages. Je n'ai plus de question à leur poser, j'ai l'envie de remercier quelqu'un, bien plus haut. Là-bas, au-delà des nuages.

Je suis heureux sur cette plage. Je me laisse bercer par les roulis de la mer qui chatouillent mes pieds. Je m'étends et ferme les yeux. Je repars dans le temps, un certain vendredi soir…

…Je conduis sur une nationale et je n'ai aucune envie d'aller où je vais. Pourtant, je suis sur cette route. Je pars avec un couple au restaurant, au bord d'un lac.

Quelques jours plus tôt, un après-midi, une femme en vacances dans le sud de la France prépare sa valise. Elle va rentrer chez elle. Personne ne comprend, elle est là, pour une dizaine de jours encore, et aujourd'hui elle décide de rentrer chez elle. Pourtant tout va bien, il fait un temps splendide, elle est bien avec sa famille, ses amis, tout va vraiment bien. Personne ne comprend, même elle ne comprend pas. Rien ne l'y oblige, pourtant elle fait sa valise. Elle rentre chez elle, un jeudi du bord de mer.

Un vendredi soir, cette femme prend la route d'un restaurant, au bord d'un lac. Un peu plus tard, assise sur le bord d'une table, elle voit trois personnes entrer. Un des hommes ne semble pas content.

Elle le suit du regard, sourit, il n'est vraiment pas content.

Je regarde autour de moi et me dis, avec une conviction à toute épreuve, qu'à vingt-trois heures, au plus tard, je rentre chez moi. Je vois une femme, assise sur le bord d'une table.

Le temps égrène ses minutes, le repas est pour bientôt. Je vois toujours une femme assise sur le coin d'une table. Les chaises s'écartent, elles accueillent leur nouvel hôte, un compagnon, une compagne du moment. Des hommes et des femmes s'assoient autour de moi, des personnes de hasard m'entourent. Mon ami me rejoint et je regarde une femme, assise, face à moi, un peu plus loin.

Le temps passe, avec son cortège d'assiettes, de verres emplis, de verres vidés, de bavardages, de vociférations. Des brouhahas s'entre-choquent et je regarde une femme assise en face de moi, un peu plus loin. Parfois sa bouche s'anime, mais les sons restent muets, deux tables nous séparent. Je ne pourrais dire ce que j'ai mangé et bu, ce vendredi au bord du lac, je regardais une femme un peu plus loin.

Magie de la vie, ce vendredi, je vois ses lèvres bouger et son âme me saluer. Je devine ses paroles et sens ses silences. Aucun son ne me parvient, mais je ressens tout ce qui est « elle », à chaque instant. Pendant tout le repas, je ressens cette femme, face à moi, un peu plus loin.

Frisson de mes sentis, une femme, une inconnue. Pas de mots échangés, je goutte ses silences, je vis ce qu'elle éprouve. Je voyage au-delà de son apparence, je pose pied dans ses escales. Un moment, elle ouvre une porte, parenthèse de tristesse dans son monde intérieur. Je la ressens, mon âme épouse la sienne. Je suis en communion avec elle et, comme un Van Gogh un beau jour de printemps, je prends le pinceau, plonge les poils dans les gouttes de couleur, et immortalise. Dans les fibres de la toile, les jaunes incrustent un champ de blé, les verts un horizon imaginaire, les harmonies de jaune et de noir créent l'homme, le bleu lui donne forme, il vit dans la renaissance d'un ocre. Le rouge offre la femme, le roux l'identifie, et le mélange subtil du jaune et du noir allie ces deux êtres. Le bras délicatement posé sur l'épaule de l'homme, elle enfante l'unité. Comme un beau jour de printemps, près d'Arles, le couple amoureux est né.

Etre l'auteur de ma vie. A la magie du moment, à la magie de cette femme, les murmures de la folie du passé frappent à ma porte. La peur inconsciente pointe le bout de son nez, l'enfance et ses déchirements se rappellent à moi. Une femme, dangers, souffrances, peurs incontrôlées gravées au plus profond de ma mémoire. Mémoire d'un enfant, mémoire d'une mère, mémoires effacées à tout jamais, maintenant.

Mais ici, dans ce restaurant, au bord d'un lac, les murmures sont incessants. Point de rencontre à la croisée des chemins. Où vais-je aller ? Sans décider quoi que soit, je suis mon instinct, mon destin, je suis l'auteur de ma vie. Je me trouve transporté devant elle, et quelques souffles plus tard, nous tournons dans l'espace au rythme de Neil Diamond. Nous partageons nos mots, nos vies, nos espoirs. Les cordes des violons nous enchaînent, la harpe caresse tendrement nos corps. Gourmande, elle vient, revient. Nous refaisons le monde, celui de nos sentiments. Nous sommes, sans le savoir, déjà dans notre histoire. Nos âmes le savent, les anges en sourient. Les êtres, les meubles, les alentours deviennent invisibles. Nous sommes seuls au centre de l'espace, au centre de nos espérances. Nous nous sommes trouvés, nous nous sommes retrouvés.

La soirée semble vouloir tirer sa révérence. Des au revoir, des à bientôt fusent. Sa voix me demande « Tu dois ramener quelqu'un ? Je n'ai pas ma voiture, elle est en ville ». Merveille de la subtilité féminine. J'en suis souvent ébahi. Un homme aurait simplement dit « Tu peux me ramener ? ». Une femme, non, elle suggère. Aujourd'hui, je souris, avec tendresse, à ces instants de douces provocations. Admirant les nuances, je lui ai proposé de la ramener, si ça pouvait lui rendre service.

En cette nuit, nous longeons le lac vers la ville. La place vide qui m'accompagnait depuis fort longtemps s'illumine de sa présence. Je gare ma voiture près de la sienne sur un parking. Je coupe le moteur, me tourne vers elle. Elle me regarde aussi et un silence vient nous servir de compagnon. La pluie tinte sur la toiture. Des aigus s'en échappent et des milliers de feux d'artifices scintillent sur la vitre. Je crois qu'elle a prononcé le premier mot, puis d'autres. Je viens la rejoindre et nous déroulons tout ce qui était interdit, avant, avec les autres. Nous déroulons nos espoirs cachés. Nous restons des heures sous cette pluie. Si l'union des rêves existe, quelque part en ce monde, dans l'esprit des hommes et des femmes, je peux vous affirmer que l'union s'immortalise sous ce déluge d'eau.

Je contemple son visage. Dans cette nuit, les ombres, les lumières des réverbères, les étincelles de pluie, son blouson au col remonté se mélangent aux tons de notre espace. Les teintes se fondent les unes aux autres. Seul son visage éclaire les lieux, illumine mon cœur. La lumière de son visage s'imprègne dans les profondeurs de mon être.

Ce soir-là, Meskhenet entre dans ma vie.

Etre l'auteur de ma vie. A la magie du moment, à la magie de ce visage, les murmures de la folie du passé frappent, de nouveau, à ma porte. Dans un réflexe incontrôlé, je me tapis contre ma portière. Blotti le plus loin possible, je donne, sans comprendre, les rennes à mes peurs inconscientes. Mais je suis à la croisée des chemins. Je suis l'auteur de ma vie, au-delà des murmures de la folie du passé. Ce soir-là, nous avons fait l'amour avec les mots, les regards. Nous avons fait l'amour dans la tendresse de nos sourires.

Etre l'auteur de ma vie. Ce soir-là, je suis allé au-delà des peurs, au-delà des murmures de la folie du passé.

Je survole ces années d'après et m'arrête, un instant, pour me retrouver. Certaines nuits, au rythme de Georges Michael susurrant son « The first time ever I saw your face », je m'abandonne à la mélodie. Les violons caressent mon cœur et je regarde Meskhenet dormir à mes côtés. J'embrasse tout son être d'amour. Doucement, tout doucement, j'effleure son cœur. Je regarde son visage et le bonheur l'enveloppe. Sans la réveiller, je la contemple et je m'abandonne comme un enfant. Comme un enfant qui naît dans la pureté, la paix et l'amour. Je regarde Meskhenet tout simplement et je suis bonheur…

…Sur cette plage, je me lève d'un bond pour quitter ces doux souvenirs. C'est presque une question de survie aujourd'hui. Il est des douceurs d'avant qui deviennent hurlements de misère du moment. J'y retournerai le moment venu, mais aujourd'hui je préfère rester dans la légèreté du sourire d'un pêcheur.

Je pose mon regard vers l'intérieur des terres. J'aperçois un sentier. J'y pose mes pieds allègrement.

Hâtez-vous, lentement

Le soleil envahit les espaces, il réchauffe mon corps. J'avance au gré des hasards sur des chemins qui se croisent, bifurquent. J'admire les merveilles que la nature m'abandonne. Un arbre gigantesque transperce les cimes. Une branche désarticule ses bois. Des myriades de feuilles étincellent de couleurs harmonieuses. Les chemins disparaissent, le crissement des brindilles accompagne ma route. Un écureuil sautille de branche en branche. Je le suis, il me guide sur l'île de ma première escale en cette après-midi d'été. Il m'entraîne où je ne serais pas allé. La randonnée prend un autre cours. Elle s'aventure dans les tréfonds de la forêt. L'écureuil virevolte et mes pensées vont et viennent.

Je marche mais je ne sais pas que je marche, je ne pense pas que je marche. Mes pensées explorent toutes les directions sans jamais me montrer comment il faut avancer, comment il faut marcher, comment j'ai appris à marcher. J'ai oublié ce que j'ai appris, j'utilise le geste des pas sans m'en rendre compte. L'apprentissage de la marche a été long, semé d'embûches, de tombées, de levées. Un temps bien long, j'ai oublié ces longueurs. Pourtant, aujourd'hui, je marche, tout est normal, naturel.

En suivant cet écureuil et en prenant conscience de mes pas, je fais une étrange association d'idées. Je comprends que si nous voulons être heureux, être bien dans notre vie, être bien avec l'autre, nous devons laisser le temps au temps, nous hâter lentement. Comment prétendre que l'alchimie complexe de deux êtres va s'harmoniser en un coup de baguette magique ? Comment croire que la métamorphose d'un être va éclore par la magie d'une fée ? Nos peurs et nos souffrances dirigent notre vie depuis le début. Elles se sont entassées, les unes sur les autres. Elles forment un brouillard envahissant, interdisant l'accès à notre Vraie Nature, notre vrai Moi. Elles ont mis des années, peut-être des siècles de vies pour être ce qu'elles sont maintenant. Pour vivre, je dois éteindre les murmures du passé.

Mais pour arriver au bout de ce voyage, je sais maintenant que cela prendra du temps. Je dois avancer à petit pas. Chaque pas est un terrain gagné. Chaque pas est un pas dans le nouveau monde, le monde de la libération. Les Tsins sont mes alliées, le temps est mon ami.

Je souris à ces futurs pas, dans ce nouveau monde. Ils sont un peu comme nos tout premiers. Je m'assois près d'un arbre et remonte loin, très loin. Je suis un beau bébé, insouciant…

…Je suis sur le sol, j'avance à quatre pattes. J'explore mes espaces. Je vais à la découverte de tous les recoins de la pièce. Un jour, accidentellement, je tends les mains avec force, et je découvre, intrigué, que je peux me tenir sur mes pieds. Première étape, debout, dans l'espace, tanguant d'avant en arrière, de gauche à droite. Et boum, je tombe. A quatre pattes, je trouve cette position d'avant assez intéressante. Je décide de recommencer. Et hop, je repousse sur les bras, et je balance mon poids sur mes pieds. C'est drôle, vraiment drôle… alors je recommence, sans cesse, et je tombe sans cesse, car c'est très difficile. Sur mes pieds, il faut faire tenir les genoux et, quand ils tiennent, les hanches se dérobent. Quand, au bout d'un effort hors du commun pour un petit bout de chou, j'arrive enfin à tenir, les pieds se croisent, et boum, par terre.

Je recommence, les mains tendues, je pousse avec force, attention je tiens les genoux, puis les hanches. Je tiens debout, pour un instant seulement, je croise encore les pieds. Je recommence cette aventure jusqu'au moment où je garde les pieds écartés. Ouf, enfin je suis là, debout dans cet espace, merveille des merveilles. Je suis heureux, je ne pense plus, et boum, je retombe. Maintenant, je dois apprendre à me concentrer. Me concentrer sur les genoux, les hanches, le poids du corps, les pieds écartés. Tout en même temps. J'arrête pour aujourd'hui, c'est trop fatigant, je recommencerai demain.

Suite de mon aventure. J'y arrive mieux aujourd'hui, mais me lever demande un gros effort et tenir à la même place un plus gros encore. Alors j'essaye tout, pour trouver la solution. Je réessaye pendant plusieurs jours. Parmi toutes mes tentatives, il y en a une qui semble plus intéressante. Je pousse d'une seule main puis je pousse des deux pieds. C'est mieux, mais quel travail. Pousser d'une main, des deux pieds, me lever, contracter les hanches, les genoux, tenir les pieds écartés. Ce n'est pas tout, il faut aussi répartir mon poids dans l'espace. Et quand enfin je maîtrise cette position debout, il me reste beaucoup de travail, il faut avancer. Une nouvelle aventure qui prendra des jours, des semaines, voire des mois. Il faut apprendre à répartir le poids de mon petit corps, trouver l'équilibre pour chaque mouvement, bouger les mains, la tête, les épaules, le tronc, les jambes, les pieds et ainsi de suite. Chaque partie de mon corps doit être en équilibre à chaque mouvement.

Quelle aventure ! Mais maintenant je tiens parfaitement bien sur mes deux pieds. Intrépide, je décide d'aller voir, là-bas, un peu plus loin. Et boum, je tombe. Je réussis à maîtriser la position debout sur mes deux pieds, mais pour aller voir là-bas, il faut faire un pas en avant, puis un autre, et ainsi de suite. Pour le faire, je dois, pendant un instant, être sur un seul pied. L'équilibre est différent, je dois apprendre à répartir mon poids sur un seul pied, et il n'est pas le même pour la droite et la gauche. Que de temps il m'a fallu pour apprendre à mettre un pied devant l'autre et pouvoir enfin toucher ce petit jouet qui était posé là-bas, un peu plus loin. Puis, avec le temps, j'ai même appris à avancer en regardant ailleurs, à gauche, à droite et même derrière.

Quel travail, que d'efforts et de temps pour, aujourd'hui, me promener dans cette forêt et suivre cet écureuil qui sautille de branche en branche. Que de temps pour marcher sans même en être conscient...

...Apprendre à vivre au-delà de la folie du passé, au-delà des apparences, au-delà des peurs, c'est apprendre à marcher. Marcher autrement sur les chemins de la vie. Nouveaux pas, nouvelle marche qu'il faut apprendre. Comme ce bébé que j'ai été, je dois trouver l'équilibre. Je suis comme un enfant dans cette nouvelle aventure. Laisser les pas venir les uns après les autres, naturellement, simplement, laisser le temps au temps, me hâter lentement.

Je suis certain que si j'accepte de me hâter lentement, je toucherai, un jour, ce qui m'appelle là-bas, un peu plus loin. L'enfant a trouvé un jouet, je trouverai le plus beau cadeau de la vie, le bonheur. Le temps est mon ami.

Je continue ma poursuite de l'écureuil sauteur. Mes pas se font plus légers. Il quitte la végétation chatoyante et je me retrouve sur la plage. Tout près, un rocher et derrière, un homme qui passe une aiguille dans son filet de pêche. Quand je suis près de lui, il continue sa tâche et me dit :

- Tu as fait une belle promenade ?

Il va me prendre pour un fou, mais je lui réponds que j'ai suivi un écureuil. Tout à l'heure, il me souriait de ses lèvres, maintenant c'est de ses yeux. Nous bavardons de choses et d'autres jusqu'au moment où il me redemande ce qui ne va pas. J'ai beau lui prétendre que tout va bien, il insiste. Je n'ai vraiment pas envie de résister. Je lui parle de Meskhenet. Il m'écoute et me dit :

- Tu te souviens du juste regard ? Ta souffrance est réelle comme ton amour qui est vrai et sincère. Alors si tu es dans l'amour pour elle tu dois accepter son choix, même s'il te fait souffrir. Respecter son choix c'est respecter son être. Son amour est peut-être vrai, mais les murmures de la folie du passé envahissent sa vie. Tu dois comprendre que les souffrances peuvent être plus fortes que l'amour. Comprendre que ce que tu traverses, l'autre peut le traverser aussi. Tes murmures te dérangent, t'encombrent, t'empêchent. Tu voudrais, mais tu ne peux pas. Alors laisse le droit à l'autre d'aller où elle ne peut qu'aller maintenant. Même si c'est très difficile, laisse lui ce choix.

Tu dois comprendre que toi, aussi, tu peux faire souffrir par tes comportements et tes empêchements. Comprendre que tu es capable de prendre des directions opposées à tes désirs profonds. Comprendre que ce que tu peux faire, l'autre peut le faire. Accepter cette vérité, c'est accepter les méandres de la vie, c'est accepter le choix de l'autre.

Quand tu auras pu faire ce pas, tu comprendras. Une femme qui aime, mais une femme envahie par les murmures de la folie du passé, des souvenirs enfouis, des peurs d'enfant, des peines, des désillusions, des tromperies, des humiliations d'adulte. Des peurs venues d'hommes ou de femmes d'hier, la peur d'avoir mal, la peur de souffrir. La peur des hommes ou des femmes.

Je l'écoute avec mon cœur. Je ne peux expliquer comment toutes ces larmes qui inondent mon corps n'égrènent même pas une goutte aux frontières de mes yeux. Je pleure d'aimer car je sais que cet homme a raison. Je repense à un des plus beaux cadeaux que m'offrait Meskhenet quand elle me disait : « Tu es le seul homme en qui j'ai confiance. Tu ne m'as jamais fait de mal et je sais que tu ne m'en feras jamais ». J'ai cru que c'était un essentiel.

Les mots du pêcheur ne me parviennent plus. Je baigne dans un regard dont j'ignorais l'existence. Le regard juste, celui qui nous dit les vérités qui font parfois si mal, mais qui sont si vraies. Je comprends que ce qui devait être un essentiel en était un mais sans les murmures de la folie du passé. Tout s'éclaire. Quand les peurs prennent le pouvoir, une porte se ferme pour ouvrir celle du silence. Je hurle contre ces peurs qui nous empêchent. Fléaux de l'humanité depuis la nuit des temps, ruines des amours possibles.

Je deviens peut-être fou, mais j'entends une petite voix qui me chuchote que si je ne comprends pas, je devrai tout revivre, plus tard, dans cette vie ou dans une autre. Je suis loin des pavés mouillés de la ville, maintenant je sais que j'irai au bout de ce voyage. Je veux comprendre. Je suis prêt à voir et à entendre ce qui me dérangeait avant. Quel que soit le mal, je le traversais pour guérir, pour vivre, pour aimer. Au point où j'en suis dans cette incroyable traversée, j'appelle

Hungalaï et lui demande de me porter devant un souvenir enfoui qui pourrait m'éclairer maintenant.

Si je faisais cette confidence, on me prendrait pour un fou, mais je peux assurer que je me suis revu des années en arrière…

…Des instants de glace, devant mes yeux effarouchés, un homme et une femme se disputent. Ma mère et mon père entament ce ballet dont je connais l'histoire. Pendant des années ce rituel était de mise. Devant mes yeux effarouchés, mon père et ma mère se disputent. Des mots violents fusent de toutes parts. Ma mère, dans un processus bien huilé, hurle qu'elle va partir, ne jamais revenir. Parfois, elle épice la scène d'une pointe de poivre. Elle va se tuer, commedia dell'arte digne des plus grands dramaturges. Mais je ne suis qu'un enfant. Un enfant qui pleure, qui essaie de retenir sa mère.

Ma mère qui me repousse, ma mère qui ne me reconnaît plus. Ma mère qui, dans un geste de rejet, me pousse à nouveau, ouvre la porte, quitte l'appartement, claque la porte et disparaît. Disparition à tout jamais pour moi. Je me précipite vers mon père, l'implore d'aller la chercher, la ramener. Mais non, il ne veut rien entendre, lui aussi me rejette. Tout se glace, tout se vide. Je suis seul dans un monde de haine passagère. Perdu, je pleure. Perdu, je me tapis devant la porte. Le temps est long, interminable. Je ne suis qu'un enfant et, pour moi, la porte fermée ne se rouvrira jamais.

Une heure, parfois plusieurs heures après, elle s'ouvre. Ma mère entre dans l'appartement, m'ignore et se précipite dans la salle de bain qu'elle ferme à clef. J'essaie de l'ouvrir mais, là aussi, rien n'y fait. Je vais voir mon père, qui me repousse toujours. Je retourne devant cette porte fermée, je supplie qu'elle m'ouvre, mais toujours rien. La commedia dell'arte est à son paroxysme. Au bout d'un long temps, elle finit par s'ouvrir. Ma mère, courbée dans un coin, pleure. Les lamentations durent, sans un mot. Les larmes perdurent. Mais tout se termine bien, comme toujours. Alors le soir, autour d'une table, un homme, une femme, un enfant partagent un repas, comme si de rien n'était…

…Je regarde les lèvres du pêcheur s'évertuer à me tendre des mots, mais rien ne me parvient. Peut-être ai-je entendu l'indispensable. Enfin, je l'entends me dire qu'il doit s'absenter quelques instants mais que je peux l'attendre. Je m'assois et je le vois s'éloigner. Je perds mes yeux au-delà des horizons marins. Je suis triste et au-delà des larmes je fais la connaissance du regard juste. Les mots de l'homme me reviennent comme une offrande : « Tu dois comprendre que les souffrances peuvent être plus fortes que l'amour ». Bien sûr, l'amour de ma mère était vrai mais les murmures de la folie du passé envahissaient sa vie, comme pour Meskhenet et tellement d'autres.

Dieu, qu'être humain est difficile. Je soupire devant cette vérité quand je sens quelque chose qui me gêne en bas du dos. Je me pousse et vais tâter de la main ce qui me dérange. Je trouve un livre *« Le cœur des enseignements du Bouddha »*.

Je feuillette quelques pages au hasard et découvre ces mots :

Pendant quarante-cinq ans, le Bouddha n'a cessé de répéter : je n'ai enseigné qu'une chose, la souffrance et la transformation de la souffrance.

Sans souffrance, vous ne pouvez pas grandir. Sans souffrance, vous ne pouvez pas accéder à la paix et à la joie que vous méritez.

Je vous en prie, n'essayez pas de fuir votre souffrance. Embrassez votre souffrance et regardez profondément en elle. Avec la compréhension... vous pouvez guérir les blessures de votre cœur... Embrassez votre souffrance et laissez-la vous révéler le chemin de la paix.

Dieu que le chemin est long. Un vent venu de très loin me caresse le visage. Un son tibétain s'en échappe. Il me murmure « Hâtez-vous lentement ».

En cette belle après-midi, au bord de cette plage, je susurre au temps « Bonjour Ami ».

Première victoire, début de l'histoire

Le retour du pêcheur vient interrompre mes réflexions. Comme à son habitude, il me demande si tout va bien et je lui réponds qu'effectivement, je me sens mieux. Nos discussions m'ont permis de comprendre beaucoup de choses. J'ai cette impression d'avoir remporté une grande victoire. Il me regarde un long moment puis me dit :

- Attention l'Ami. Tu n'as pas gagné la guerre, ce n'est que ta première victoire. Il te reste beaucoup de chemins à parcourir. Les gens pensent que s'ils ont résolu une difficulté, tout est terminé, c'est gagné. C'est une utopie de l'esprit. Sache que la première victoire, n'est que le début de l'histoire.

Je suis un peu déçu de sa réflexion. Il s'en aperçoit et poursuit :

- Si je veux te rendre service, je dois te dire cette vérité. Autrement, tu te mens à toi-même, tu en connais le résultat. D'ailleurs, la vie t'en a souvent donné la preuve, tu ne crois pas ? Essaye de te rappeler un souvenir où tu croyais avoir gagné alors qu'en fait il n'en était rien.

Je réfléchis un très long moment et je me souviens. Il a raison, je repense à Meskhenet et à notre histoire. Je regarde cet homme en face de moi et lui dit :

- Vous avez raison. Vous savez, Meskhenet, je pense que notre histoire confirme ce que vous venez de dire. Je me souviens...

...Dans ma chambre, la nuit tapisse la pièce d'ombres dansantes, la lune illumine nos corps. La tête sur mon épaule elle s'abandonne. Quelque temps en arrière, nous étions encore chacun dans notre appartement. Le destin nous rapprochait l'un de l'autre, nous devions faire le pas, le grand saut. Nous devions décider de vivre l'un avec l'autre. Un soir, nous avons abordé ce sujet si délicat. Nous en avons parlé longtemps, chacun exprimant ses envies et chacun déroulant ses craintes. L'amour animait nos cœurs et embrassait nos désirs. Nous étions à une croisée des chemins.

Chacun, face à sa propre réalité, affrontait ses murmures. Ce passage fut difficile. Nous l'avons traversé chacun de notre côté et l'un avec l'autre. Nous en avons discuté librement, sans honte, sans pudeur. Nous avons été honnêtes vis-à-vis de nous-mêmes et vis-à-vis de l'autre. L'amour a caressé nos épaules, nous a tenu la main et, un après-midi, nous apposions notre signature au bas d'un contrat. Nous allions être chez nous. Victoire sur nos premiers murmures d'union commune.

La nuit tapisse la pièce d'ombres dansantes, la lune illumine nos corps. La tête sur mon épaule elle s'abandonne. Nos âmes communient. Dieu que la vie est belle, que la vie embrasse le bonheur. Après tant d'années, de parcours sinueux, nous savourons une tendre plénitude dans cette chambre. Plus rien ne peut nous arriver, nous sommes à destination de nos rêves éveillés. Nous nous aimons et l'amour nous enveloppe. Allongé sur le lit, la tête appuyée sur le mur, je savoure cet accomplissement. Je vole au-dessus de mes passés, souris aux doutes d'avant. Rien n'a vraiment plus d'importance, tout ce chemin m'a conduit contre ce corps aimé. Je respire d'aise.

Si l'Eden existe au-delà des nuages, nous avons existé au sein du paradis. Des semaines de bonheurs où tout est amour. Le geste le plus simple est amour. Les pensées sont amour. Nous ne marchons plus, nous glissons. Les jours se succèdent avec harmonie, jouant toujours la mélodie d'un bonheur paradisiaque. Je sens sa présence. Quand au hasard d'un couloir j'entrevois sa silhouette, je sublime cet instant. Chaque regard posé sur elle est magie. J'admire ce qui était en moi depuis longtemps, peut-être depuis la nuit des temps. Quand je suis face à elle, la vie est sa place. Quand je la croise, quand je la découvre assise, je passe ma main sur sa tête, quand je m'endors je pose la main sur son visage.

Nous sommes heureux. Le bonheur dans sa pureté de cristal. Nous atteignons les cimes du sublime. Le soir, nous nous rapprochons, nos peaux s'épousent, nous créons l'unité. Il nous arrive de rester visage contre visage, lèvres contre lèvres, les souffles s'unissent. Moment d'exception, ils se fondent en un seul. Deux corps pour un souffle, un souffle divin.

Le temps est merveille. Un soir, un ami est venu poser son cœur chez nous. Je me souviendrai toujours quand il a franchi notre porte pour rentrer chez lui ; il s'est arrêté, nous a regardés tous les deux et nous a dit : « Je suis très heureux pour vous. Ici, c'est la maison du bonheur ». Tendre ami, doux ami.

Les mots s'encrent sur cette page, guidés par ma main, les phrases se construisent par mon cœur. Que quelques lignes s'immortalisent, pour toi. Tu nous as quittés, il y a quelque temps déjà. Souvent je pense à toi. Parfois en levant les yeux, je regarde le ciel. Là-haut, au-delà des nuages, je vais à la rencontre des gens bien, tu sais ces gens au cœur tendre, généreux, ces gens rares, ceux qu'on aime. Ils sont dans la lumière de l'amour. Je sais que tu es dans cette lumière. Ta place ne peut être qu'en ce lieu. Je te salue avec amour. Bonne route, ton prochain voyage sera l'amour, tu le mérites tellement, Gérard, mon ami.

La maison du bonheur, nous étions arrivés à destination de nos plus belles espérances.

Je plonge mon regard dans les yeux du pêcheur et continue avec une légère gravité…

…Vous avez raison, à ce moment de la vie nous étions arrivés au réel bonheur. Nous avons cru que tout était gagné mais c'était faux. Comme vous le dites, ce n'était qu'une première victoire, le début de l'histoire. Il nous restait du chemin à faire, nous étions encore en voyage et non arrivés à destination. Nous vivions, simplement, un passage de bonheur absolu pour savourer, pour nous montrer notre vérité. Les anges ont dû nous chuchoter à l'oreille « Regardez la vie que vous offre l'amour. Cette vie est vôtre. Il vous reste encore des murmures… allégez-vous de vos bagages de la folie du passé… et tous vos jours seront cet Eden. Gardez au plus profond de vous tous ces moments de merveilles que vous partagez. Ils sont là pour vous montrer votre possible. Continuez ce voyage, rendez muets vos murmures ».

Mais ce n'était que la première victoire. Nous n'avons pas entendu ces chuchotements. Un imprévu est venu troubler cette magie. Un soir, la haine, par l'intermédiaire d'une personne, avait frappé à notre porte. Elle avait imprégné l'air de ses « malédictions » et avait réveillé nos murmures de la folie du passé. Une interférence, un rappel à l'ordre. Nous avions franchi la première grande victoire, en vivant ensemble. Nous avions posé la première pierre mais il nous en restait d'autres à installer, si nous avons appris cette leçon…

Je m'interromps un instant. L'homme me regarde et me dit :

- Pour ouvrir la porte de la libération, tu dois savoir qu'une victoire n'est qu'une étape et non une fin. S'arrêter ici, maintenant, ne conduirait nulle part. Tu t'immobiliserais toujours porteur des murmures du passé. Tu dois t'alléger de tes bagages. Du moins de ceux qui sont des empêchements notoires. De ceux qui interfèrent la libre expression de ton être, de l'autre, de l'amour. Tu peux garder, en parcimonie, des « petits sacs ». Reste humble. Ils prouvent, s'il en est besoin, que tu es humain, tout simplement. Tout à l'heure, tu me parlais de ce soleil qui réchauffait tes pieds, ces centimètres, ta main posée sur le saule. C'était la première victoire de ton parcours. La victoire du possible. Tu as découvert et pris conscience du possible en toi. Elle est ta compagne fidèle jusqu'à ta mort. Devant toutes les difficultés de la vie, tu peux en prendre l'essence, pour franchir un obstacle qui te semble insurmontable. Tu sais l'Ami, chaque victoire n'est qu'un pas de plus vers ta destinée, si tu en es l'auteur.

Je lui souris, comment pourrait-il en être autrement ? Je lui raconte un autre passage de cette vie de couple qui me fait bien comprendre cette notion de première victoire…

…Je me souviens d'un soir, avant la maison du bonheur, qui s'éternisa. Un soir comme un autre, Meskhenet et moi parlions de choses et d'autres. D'une soirée anodine, les mots nous entraînèrent dans la nuit, vers l'aube. Nous sommes au début de notre relation, depuis plusieurs mois nous partageons nos vies, elle dans son appartement, moi dans le mien. Ce soir-là, je suis venu chez elle un peu plus tôt pour lui préparer un repas. J'ai envie qu'elle pose ses pieds sous la table après son travail. Le besoin que sa vie soit simple, qu'elle profite de ces petites choses qui, l'air de rien, soulagent. Après le dîner, nous accompagnons la tombée de la nuit. Chris Rea scande un Road to hell endiablé, les saccades des baguettes frappent les espaces, la guitare fait vibrer nos peaux et sa voix rocailleuse enflamme nos cœurs. Tout est normal, des mots, des vibrations, un soir comme un autre.

Un soir comme un autre, mais deux êtres pas comme les autres. Depuis le premier soir, je goutte ses silences. Je ressens ce qu'elle éprouve. Mon âme a épousé la sienne, un vendredi, au bord d'un lac. Comme la porte du cœur ne peut être refermée une fois ouverte, la porte de l'âme de l'autre est ouverte à vie. En ouvrant son âme, j'ai ouvert la mienne.

Notre histoire est accompagnée de cette « présence ». Ce soir-là, les battements d'un Texas enivrant viennent tapoter aux portes d'un mal être enfoui. Depuis plusieurs jours, je suis mal à l'aise, tendu. Des murmures chuchotent, perfides ils m'envahissent. Elle y pénètre sans hésiter. Les mots prennent une autre direction, ils mettent en exergue mes murmures. Elle fouille, repousse mes barrières, déterre la réalité du moment, me met à nu. Elle trouve les mots, m'aide, me force, m'incite. L'exploration de mes peurs, de mes empêchements, réveille les siennes. Je t'aime, je le sais au plus profond de moi, mais ce n'est pas si simple, pas si facile.

Le temps ne compte plus, Chris Rea enchaîne mélodies sur mélodies. Les harmonies s'échappent dans la nuit. Je, elle, nous… nous nous débattons dans l'énergie de dépasser, d'aller au-delà. Que de mots, de phrases, d'émotions avons-nous échangé ? Que de recoins ont été fouillés, que de peines ont été essuyées. Que d'amour pour cette victoire ? Une victoire de plus, une escale de plus. Une victoire pour aller plus loin dans notre histoire.

A l'aube, nous avions tourné la page d'un morceau d'inconscient. Des petites peurs s'étaient éteintes, nous les avons soufflées à deux. Soulagés, nos corps allongés s'étreignent sans bouger. Nos visages se touchent, une main posée sur sa joue, je la regarde avec amour, avec douceur. Ses yeux jouent le duo de nos sentiments. Chris Rea susurre un Tell me there's a heaver langoureux. Les cordes des violons viennent caresser nos peaux. Immobiles, nous faisons l'amour, nos regards en sont les caresses.

Encore une nouvelle victoire. Il y en eut d'autres, des petites, des grandes, des faciles, des difficiles et un silence aux airs d'inachevé. Porteur de ce silence, je regarde l'homme avec un je ne sais quoi qui lui fait dire :

- Première victoire, début de l'histoire. Poursuis ta route, l'Ami. Il te reste beaucoup de chemins à faire. Rentre bien et prends soin de toi.

Je lui souris une nouvelle fois et repars en direction du ponton. Après une longue marche, je me retourne. La plage est déserte, le rocher est bien trop loin. Je remonte sur le bateau et me pose sur la rambarde. Quelque temps plus tard, je sens les vibrations de la coque qui annonce le départ. Lü s'ouvre aux nouveaux horizons. Avant de retourner dans ma cabine, je jette un dernier regard sur cette terre accueillante.

Il est des journées de sourires mais comment pourrait-il en être autrement ? Là, sur le ponton, un écureuil me regarde. Je suis certainement devenu fou, mais je suis sûr qu'il m'a souri.

Carnet de route vers l'île aux bonheurs

Première escale... La rencontre du possible

J'ai découvert la première terre. Des richesses m'ont été offertes.

J'ai fait la connaissance d'un pêcheur qui m'a appris beaucoup de choses.

J'ai rencontré un écureuil qui m'a servi de guide et qui m'a fait le privilège d'un sourire.

J'ai laissé plusieurs bagages sur place :

>   La vie m'accable.
>   Mes peurs dirigent ma vie.
>   Mon impatience dirige ma vie.
>   Première victoire, je n'ai plus rien à faire.

Je rapporte plusieurs Tsins pour emplir Tsien :

>   Les expériences me sont utiles.
>   Le possible est en moi.
>   Ce que j'ai gagné est acquis.
>   Je suis l'auteur de ma vie.
>   Plusieurs victoires sont nécessaires.
>   La route est longue.
>   Le temps est mon ami.

Seconde escale

Le manège désenchanteur

L'histoire sans fin

Il est deux heures du matin, je suis en nage dans ma cabine. Je sursaute d'un cauchemar qui m'obsède depuis que l'on a repris la mer. Je rêve que je sors de chez moi, monte dans ma voiture et pars vers une destination différente suivant les nuits. Aujourd'hui, je roule vers le sud, la vitre baissée. Une belle journée pour aller vers la mer. Les paysages défilent, les arbres filent à la vitesse de l'asphalte. Ils finissent par former une ligne droite, sans intervalles. Bien engoncé dans mon siège, je fixe l'horizon. Je me dirige vers ce point de fuite. Au loin, sur ma droite, une petite route semble me faire signe. Amusé, je ralentis puis tourne vers cet appel. Les champs s'étalent, les herbes virevoltent.

Je roule vers le sud sur un chemin de traverse. Au fil du temps, les herbes se transforment en épis, les blés en buissons, les haies en chênes, les clairières en forêt. La végétation, en grandissant, m'entoure. Je suis sur une petite route et la nature se densifie, parodiant une Amazonie aux abondances verdâtres. Subitement je pile, la route est sans suite. Sans crier gare, elle bloque son bitume au beau milieu de cette jungle. Je me tourne pour faire marche arrière et là, devant mes yeux hagards, plus de route. Je mets un certain temps à descendre de la voiture car des brindilles s'appuient contre ma portière. La nature m'encercle de toutes parts. La route ne soutient plus que les limites des pneus. Horreur, l'herbe pousse à une vitesse vertigineuse, les racines sortent du sol et progressent vers moi. Les arbres grandissent vers le ciel qui s'obscurcit. Je suis de plus en plus oppressé. Les éléments se déchaînent. Je ne peux plus partir, il n'y a plus de route. Je me réveille en sursaut, il est deux heures du matin.

Depuis des nuits, je fais le même cauchemar. Je sors de chez moi, monte dans ma voiture et pars pour une direction inconnue. Un jour vers le sud, un autre mon bureau, un autre la montagne. A chaque fois, une petite route m'interpelle. Je suis son invitation et je finis toujours au même endroit. Plus de route, plus de possibilité de départ et de retour. Je me réveille en sursaut, il est tard dans la nuit, je suis en nage.

Ces rêves obsèdent mes journées, toujours la même fin. Je cherche à comprendre. J'ai beau aller sur le pont pour me laisser porter par les flots, je ne trouve aucune explication. Même si j'appelle Hungalaï, je n'obtiens pas de réponse. Aujourd'hui je suis resté dehors pour faire le vide. Maintenant, à la tombée de la nuit, je retourne dans ma cabine.

Je m'allonge sur mon lit et vagabonde mon regard au hasard des recoins de la pièce. Là-bas, derrière une malle, j'aperçois quelque chose que je n'avais jamais vu. Je me lève et trouve un livre. C'est vraiment étrange, mais j'ai entre les mains « *Le livre tibétain de la vie et de la mort* ». Il est chez moi sur ma table de chevet et je le retrouve ici sur un bateau dont j'ignorais l'existence.

Je retourne m'allonger et ouvre le livre à la fortune de mes doigts. Une page de hasard présente ces lignes. Un poème de Portia Nelson m'offre ces vers :

Je descends la rue.
Il y a un trou profond dans le trottoir :
je tombe dedans.
Je suis perdu... je suis désespéré.
Ce n'est pas ma faute.
Il me faut longtemps pour en sortir.

Je descends la même rue.
Il y a un trou profond dans le trottoir :
je fais semblant de ne pas le voir.
Je tombe dedans à nouveau.
J'ai du mal à croire que je suis au même endroit.
Ce n'est pas ma faute.
Il me faut encore longtemps pour en sortir.

Je descends la même rue.
Il y a un trou profond dans le trottoir :
je le vois bien.
J'y tombe quand même... c'est devenu une habitude.
J'ai les yeux ouverts.
Je sais où je suis.
C'est bien ma faute.
Je ressors immédiatement.

Je descends la même rue.
Il y a un trou profond dans le trottoir :
je le contourne.

Je descends une autre rue...

Encore plus incroyable, la même route sans retour, le même trou, une autre rue. Parallèle de deux histoires. Enfin, depuis le départ, j'ai appris à essayer de ne plus m'étonner de rien. Au lieu de me poser des questions auxquelles je ne trouverai pas de réponse, je vais plutôt essayer de comprendre.

Au même instant, le bateau ralentit pour finir sa course avec délicatesse. Je monte sur le pont et trouve une nouvelle terre. Je descends à sa découverte avec pour compagne du moment cette route et ce trou. J'espère y faire une belle rencontre ou, qui sait, y retrouver mon ami le pêcheur.

J'avance au gré de ma fantaisie. Pas d'homme et pas d'écureuil à l'horizon. Je suis vraiment seul. Je poursuis ma route jusqu'à un sentier qui s'enfonce dans la végétation. Je le prends et finis par déboucher sur une clairière. Au centre, un vieux manège tourne au fil du vent. Je me demande ce qu'il fait là. De toute façon, il y a bien longtemps que personne n'est venu par ici. Je m'adosse contre un arbre et me laisse entraîner par l'incessant roulis des chevaux de bois. Ils doivent tourner dans l'espoir d'un impossible enfant de fortune. Tout en me laissant bercer par ce tourniquet, je vagabonde sur ma route des nuits et dans une rue au trou béant.

La même route sans retour, le même trou, une autre rue, des chevaux de bois qui tournent inlassablement, pour rien. Je me lève d'un bond, parcouru de frissons. Et si c'était... non c'est impossible, ce serait trop horrible. Tchen, l'éveilleur, si tu fais surgir de mes profondeurs des vérités que je voulais interdites, alors donne-moi, au moins, les moyens d'y faire face. A moins que ce ne soit Hungalaï qui vienne à mon secours.

Je quitte le lieu et je m'enfuis de cette clairière si dérangeante. Je ne marche pas, je cours. A bout de souffle, je plie les jambes et pose mes mains sur mes genoux. J'essaie de reprendre ma respiration. Au fur et à mesure que l'air reprend possession de mes poumons, je repense aux chevaux de bois. Quelques minutes plus tard je prends une décision que je n'aurais pas prise avant.

Puisque j'ai accepté de monter sur Lü, je dois aller au bout du voyage. Je veux me poser sur Pi et jeter l'encre sur l'île aux bonheurs. Alors, je dois déjà aller au bout du voyage. Je ne peux rester sans réponse devant ce manège. La fuite n'est que l'écoute de mes peurs. Je veux écouter mon cœur qui me dit de retourner d'où je viens pour rompre définitivement une chaîne. En me redressant je comprends que l'aide ne pouvait venir d'Hungalaï. Elle ne pouvait venir que de moi. Je fais demi-tour et m'immobilise devant le manège. Je reprends le cours de mes pensées d'avant ma fuite.

La même route sans retour, le même trou, une autre rue, des chevaux de bois qui tournent inlassablement, pour rien. On dirait une histoire sans fin. Les frissons reprennent possession de mon corps. Et si notre vie était une histoire sans fin ? Si, au long de notre vie, nous revivions toujours les mêmes choses ? Si, de vies en vies, nous revivions les mêmes choses ?

Quel cauchemar ! Mais comment mettre fin à ce manège désenchanteur ? Dans mes rêves, je sors de chez moi, monte dans ma voiture et pars vers une destination inconnue. Un chemin de traverse m'invite toujours à me détourner de ma route. Alors, au prochain sommeil, je ne vais pas la prendre, je vais l'éviter et filer tout droit en restant sur ma route d'origine. Je décide de m'allonger et de fermer les yeux.

Je crois que je me suis endormi très vite. Je ne sais pas comment j'ai pu diriger mon nouveau rêve, mais je me souviens très bien que je me suis retrouvé dans ma voiture. Par contre, cette fois, je souris au chemin de traverse, je le dépasse et je roule droit devant moi. J'arrive enfin à une vraie destination. Je gare ma voiture, j'ouvre ma portière avec aisance et avance devant moi. Pendant des heures, je foule le sable au gré du vent du large, la mer chatouille mes pieds et le soleil réchauffe mon cœur. Je ne me suis pas détourné de mon chemin et je suis arrivé où la vie devait m'emmener. J'avais fait un choix important, celui de comprendre que les chemins de traverse n'étaient plus pour moi, que je devais les éviter pour stopper définitivement cette histoire sans fin.

Quand je me réveille dans cette clairière, les chevaux de bois ont stoppé leur course inutile. Je vais vers l'un d'eux et monte sur sa croupe. Il est seul depuis si longtemps. Je prends son encolure entre mes mains et je vais poursuivre ma dernière découverte au gré de mes souvenirs.

Ces petites routes m'ont interpellé tant de fois. Mon enfance fut « bercée » par des portes qui claquent, mais pas seulement. Ma mère, dans ses souffrances, exprimait au quotidien ses craintes, ses angoisses devant certains événements de la vie.

Mon père aimait fouler les pavés de Paris. Son adolescence d'après guerre l'avait entraîné sur les grands boulevards pour voir tous les derniers films américains, les James Cagney, Alan Ladd, tous ces acteurs qui brûlaient les écrans d'une jeunesse retrouvée.

Au gré de ses fantaisies, il quittait parfois son bureau et faisait l'école buissonnière vers ces pavés accueillants. Il rentrait plus tard que d'habitude, avec toujours un petit cadeau. Avant qu'il ne rentre, ma mère était dans tous ces états, remix de la commedia dell'arte. Où est ton père ? Il lui est arrivé quelque chose. Je suis sûr que c'est grave, il est peut-être mort. Plus le temps s'effilait, plus les détails macabres s'étalaient dans leur noirceur. Un tour de clef libérateur dans la serrure sonnait la fin du film noir.

Ma mère, outre ces excès de drames, a déposé ses souffrances sur mes épaules d'enfant. Sans défense, j'ai tout pris. Son malheur de vie, son malheur d'exister. Je ne pouvais qu'en être responsable. Bien sûr, c'est ma faute, comment pouvait-il en être autrement à cet âge d'innocence ? Pour combler le tout, je croyais que ma mère ne m'aimait pas. Dans la suite logique de cette croyance d'enfant, j'ai inscrit dans ma mémoire cette marque indélébile « ma mère ne n'aime pas parce que je ne suis pas digne d'être aimé. Je ne suis pas aimable ». Par voie de conséquence, je ne m'aime pas. Ma mère m'a, involontairement, inconsciemment, inculqué les origines d'un mal commun à beaucoup.

Je ne t'aime pas, tu n'es pas digne d'être aimé, tu n'es pas quelqu'un de bien, c'est de ta faute. De ces simples mots, d'autres sont sous-jacents. Attention, ma mère me fait du mal, attention, ma mère est une femme, les femmes me font du mal, j'ai peur des femmes.

Processus inconscient mais tellement destructeur. Ces mots peuvent aisément se changer, mère par père. Mon vécu d'enfant est le mien, mais mes rencontres de vie m'ont fait comprendre que ce mal est une épidémie humaine. Les origines diffèrent d'un individu à l'autre, harcèlement verbal, violences de toutes sortes, mais les murmures restent proches. Je ne t'aime pas, tu n'es pas digne d'être aimé, tu n'es pas quelqu'un de bien, c'est de ta faute.

Je commence à comprendre que je n'ai pas confiance en moi et surtout, le pire, c'est de ma faute, je ne mérite donc pas d'aimer et d'être aimé. Je suis porteur d'une « infirmité affective ». Je n'ai pas confiance en l'homme ou en la femme, j'ai peur de l'homme ou de la femme. Aberration devant les lois de l'univers, l'homme et la femme, le Yin et le Yang, ces contraires qui créent l'unité.

Pour mettre fin à mes histoires sans fin, je dois comprendre les répétitions de ces schémas inconscients pour enfin les quitter.

A vingt ans je me suis marié. Un mariage de jeunesse où les doux souvenirs viennent parfois cajoler mes mémoires. Cinq ans de vie commune avec une femme de qualité aux charmes authentiques. Mais comme tous êtres, les qualités s'accouplent aux défauts. Personne ne peut échapper à cette vérité. Si une palette aux innombrables défauts nous était présentée, nous irions cueillir ceux qui blessaient notre enfance. Nous rechercherions inconsciemment chez la femme les défauts d'une mère et chez l'homme ceux d'un père.

Sur ce cheval de bois, je comprends que l'enfant qui est en moi ne souhaite qu'une chose : être reconnu, être aimé par sa mère. Je ne le voyais pas, mais ma mère m'aimait, bien sûr. A sa manière, mais pas à la mienne, pas en réponse à mes attentes.

Sur ce cheval de bois, je comprends qu'en fait l'enfant qui est en nous ne souhaite qu'une chose. Etre reconnu, être aimé par son père ou sa mère qui ne montrait qu'absence, violence ou non amour. Alors, inconsciemment nous prenons une « copie » que nous intégrons dans notre vie d'adulte. Nous voulons réparer cette absence, violence ou ce non amour d'enfance. Obtenir de notre conjoint ou conjointe ce que l'on n'a pas pu obtenir de notre père ou de notre mère. Evidemment, nous n'y arrivons pas. Et, même si nous y parvenions, ça ne changerait pas grand-chose car nous ne pouvons régler cette souffrance qu'à l'intérieur de nous. Le père et la mère sont, quelque part, peu concernés par notre guérison.

Dans tous les cas, nous reproduisons ces schémas sans cesse. Nous sommes attirés par les mêmes personnes, une histoire sans fin. Les épreuves que nous traversons sont présentes pour nous faire comprendre. Mais si nous ne voulons pas apprendre la leçon, nous croisons toujours les mêmes conjoints ou conjointes et d'autres événements vont venir frapper notre vie. Si nous avons le malheur de persister, les difficultés vont revenir sans cesse, dans une histoire sans fin, pour s'amplifier et se terminer en drame. Si, dans un excès d'inconscience, nous avons l'arrogance de prétendre, selon nos croyances, que « tant pis » pour cette vie-là, alors que dans nos pires cauchemars nous entrevoyons ce qui nous attend dans la prochaine vie. Loi du Karma.

Mais voir la réalité de l'existence des histoires sans fin m'entraîne vers d'autres horizons. Comme soulagé, je descends de mon compagnon de bois pour reprendre la route de la plage. J'ai ce sentiment profond que quelque chose vient de changer en moi.

Les pas interdits

Je regarde une dernière fois les chevaux de bois puis poursuis ma route. Après avoir traversé la végétation, je me retrouve sur la plage. Mes pieds nus crissent sur le sable. Les écumes blanchâtres viennent clapoter sur mes chevilles, la mer s'enroule autour de mes jambes. Tout mon corps s'offre au soleil, et les caresses d'un vent furtif m'imprègnent d'une douce chaleur. La vie est simple, belle.

Un peu plus loin, un enfant court de vague en vague. Je m'évade à ses rires. Près de lui, une femme effleure les écumes, le pantalon remonté sur les genoux. Un chien s'élance sur les rouleaux et claque sa mâchoire sur cette eau. Son maître, à ses côtés, s'en amuse. Le chien mord, aboie, joue. Je suis sur cette plage près de cet enfant, de ces deux inconnus, de ce chien, acteurs anonymes d'un quotidien de bord de mer.

Tout à coup, l'enfant court vers le chien dans un élan juvénile pour partager les rires. Subitement, il s'arrête, se retourne et interroge sa mère du regard. Elle lui sourit et lui dit « Va, mon chéri. Demande au monsieur si tu peux ». Heureux, il reprend sa course. J'admire le tableau magique d'un enfant et d'un chien partageant les folies d'un jeu sur une plage aux douceurs de vie.

Je poursuis mon chemin. Mes pieds nus crissent toujours sur le sable. Etonnement, un peu plus loin, je revis la même scène. Un enfant qui court de vague en vague. Près de lui, une femme et un chien qui s'élance sur les rouleaux, près de son maître. Presque les mêmes acteurs mais un scénario différent. L'enfant s'arrête et interroge la femme du regard. Son sang se glace et elle lui dit « Tu ne connais pas ce chien mon chéri. Demande au monsieur. Fais attention, n'aie pas peur ». Il ne bouge pas, en fait il n'hésite même pas. Il détourne son visage de ce compagnon de jeu perdu et d'un pas déçu revient vers la femme. Il lui prend la main et marche à ses côtés d'un air triste.

Depuis le départ, tout ce qui arrive semble être là pour me faire comprendre. Je commence à voir que l'aide peut venir aussi bien de l'extérieur que de moi. Mais comme tout à l'heure, je suis seul. Alors, je dois trouver, enfin si je veux. Les chevaux de bois m'ont montré les histoires sans fin. Mais ici, à moins que l'on me montre ce qu'il ne faut pas ? Je reste sur cette position et explore ce que je viens de vivre.

Le tableau se divise, une femme tient un enfant triste par la main. Une femme glisse sur le sable, un chien libre joue avec les vagues.

Un grain de sable dans le deuxième tableau écrit l'autre fin. Que cache ce grain de sable ? La première scène baigne dans la confiance et la deuxième dans la peur.

L'illumination vient en un instant. Je me rappelle les théories expérimentées et démontrées par Richard Bandler et John Grinder dans des laboratoires de Californie. Le « pas » n'est pas assimilé par le cerveau. La négation s'exclut d'elle-même. Au fond de ce grain de sable se dissimulent les « pas interdits ».

Dans le premier tableau « Va, mon chéri. Demande au monsieur si tu peux » emmène l'enfant vers des scénarii positifs. En quelques secondes, il image tout, mais un tout plein de jeux.

Dans le deuxième tableau, les pas interdits vibrent. L'enfant entend « n'aie pas peur » mais le cerveau exclue le « pas ». En fait l'enfant enregistre « Aie peur ». Perfide et toujours gagnant, il entraîne l'enfant vers l'impossible, vers la peur. Il imagine tout, mais un tout plein de catastrophes inimaginables. Quoi qu'il fasse, ses pensées se dirigeront toujours vers cette peur.

Cette graine est puissante, elle m'offre une ouverture fabuleuse pour des demains plus heureux. D'une gomme imaginaire, je vais essayer d'enlever ces négations, de mes pensées et de mes paroles. Fort de cette expérience je poursuis mon chemin. Près de la végétation, je vois un tronc d'arbre sec et très vieux. Je décide d'aller m'y reposer quelques instants pour profiter de cette belle journée à l'ombre des branches. Je m'assois et étends mes jambes. Mon pied heurte quelque chose. Je me rapproche et trouve un livre. Je viens de trouver « Le Marchand de Venise » de William Shakespeare. Je le connais un peu. Je parcours ces pages au gré de mes fantaisies. Mes doigts glissent sur les feuilles en un mouvement régulier. Je pousse jusqu'au moment où je m'arrête. J'arrive sur un passage que je lis avec délectation. Hasard, coïncidence, ou… ?

Dans un moment de petite folie, je regarde au-delà des nuages et souris à Hungalaï. En ce bel après-midi, au bord de cette plage de rêve, je me délecte de l'énigme proposée à Bassanio. Il courtise Portia, une belle héritière vénitienne.

Il est dit que selon les volontés de son père, elle épousera le prétendant qui trouvera le portrait de Portia dans un des trois coffrets. L'un en or, l'autre en argent et le troisième en plomb. Ils portent chacun une inscription :

Or : « Qui me choisit gagnera ce que beaucoup d'hommes désirent. Le portrait est ici ».

Argent : « Qui me choisit gagnera ce qu'il mérite. Le portrait n'est pas dans le coffret en or ».

Plomb : « Qui me choisit doit donner et hasarder tout ce qu'il a. Le portrait n'est pas là ».

Elle écrivit un dernier mot à l'intention de ses prétendants : « Une seule de ses trois phrases est vraie ».

Où est le portrait de la belle ?

En fait je sais qu'une seule des trois phrases est vraie. La première et la deuxième se contredisent puisqu'elles parlent de la même chose. Donc, l'une des deux est vraie. Si une des deux premières est vraie, la troisième est obligatoirement fausse. Le portrait n'est pas là, ce qui est faux. Ce qui signifie qu'il est là.

Dans le jeu littéraire de William Shakespeare se trouve déjà la notion des « pas ». L'histoire raconte que le plus cupide choisit le coffret en or et y trouva un squelette. Le plus orgueilleux choisit l'argent et trouva un miroir. Le plus humble, Bassanio, trouva le portrait de Portia dans le coffret en plomb, le portrait est là.

La Tsin, hors des pas interdits, avait déjà marqué son empreinte, en son temps. Je pose le livre sur le sol quand un bout de papier s'en échappe. Je le prends et découvre une inscription incompréhensible pour moi.

Je le mets dans ma poche et reprends ma route.

Les soi-disant

Je marche depuis près d'une heure quand j'arrive devant deux chemins. Je ne sais lequel prendre. Au hasard, je vais sur la droite. Après quelques minutes passées dans une belle forêt, je débouche sur une plaine. Tout près, un magnifique bâtiment aux imposantes colonnes, parade. Intrigué je monte les marches et entre dans l'immense hall. J'avance et passe une porte aux sculptures magnifiques. Le silence baigne la pièce, on entendrait une plume voler. Une immensité m'entoure. Des tables sont alignées dans une géométrie parfaite. Des hommes, des femmes sont assis et feuillettent des livres, prennent des notes. Je suis dans une bibliothèque.

Je vais près d'un pupitre, et pianote des mots sur un clavier. Je prends le papier tombé du livre de William Shakespeare et essaye de trouver les mots qui me permettraient de comprendre ces « dessins » inconnus. Je tape hiéroglyphe, langue et beaucoup d'autres mots. Pendant des heures, je suis le même chemin, pupitre, couloir, étagères. Je prends un livre, m'assois à une table, consulte des ouvrages, cherche des signes apparentés à mon dessin, ne trouve rien. Je retourne au pupitre, et recommence inlassablement ce manège incessant. Je finis par me poser sur une chaise. Je regarde, à travers la vitre, les nuages qui glissent dans le ciel.

Tout à coup, une main touche mon épaule et une voix me dit :

- Excusez-moi de vous déranger. Je ne voudrais pas m'occuper de vos affaires, mais je vous vois tourner depuis des heures. Que cherchez-vous ? Si je peux vous aider ?

Je souris aux nuages, remercie cet homme, et je lui expose mon problème. La solution émerge à une rapidité spectaculaire. Il me dit dans une tirade libératrice :

- C'est du sanscrit, la langue antique de l'Inde.

Chargée de ce précieux trésor, l'exploration s'accélère. Nous trouvons le bon livre traducteur. De dessin, les lignes deviennent des mots *« OMAH HIM VAJRA GURU PADMA SIDDHI HUM »*. De cet assemblage de lettres, la signification essentielle voit le jour :

Je vous invoque, Ö Vajra Guru, Padmasambhava ; puissiez-vous, par vos bénédictions, nous accorder les siddhis ordinaires et suprêmes !

J'essaye de retenir les leçons. Première victoire, début de l'histoire. Nous allons à la découverte de nouveaux manuscrits pour donner un sens plus occidental à cette traduction. Le soir, nous avons devant nos yeux l'essence de ce mantra.

Ö Vajra Guru, Padmasambhava représente les trois dimensions de la famille du Bouddha : *OM*, le Bouddha de la Lumière infinie ; *AH*, le Bouddha de la Compassion ; *HUM,* le Bouddha de la Manifestation de l'Eveil. Les siddhis représentent le véritable accomplissement, la Réalisation. Ils sont ordinaires et suprêmes. Lorsqu'on reçoit les siddhis ordinaires, tous les obstacles de la vie sont écartés, toutes nos aspirations positives sont comblées. Le siddhi suprême conduit à l'Eveil. Nous avons poussé l'audace à traduire ce mantra, dans un langage plus accessible à notre culture :

Je vous invoque, Bouddha de la Lumière infinie, de la Compassion et de la Manifestation de l'Eveil ; puissiez-vous, par vos bénédictions, nous accorder d'écarter tous les obstacles de notre vie, combler toutes nos aspirations positives et nous conduire à l'Eveil !

Je remercie cet homme de bonne aventure et me dirige vers la sortie. Il me demande s'il peut m'accompagner. C'est avec plaisir que j'accepte. Nous nous installons sur une marche avec la satisfaction du travail accompli. Je lui dis que je cherchais à traduire un mantra en ouvrant de mauvais dictionnaires. Jamais je n'aurais pu donner le sens si j'avais persisté dans cette voie. Les livres semblaient être de bons manuscrits, mais ils ne me convenaient pas, ils n'étaient pas profitables à ma démarche du moment.

Il me répond que c'est comme la vie. Notre parcours est parsemé de rencontres multiples. Certaines sont transparentes, d'autres plus marquantes. Outre l'homme ou la femme de notre vie, nous croisons tout type de personnes. Avec certaines, nous partageons les plaisirs de la vie. A d'autres nous pouvons apporter une aide, d'autres peuvent nous aider. Et comme les livres qui semblaient être de bons manuscrits, il y a les soi-disant.

Très intrigué je lui demande ce que sont les soi-disant.

Il rit et me dit :

- Mais si, vous connaissez. Peut-être ne leur avez-vous pas donné de nom. Les soi-disant ce sont des copies de nos souffrances et de nos peurs d'enfant. Ils sont comme nous, peut-être des empreintes du passé différentes, mais tous ils ont les mêmes murmures que nous, voire pire. Si nous avons peur des femmes, ils ont peur des femmes, si c'est des hommes ce sera des hommes. Ils sont souvent plus hauts dans l'échelle de la folie du passé ; si on a peur des hommes, ils ont la haine des hommes, si on a peur des femmes, ils ont la haine des femmes. Parfois, même, ils peuvent être bien plus que le pire. Ils sont, ce que j'appelle « les grappins ». Mais ça, c'est une autre histoire.

Ils prolifèrent des soi-disant conseils pour « notre bien ». Quand nous sommes heureux, ils casseront les femmes ou les hommes en général. Quand nous traversons un passage difficile dans notre couple, ils casseront notre compagne ou notre compagnon. Jalousie exacerbée face à notre bonheur et tentative de prise de pouvoir. Les soi-disant ne supportent pas de voir, chez nous, ce qu'ils ne peuvent pas vivre. Leur venin est d'une efficacité redoutable et dans un passage difficile ils déploient toutes leurs griffes.

Là, ils entrent dans notre vie pour nous hurler aux oreilles. Ils ont ce talent d'amplifier nos murmures intérieurs, de surdimensionner nos peurs. Les conseils pleuvent à foison sur ce que l'on doit faire ou ne pas faire. Fais comme ci, fais comme ça, dis lui ça, quitte-le, quitte-la. Ils persistent jusqu'à épuisement de nos résistances. Parfois, ils ont gain de cause, nous allons sur « leur voie », qui bien souvent n'était pas la nôtre. Nous suivons ces soi-disant conseils pour poser les pieds vers une destination opposée à notre désir profond. Et là, satisfaits de leur œuvre, ils entretiennent encore le poison. Puis, sans crier gare, ils disparaissent de notre vie. Scénario heureusement peu fréquent, mais scénario d'une réalité déconcertante. Après, nous nous retrouvons souvent seul. Nous ne comprenons pas pourquoi nous sommes ici, mais nous y sommes. Il est alors très difficile de faire marche arrière.

Alors, vous connaissez ?

Je hoche la tête en lui disant :

- Bien sûr que je les connais. Mais je ne comprends pas pourquoi nous les attirons.

Il me répond :

- Comme nous essayons inconsciemment de reproduire les schémas de l'enfance pour les « réparer », nous recherchons les soi-disant parce qu'ils ne disent jamais ce que l'on ne veut pas entendre, la vérité qui nous dérange.

Souvent, nous savons, intérieurement, ce que nous devrions faire, la petite voix de vérité. Mais affronter nos peurs est tellement difficile. Nous avons déjà essayé, mais nous n'y sommes pas arrivés. Alors, aller à la rencontre d'un être qui nous dira ce que l'on ne veut pas entendre est trop difficile. C'est « plus reposant » d'écouter un soi-disant. Il ne nous contredira jamais. Par contre, ce que nous ne voyons pas, c'est qu'il amplifie notre peur, nous interdisant souvent d'avoir accès à notre vrai désir intérieur, et pour longtemps souvent. Tant qu'il n'est pas trop tard.

Je lui demande alors :

- Serait-il plus sage, plus bénéfique, de fermer, durant la durée de ce passage de vie, la porte aux soi-disant ? Serait-il plus sage de se retrouver face à nous-mêmes ? Serait-il plus sage d'écouter sa voix intérieure, son ressenti, son cœur ? Enfin, serait-il plus sage d'aller à la rencontre d'hommes ou de femmes positifs. Des personnes aux paroles réconfortantes et encourageantes ?

Il rit et me répond :

Que de questions pour des gens sans importance. Vous avez, de toute façon, la réponse. Essayez de repenser à une histoire où les soi-disant sont venus dans votre vie.

Je réfléchis, puis lui dis :

- Oui, je me souviens d'une période de ma vie où je voulais régler un problème que je traînais depuis mon enfance. A l'âge de cinq ans, je me trouvais devant l'eau d'une piscine. Mes camarades couraient dans tous les sens. Pour la première fois, l'école nous avait emmené à la piscine municipale. Toujours turbulent, j'étais arrivé en retard à la distribution des bouées. J'aime cette période où je pouvais exprimer mon côté « canaille ». Ma plus grande fierté, s'il en est, est d'avoir obtenu le record, imbattable, de quarante-neuf zéros de conduite en une année. N'est-il pas glorifiant, pour un enfant, d'être « puni » pour avoir fait rire ses camarades ?

Quoiqu'il en soit, mes copains barbotaient avec des poches d'air autour de la taille. Ils nageaient sans effort. Pour moi, bien sûr, il n'en restait plus. Alors, le moniteur est venu à mes côtés et m'a expliqué que je devais tenir la perche des deux mains puis me glisser dans l'eau, tout en la serrant. Quarante-neuf zéros de conduite ne permettaient pas de suivre à la lettre cette instruction. Content de ma géniale idée, j'ai sauté comme un cabri, pris la perche de mes deux mains et… plouf je suis tombé à l'eau. Je n'avais pas prévu qu'elle était mouillée. Alors, j'ai glissé et coulé. Je me retrouvais dans un élément dont on ne m'avait rien dit. J'ai ouvert la bouche pour appeler. Aucun son ne sortait mais l'eau rentrait. Après un temps qui me sembla durer l'éternité, j'étais allongé sur le carrelage. Un adulte m'appuyait sur la poitrine et des myriades d'yeux écarquillés me scrutaient comme un extra terrestre. Ce jour-là, je n'ai pas eu un zéro de conduite de plus.

Cette petite histoire remonte à longtemps. En ces temps, on ne tenait pas compte de la psychologie enfantine. Aujourd'hui, on m'aurait remis tout de suite dans le bain, avec une bouée. A l'époque on a préféré me dispenser de piscine pour toute l'année.

Quelques années plus tard, adulte, je me dis qu'il serait profitable d'apprendre à nager. Je prends rendez-vous pour des leçons de natation. Un soir, je dîne avec un ami. Nous parlons de choses et d'autres, puis au hasard des mots j'aborde mon sujet d'actualité, apprendre à nager. Nous en parlons jusqu'à la fin du repas. Qu'ai-je entendu, qu'ai-je retenu ? Qu'il n'est pas si important de savoir nager, qu'il y a d'autres plaisirs dans la vie. Que l'on a très peu de chance de tomber à l'eau, de risquer sa vie. Beaucoup de gens ne savent pas nager, ils sont très heureux sans ça. Cet homme a peur de l'eau, comme moi. Il exprime ses murmures du passé, entretient mes craintes, me conforte dans le mauvais choix. Cet homme est un soi-disant. Le lendemain, je téléphone au moniteur pour annuler ma première leçon.

Un peu plus tard, je dîne avec un couple d'amis. Ambiance amicale, repas de qualité et les mots, comme par hasard, nous dirigent vers la nage. L'homme, en face de moi, est pompier. Il ouvre la brèche à ma question qui semble anodine. Qu'ai-je entendu, qu'ai-je retenu ? Qu'il serait très bénéfique, pour moi, d'apprendre à nager. Que cette « victoire » m'apporterait beaucoup plus, dans la vie, que le simple fait de nager. Que je peux apprendre en toute sécurité. Le moyen, mettre des lunettes pour voir sous l'eau. Pour lui, une clef importante pour la réussite. Cet homme est rassurant, de bon conseil. Il m'ouvre les yeux, il éteint des résistances face à ma peur. Quelques jours plus tard, je prends ma première leçon.

Sur la marche de la bibliothèque, l'homme m'interrompt pour me dire :

- Vous avez la réponse à votre question. Si vous hésitez à apprendre à nager, avec qui allez-vous dîner ? Avec un soi-disant ou avec un vrai ami ? Avec un homme qui a peur de l'eau ou avec un homme qui sait nager ?

Apprendre à nager est peu important dans la vie, mais il est d'autres moments essentiels. Si vous êtes à la croisée des chemins et si vous avez peur des femmes, avec qui allez-vous dîner ? Avec un homme qui a peur des femmes ou avec un homme heureux dans sa vie ou dans son couple ?

Vous savez, les soi-disant sont toujours de mise dans nos passages difficiles. A vous de savoir à qui vous allez donner le pouvoir ? Aux peurs, aux soi-disant ou à votre vérité intérieure ? La suite de votre vie dépendra de ce choix. Et si vous en doutiez, revenez explorer votre passé et trouver la « vraie réponse », à moins qu'elle soit trop dérangeante.

Il me sourit, comme l'écureuil de la première escale, se lève en me disant qu'il a passé un agréable moment avec moi et m'en remercie. Je fais de même et reprends le chemin qui m'a emmené jusqu'ici. Arrivé à la plage je m'allonge pour me reposer un moment. Après un petit sommeil diurne, je m'assois et regarde la mer.

Je repense à cet homme et je comprends que les soi-disant n'ont une influence que si nous leur donnons ce pouvoir. Par contre, il est évident que, dans les passages difficiles, notre fragilité du moment nous empêche souvent de déceler un soi-disant. A moi de trouver la juste mesure. Essayer de les éviter dans certaines périodes de vie si je me sens fragile. Par contre, je peux leur ouvrir la porte si je suis en mesure de m'en protéger. Là, qui sait, je pourrais peut-être apprendre ou les aider.

Mais n'ai-je pas été moi-même un soi-disant dans le passé ?

L'important, maintenant, est de ne pas être, moi-même, un soi-disant.

Les fuites des non-retours

J'ai passé la soirée sur la plage. Je voulais profiter des splendeurs qui m'étaient offertes. J'allais me relever quand je me suis dit qu'après tout j'étais très bien ici. Une nuit à la belle étoile me rappellerait de bons souvenirs d'adolescence. En fait de nuit à la belle étoile, je n'ai fait que m'endormir, faire des cauchemars, me réveiller en nage, me rendormir. Je n'étais plus sur une route, je traversais l'histoire.

Tout a commencé...

...Je suis au beau milieu d'une plaine immense. La végétation est restreinte. Rien de vraiment connu à l'horizon. Un peu perdu, j'avance vers cette colline qui se détache au loin. C'est assez curieux car je suis comme attiré. Je mets ma massue sur mon épaule, une massue ? Je n'avais pas fait attention. Effectivement, j'ai une massue dans la main et je suis revêtu de peaux d'animaux. De toute façon, je ne peux rien faire, alors je continue ma route. Au loin, quelqu'un vient à ma rencontre. Aux rapprochements de nos pas sa silhouette se dessine. Une femme vient à moi. Je souris, ma femme me rejoint. Nous nous retrouvons dans les bras l'un de l'autre. Nous poursuivons notre chemin, main dans la main. Nous gravissons les pentes et entrons dans notre grotte. Un feu scintillant nous invite. Nous nous réchauffons de ses braises et nos enfants jouent aux diplodocus et aux omeisaures. Je suis heureux et, pour faire plaisir à ma femme, je sors cueillir des fruits. Je descends vers les arbres. Après quelques grimpettes hasardeuses, je remonte les bras chargés. Tout à coup, j'entends des hurlements. Je lâche mon offrande et me précipite vers les cris, vers notre grotte. Horreur, un gigantesque shamosaure barre l'entrée de notre maison, sa tête épineuse à l'intérieur. Je saute en l'air en pointant ma massue. Il recule, se tourne vers moi. Sa longue queue avec sa puissante massue aux deux énormes boules osseuses tournent dans l'air. Je prends peur, je fais demi-tour. Je prends la fuite laissant ma femme derrière moi. Je me réveille en nage.

Le rêve suivant, je me retrouve dans des rues d'une ville inconnue. Je suis en pagne, je me dirige vers une place. Un marché m'accueille avec ses charrettes, ses denrées, ses épices, ses soieries. Je prends une rue que je semble connaître, ouvre une porte et retrouve ma femme occupée à jouer avec les enfants près d'un bassin. Je suis heureux, le shamosaure est bien loin. Toujours heureux, je retourne au marché pour faire des cadeaux à ma famille. Des soldats sillonnent entre les chalands. Je demande à un homme qui ils sont ? Il me répond que ce sont des Nubiens, qu'ils ont envahis notre pays. Mais, bientôt, on va être délivré, un certain Ahmosis lève des armées. Tout est paisible dans cette charmante ville d'Avaris. Tout est paisible jusqu'à ces cris au loin. Des hommes se précipitent dans tous les sens. Des soldats s'entre-tuent. Les armes virevoltent, ouvrent des blessures, donnent la mort. Pris de panique, je me précipite vers ma maison. Des dizaines de guerriers entrent dans ma cour. J'entends ma femme crier. Je prends peur, je fais demi-tour. Je prends la fuite laissant ma femme derrière moi. Je me réveille en nage, tard dans la nuit.

Ces rêves sont revenus à la charge toute la nuit au point que je me suis demandé s'il ne valait pas mieux éviter de dormir. Mais le sommeil a toujours été le plus fort. Et les cauchemars reprennent leur course. Une fois je suis l'homme, une autre fois la femme. Je remonte l'histoire. J'ai traversé les horreurs, les temps. Les hommes se parent d'habits différents mais ils sont tous armés avec cette envie de détruire. Je croise les Arabes à Poitiers, les Vikings à Nantes, les Germaniques en Champagne, et bien d'autres. Mais toujours la même fin. Une maison, ma femme, mes enfants, je sors pour leur plaisir et, quand je reviens, j'entends des cris. Je vois des guerriers assassins, je prends peur, je fais demi-tour. Je prends la fuite laissant ma femme derrière moi. Seule variante, elle prend peur, elle fait demi-tour, elle prend la fuite, me laissant derrière elle. Je me réveille en nage, tard dans la nuit.

Au lever du jour, je prends vraiment une décision. Je vais me concentrer pour changer l'issue de cette histoire au scénario connu. Je me couche, prie Dieu de me venir en aide et me rendors.

Je me retrouve dans un champ de blé sublimé par des milliers de fleurs. Les corolles irisent le paysage. Il fait doux, le soleil réchauffe mon corps. Au loin, une petite fille vient à ma rencontre. Tiens, un enfant. Je me regarde et découvre que je suis un petit garçon. Je cours vers elle comme elle court vers moi. Et, dans la magie de l'instant, nous sommes enlacés et tournoyons dans l'espace. Je suis dans ses bras. Petite fille enjôleuse qui me sourit avec amour. Nous sommes si jeunes, si innocents, que nos cœurs sont ouverts grand comme ça. Nos yeux expriment tous nos sentiments. Nous sommes si purs dans nos émotions. Nous sommes enfants et nous nous aimons comme peu d'adultes peuvent s'aimer à l'exception de ceux qui vivent, peut-être, sur l'île du bonheur. Nous sommes si heureux d'être de nouveau ensemble. Tant de vies, tant de guerriers, tant de fuites. Les anges posent sur nos corps des sourires de bienveillance. Dieu bénit son œuvre. Nous symbolisons l'amour. Je lui dis « viens », elle me sourit dans une confiance paisible, me prend la main et nous foulons les fleurs. Nous avançons ensemble sur cette plaine de rêve. Nous découvrons le paradis ensemble. Je m'arrête, la regarde avec tendresse et lui dit « Si nous faisions un pacte ? ». Sublime magie de l'amour, elle allait me demander la même chose.

Deux petits êtres, minuscules dans l'immensité des horizons se jurent devant Dieu de se retrouver dans cette vie et de ne plus jamais fuir devant Madame la peur. De braver les guerriers pour rejoindre l'autre, pour sauver la vie, pour vivre l'amour, ensemble, jusqu'au bout. Baignés dans ce cocon, nous avons rajouté un petit désir bien humain. Je lui ai murmuré « Dans une vie, nous allons battre les guerriers et poser nos pieds sur l'île aux bonheurs, pour longtemps, très longtemps. Dans celle d'après, tout sera facile dès le départ. On se retrouvera à trois ans à l'école maternelle ». Elle me répondit avec beaucoup de malice qu'elle voulait dire la même chose mais, tant qu'à faire, nous nous retrouverons à la maternité.

Nous avons soufflé dans l'air notre vœu. Il a glissé le long des nuages, s'est hissé vers les cieux pour se sceller aux sceaux de l'éternité. Dieu en est témoin. Dans quelque temps… deux femmes accoucheront dans la même chambre, deux bébés se poseront dans les berceaux, côte à côte. Les femmes deviendront des amies inséparables, et le destin prendra les rênes.

J'ai perpétué mon rêve jusqu'aux caresses du soleil en laissant les minutes s'éterniser. Quand j'ai rouvert les yeux, l'homme de la bibliothèque était assis à mes côtés. J'ai laissé passer le moment de surprise puis nous avons échangé quelques mots. La conversation s'est ensuite portée naturellement sur mes rêves de la nuit. Intrigué il m'a demandé de lui raconter. Quand j'eus terminé, il me dit :

- Ce sont de très belles histoires qui renferment une belle clef.

Devant mon incrédulité, il poursuit :

- Face à certaines situations, on fuit car on a peur. Peut-être est-ce légitime mais le résultat est que nous fuyons. Et nous l'avons fait si souvent avant de comprendre. C'est la fuite des non-retours.

Il est essentiel que vous compreniez qu'il est impossible de vivre votre destin si vous prenez le chemin de la fuite des non-retours. Par contre, vous pouvez vivre votre destin si vous prenez le chemin de la fuite des non-retours et en sortez. Ou, bien sur, si vous ne prenez jamais le chemin de la fuite des non-retours.

Mais la tâche est ardue. Les guerriers sont bien armés, entraînés. Ils connaissent sur le bout des doigts le plan de bataille. Ils maîtrisent le sujet. La troupe des peurs vient vous assaillir. Il est des situations où la peur prend le dessus sur la raison, sur vos désirs. Une peur incontrôlée, incontrôlable. Une peur qui vous fait fuir. Cela ne vous rappelle rien ?

Je fouille mon passé pour lui dire :

- Si, mais je me souviens de très peu de choses…

…J'avais cinq ans. Mes parents ont mis des images sur un souvenir enfoui, effacé de ma mémoire, à part une scène. Par un beau jour d'été, nous roulons sur le territoire suisse. Ma mère conduit et, à l'arrière, je joue au pilote de rallye. Nous suivons deux cars qui montent vers le sommet du col du Grand-Saint-Bernard. Tout est paisible. Une voiture descend vers la plaine et arrive à la hauteur du premier car. Ils se frôlent et passent leur chemin. Le deuxième car s'approche du bord et avance ses roues. La voiture poursuit sa descente au millimètre. Les deux véhicules sont presque à se toucher. Le chauffeur du car dévie encore un peu sa trajectoire. Un centimètre, deux, mais deux de trop. La route s'effrite, explosant l'asphalte. Une roue se penche dangereusement. Le car s'incline un peu. Il dessine une oblique, de deux centimètres peut-être. Deux centimètres de trop. Le macadam vole en éclat, la roue n'a plus d'assise. Elle s'enfonce dans le vide. L'oblique devient tombée. Le car, dans un silence impressionnant, bascule dans le vide, millimètre par millimètre, un ralenti infernal. Quelques secondes avant, des enfants jouaient derrière la vitre, maintenant la place est vide. Le car a basculé dans le ravin. Des cris montent vers le ciel. Le car a stoppé sa chute infernale contre un arbre accroché aux parois de la montagne. Quelques secondes d'un répit illusoire. Sous le poids, les racines cèdent et il entame sa chute vers la mort. Peu de temps après, plus aucun cri ne montait vers le ciel. Tout le monde est descendu des véhicules. Horrible cauchemar vivant, des personnes du premier car se bousculaient pour aller au-devant de ce néant. Existe-t-il des mots pour décrire ces hommes et ces femmes qui, plantés là, criaient, hurlaient, appelaient. Devant leurs yeux, en bas, si loin en bas, des membres de leur famille gisaient dans ce chaos. Leur enfant, leur parent, leur femme, leur mari, et parfois tous. Une seule personne en haut, une famille entière en bas. Les mots ne sont plus de circonstance pour décrire la suite devant ce vide, ce néant.

Après un temps interminable, la police suisse est venue sur les lieux. Elle nous a tous emmenés dans une ferme, un peu plus loin, dans la campagne. Le couple de fermiers s'est merveilleusement occupé de tout le monde. Un peu plus tard, me voyant dans un coin de la pièce, la propriétaire est venue me voir et m'a dit « Si tu veux, va voir là haut, il y a de belles fleurs. Va avec mon fils, il te montrera ». Elle voulait me faire quitter cette apocalypse de souffrances, de pleurs, de cris. Nous avons marché longtemps et nous sommes revenus avec des edelweiss dans les mains. L'armée nous a priés de redescendre. Je revois cette route jalonnée de cercueils. Plus de quarante demeures de bois alignées sur le bas-côté. Je revois cette route, cette descente lente, ces cercueils sur ma gauche, je vois et j'entends ce silence pesant dans la voiture, moi à l'arrière, ma mère au volant, mon père à ses côtés.

Un jour, le destin vient frapper à ma porte, plus de quarante ans après. Le « hasard » me fait rencontrer un homme. Il vient chez moi. Après le travail, nous bavardons de choses et d'autres. Au gré de la conversation, nous avons parlé de ma peur d'avion. « Monsieur hasard » je vous salue bien, il était pilote d'avion. Hors des soi-disant, comme le pompier avait abordé la nage, il m'expliqua les pourquoi et les comment de la sécurité aérienne. Devant mon scepticisme, il me demande pourquoi j'ai si peur de l'avion. Je lui réponds que ce n'est pas l'avion mais le vide. Il veut toujours savoir pourquoi. Je lui raconte cet accident qui a marqué mon enfance. Il en est retourné. A cette époque, il était jeune pilote. Il faisait son service militaire. Un jour, il fut rappelé en urgence. Il devait se présenter sur un aéroport pour une mission civile. Il s'envola, se posa et attendit les ordres. Bien plus tard, les militaires déposaient, un à un, des cercueils dans son appareil. Ils devaient les rapatrier vers la France. Cette nuit-là, il s'envola d'un aéroport, en bas du col du Grand-Saint-Bernard.

L'homme de la bibliothèque égrène le temps pour laisser quelques larmes s'écouler tranquillement. Il ne me parle pas de l'accident. Il me regarde et me dit :

- Vous avez peur du vide. Vous avez dû très souvent mettre en marche la fuite des non-retours devant ce qui est néant pour vous ?

Les frissons reviennent tendre les fibres de mon dos. Je lui réponds que oui et lui raconte des scènes de circonstances :

- Depuis toujours, j'ai peur du vide. Seule la fuite a été ma compagne pendant de très nombreuses années. Bien sûr, c'était handicapant. Cela me privait de beaucoup de plaisirs. Mais les guerriers de la peur sont plus forts et je m'en suis accommodé.

Mais un week-end, il en fut tout autrement. Nous étions à la montagne avec Meskhenet. Après un repas succulent, nous avons demandé à la réceptionniste de nous indiquer une promenade pour le lendemain. Elle nous a proposé un lac un peu plus haut. Je lui ai demandé si la route était facile. Elle m'a répondu oui. Pour elle c'était, bien sûr, facile, mais pas pour moi.

Le lendemain, nous avons pris la direction de ces hauteurs. La route était vraiment étroite. Très rapidement, mon sang se glaça. Je conduisais de plus en plus lentement. Meskhenet sentit mon mal être et essaya de me rassurer. Je lui avais raconté l'accident de mon enfance. Au bout de quelques centaines de mètres, je me suis arrêté. Je ne pouvais plus avancer. Nous avons parlé pendant quelques minutes. Je n'écoutais presque pas ses mots. Ce qui m'arrivait m'était arrivé si souvent. Après quelques instants, nous avons repris la route, à pied, et fini cette belle journée au bord du lac.

Plus tard, je ne sais plus vraiment pourquoi, j'ai décidé que je voulais en terminer, seul, avec cette peur. Ce fut long, mais la volonté permet tellement de guérisons. J'ai pris ma voiture, roulé quelques instants pour me trouver devant un parapet, devant le vide, j'ai regardé, tenu sur place. Cette immobilité tanguante a duré d'interminables minutes. Cette vue n'était pas assez impressionnante. Le lendemain j'ai repris une autre direction. J'ai roulé sur une route plus dangereuse. Je parlais à mes peurs et continuais mon chemin. A la sortie d'un virage, j'ai vu un renfoncement. Je me suis garé et me suis retrouvé devant un nouveau vide plus spectaculaire. Il m'a fallu un certain temps pour maîtriser mes cris intérieurs.

Puis, j'ai roulé jusqu'au sommet de cette montagne. J'ai garé ma voiture et je suis parti à la recherche de la plus belle vue, celle des cartes postales. Je l'ai trouvé, un gouffre vertigineux pour ma mémoire. Alors, je suis parti à sa conquête, à la conquête de mes murmures. Là, ils pouvaient s'exprimer pleinement, je ne pouvais trouver mieux. Je me souviens qu'il s'est mis à neiger, les gens partaient. Bientôt, je me suis retrouvé seul, devant mon défi. Je n'ai plus la notion du temps, mais il s'est bien passé plus d'une heure. Je restais quelques minutes, un peu en arrière de ce précipice, puis avançais. Je n'arrivais pas à me rapprocher vraiment. Au bout de plusieurs tentatives, je suis retourné à la voiture et j'ai fermé les yeux. Comme en méditation j'ai laissé aller mes pensées. Je suis entré en mes profondeurs. Une quinzaine de minutes plus tard, je suis sorti et me suis posé, là, devant le vide. Il neigeait de plus en plus. Je suis resté devant cet horizon pendant des minutes et des minutes. Puis, je me suis appuyé sur une petite barrière et j'ai laissé tout mon corps partir vers l'avant. Je suis resté ainsi, plusieurs minutes, suspendu par une ligne de bois. J'avais réussi. Je pouvais rentrer chez moi. J'ai pris la route sous des tombées de neige. La veille, jamais je n'aurais osé rouler dans de telles conditions, sur une route si dangereuse. Pourtant, je suis descendu, comme si de rien n'était. Je crois que j'étais en état de grâce durant toute la descente. Depuis, je prends les routes de montagne facilement.

Avec une approbation de ses sourcils, l'homme me dit :
- C'est une belle victoire. Nous avons tous nos empêchements, peur du vide, du noir, d'un animal ou bien d'autres, qui nous barrent la route de plaisirs, d'opportunités, de bonheurs.

Il en est même qui nous parasite ou nous obstrue l'amour. Vous savez la peur des hommes, la peur des femmes. Celles-là dépassent le simple empêchement, elles peuvent nous détourner de notre destin. Face à la femme de sa vie ou à l'homme de sa vie, la fuite des non-retours n'entraînera que perte et chagrin. La fuite est toujours temporaire, ce n'est qu'une course contre les peurs. Mais on ne peut courir très longtemps. On s'essouffle puis, de toute façon, il faudra s'arrêter. Là, les vraies questions, les vraies réalités deviennent cauchemar.

Beaucoup se cachent la vérité. S'il est très laborieux de faire taire nos plus grandes peurs, il est impossible de faire taire une peur que l'on refuse de voir. Comment guérir un mal « inconnu » ? Ceux qui se cachent la vérité ne pourront jamais vivre leur vie, leur destin tant qu'ils resteront aveugles. Un jour, il y a bien longtemps, la Mort dit à Natchikétas :

Il y a la voix de la sagesse et la voix de l'Ignorance,
comme elles sont écartées, opposées, divergentes...
Les insensés, demeurant au sein de l'Ignorance,
estiment être savants et sages,
dans leurs égarements, ils errent de-ci de-là,
comme des aveugles qui mènent d'autres aveugles,
ce qui est au-delà de la vie n'apparaît pas à l'esprit faible,
à l'insouciant ou à celui que les richesses égarent.

Nous restons assis côte à côte, un long moment, porteurs de ces vérités. Il finit par se lever, me pose une main chaleureuse sur l'épaule et me dit qu'il doit partir. Je le remercie et le regarde s'éloigner dans un lointain que je vais bientôt rejoindre.

J'entends, au loin, la corne de brume du bateau qui m'annonce son prochain départ. Je dois quitter cette île aux reflets de négatifs qui poursuivent notre vie. L'essentiel c'est de les connaître pour les comprendre et en guérir.

Je reprends le chemin du retour puis je remonte à bord. Je suis sur le pont depuis moins de cinq minutes quand Lü s'éloigne de l'île.

Carnet de route vers l'île aux bonheurs

Seconde escale... Le manège désenchanteur

Je suis resté plus longtemps ici. Il y avait tellement de choses à voir.

J'ai laissé plusieurs bagages sur place :

> je revis toujours les mêmes histoires sans fin.
> Je refuse de voir la vérité qui me dérange.
> Je pense avec « pas ».
> Je recherche la compagnie de faux amis.
> Je fuis mes peurs.

Tsien se remplit de beaucoup de Tsins :

> je dois mettre fin à mes histoires sans fin.
> Les fuites m'empêchent de vivre ma vie.
> Je m'entoure de vrais amis.
> Je recherche la vérité.
> J'accepte cette vérité.

Troisiéme escale

Le doigt sur les aiguilles

Arrêtons les aiguilles

Depuis plusieurs jours, nous voguons sur une mer très calme. Parfois, je croise des hommes d'équipages. Nous nous saluons poliment, sans rien de plus. Ce fut assez difficile au début mais maintenant je m'y suis fait. Le temps semble long pour arriver à la troisième escale. Je pense que c'est nécessaire pour digérer les Tsins du manège désenchanteur. Je m'aperçois que c'est vraiment difficile de regarder la vérité en face. Mais si ce passage est dur, qu'il est doux de se sentir plus léger. Je suis dans ces réflexions quand, au loin, une terre semble nous faire signe. Lü progresse doucement pour jeter l'ancre devant un village.

Je descends de la passerelle et m'approche de cette civilisation. Enfin une terre d'accueil où la vie reprend ses droits. En fait je me trompe, car si les maisons sont présentes, les hommes sont absents. De toute façon, j'en accepte l'augure. Je poursuis ma route et m'enfonce dans les terres. Le climat se refroidit de plus en plus. Au bout d'un certain temps, j'ai même froid. Je pense faire demi-tour quand j'arrive devant un lac gelé. Malgré cette température hivernale, je fais une pose pour admirer cette peinture des pôles. Je m'enivre d'un silence reposant quand soudain je vois approcher deux animaux.

Un jeune renard caracole sur l'immensité enneigée. Il va de gauche à droite, sautille. Il suit un vieux renard. J'admire ce spectacle enchanteur. Ils se dirigent vers leur destinée, l'un suivant l'autre. Tranquillement, l'aîné poursuit sa route pendant que le jeune batifole. Ils sortent d'une forêt pour retrouver les étendues blanches. Tout à coup, l'ancêtre s'immobilise. Le juvénile s'approche étonné et découvre, devant ses yeux émerveillés, le lac scintillant, transparent. La glace a pris possession des lieux.

L'ancêtre s'assoit et reste là, sans bouger. Le petit fou frétille d'impatience. Il a tellement envie de glisser, de s'amuser. Dans un instinct protecteur, il n'ose aller, seul, sur ce terrain de jeu. L'ancêtre ne bouge pas, il scrute, interroge du regard les moindres parcelles d'eau gelée, juge les distances. Après mûres réflexions, il donne le signal du départ.

Son premier pas se suspend puis s'enfonce avec prudence. Il écoute, d'une oreille attentive, les craquements du sol. Dans la confiance absolue de son savoir, il soulève une patte et recommence délicatement l'opération pour poser le deuxième coussinet. Ainsi de suite, patte après patte, centimètre par centimètre. L'arrivée semble loin, mais le sage prend son temps. Il avance aux pas de la raison, de son expérience. Le but de l'avancée n'est pas le temps, mais le pied posé sur l'autre rive.

Le renardeau trépigne en regardant l'ancêtre. Il ne s'arrête pas pour comprendre le sens de l'immobilité avant le départ. Il avance fièrement. Au début, il fait exactement les mêmes gestes. Il pose une patte, écoute les craquements, puis la deuxième et ainsi de suite. Il finit par trouver le temps long. Il accélère un peu, puis de plus en plus. Tout est tellement facile, il peut même caracoler.

Tout à coup, des fissures ouvrent le vide, il trempe sa queue dans l'eau glacée puis s'enfonce. Dans un effort de survie, il s'arrache du trou. Il cramponne ses deux pattes avant sur un rebord sauveur. Il s'arc-boute, pousse ses pattes arrière et trouve le salut devant lui. Enfin sauvé, il revient de loin. Mais sa queue trempe toujours dans le froid. Quelques centimètres de trop en cette belle journée. Il a oublié la fragilité de l'endroit. Il se mouille la queue. Dans un fracas de tonnerre, le sol explose. Le néant appelle, dans ses tréfonds, le juvénile renard.

Le décor s'est métamorphosé, l'immensité blanche est blessée d'une cavité béante. Plus loin, un vieux renard, tout seul, regarde le spectacle avec désolation. Puis, il se retourne et poursuit sa route avec la sagesse. Plus tard, il posera le pied de l'autre côté. Il sera arrivé.

Je regarde ce vieux renard s'éloigner pour disparaître dans les lointains blanchâtres. La nature est un grand enseignement pour la vie des hommes. D'ailleurs, les techniques asiatiques de combat sont souvent issues d'observations d'animaux. Si cette aventure peut m'apporter quelque chose je vais me poser, malgré le froid, pour m'imprégner de l'histoire.

Avant d'avancer, le vieux renard s'est arrêté, s'est posé, pour réfléchir. Après avoir exploré les lieux il a pu continuer sa route. Je souris aux destinées de ma croisière. Rien n'est anodin, tout est dans l'ordre des choses. Le nom de cette troisième escale m'apporte, tout naturellement, la clef. Le doigt sur les aiguilles. Devant le lac, le vieux renard se pose, il arrête les aiguilles. Alors, dans ma traversée de la vie, si j'arrêtais les aiguilles ?

En connaissance de cause, ou sans le savoir, je me trouve souvent à la croisée des chemins. Un pas doit être franchi pour poser le pied sur l'autre rive, continuer ma destinée. Le renard s'immobilise, scrute, interroge, juge puis avance. Cette lucidité lui permet de franchir l'obstacle et d'arriver sur l'immensité blanche, de l'autre côté. Alors, je dois me poser devant la vie pour comprendre où est ma destinée. M'accorder le temps d'interroger mes ressentis, d'aller scruter mes vrais désirs. Mes murmures de la folie du passé se taisent, chuchotent et parfois hurlent. Tant qu'ils ne sont pas mis définitivement sous silence, ils sont en sommeil, pour vibrer de leur essence au moindre signal. Si je leur donne le pouvoir, je me trempe la queue, je prends un chemin de traverse, je quitte mon destin, je coule avec lui. Je dois être vigilant pour savoir qui a le pouvoir, mes murmures ou mon senti.

Sur cette banquise de circonstance, je me sens très seul. Un être cher me manque. Quoi de plus naturel ? Je me replonge dans notre histoire de couple. Parfois, j'étais triste dans notre relation, parfois je lui en voulais, parfois j'avais mal.

Devant ce lac, je comprends qu'en continuant d'avancer dans la voie des murmures, je finis par rendre l'autre responsable de mes maux. Alors, sans m'en rendre compte, je me dirige vers l'éloignement. Se détourner de l'autre est tellement plus facile. D'ailleurs, en le faisant, les murmures s'atténuent. Il est évident que si je ne suis pas en face de l'être aimé, cette voie est, peut-être, une délivrance. Mais si je vis ma vraie histoire, si l'interruption des murmures est une délivrance, elle n'est que passagère. Ensuite, le manque vient pointer le bout de son nez. Le vrai manque, celui qui vient des profondeurs, les appels de ma Vraie Nature, de mon âme. J'ai quitté ma destinée. Dieu que je suis loin de moi, si loin.

La vie est une continuité d'événements respirant aux rythmes de mes émotions. Nous allons tous au même endroit. Le final de notre histoire est la mort. Alors, Dieu aide-moi à laisser les chemins de traverse de côté. Dieu, permet moi de continuer ma route vers le bonheur. Le bonheur d'accomplir la vérité de la vie. Le bonheur de suivre les lois de l'Univers, le Yin, le Yang. L'homme et la femme, ensemble, à côté, pour créer cette unité universelle. Vivre dans la vérité de la vie, vivre dans l'amour.

Dieu peut venir à mon aide, mais il serait trop simple de ne compter que sur lui. J'ai ma part à faire. Une route, devant moi, m'invite, le soleil glorifie son horizon. Je dois épouser mon destin et savoir arrêter les aiguilles au gré des épreuves de la vie. Me poser, reprendre souffle, et continuer sur le chemin qui est mien.

Il fait vraiment trop froid, je décide de repartir. Et si je suivais ce renard ? Je pourrais revenir d'où je viens mais je sens qu'il faut que j'aille de l'avant. Je décide de le suivre et, qui sait, peut-être que lui aussi va me sourire ?

Je traverse le lac en profitant des leçons reçues. Vers le milieu, je croise un trou béant que j'évite. Arrivé de l'autre côté je regarde d'où je viens et je me dis que c'est bien loin. Je crisse mes pas sur la neige durcie. Peu à peu, la température s'adoucit. Une plaine m'ouvre ses espaces et le soleil me salue. Qu'il est doux de progresser au rythme des nuages.

Au loin, j'aperçois quelque chose que je ne peux définir. Je m'en approche et découvre un écran géant au beau milieu de la nature. Un seul siège parade et m'invite. Je ne peux résister, je m'assois, intrigué.

Que le spectacle commence...

La distribution des rôles

Une ville est sous le chaos. Les maisons ont perdu leur superbe. Des façades sans toit, des murs sans appui. Les ruines s'alignent dans un spectacle de désolation. Les gravats anéantissent l'existence des rues. La désolation envahit la ville. Dans cette nuit, le silence n'est plus de mise. Des explosions déchirent les tympans, des cris transpercent les corps, des larmes glacent les coeurs. Le chaos de la guerre détruit les espoirs et la vie dans les entrailles de cette ville en mars 1941, quelque part en France. Une petite fille mortifiée tremble son regard dans cette peinture de souffrances. Elle serre de toutes ses forces sa poupée dans ses bras. Elle se paralyse dans ce monde de déchirements. Des hurlements parviennent à elle, ils se rapprochent. Des bruits sourds de pas les rejoignent. Des gens de tous âges courent dans toutes les directions. Certains stoppent leur vie dans un sursaut de blessures. Ils s'effondrent sur les pierres éparses de la ville. Des hommes, des femmes, des enfants sombrent sur ces tombes improvisées. Derrière eux, des hommes écorchent la ville de leur haine. Des flammes de mort jaillissent de leurs armes sanglantes. La petite fille est horrifiée devant ces hommes, ils font tellement de mal autour d'eux. Pétrifiée, elle lâche sa poupée et fouille les lieux avec ses yeux hagards pour trouver le salut. A sa gauche, un trou émerge des décombres. Elle se précipite, se faufile et se cache dans ce vide d'espérance. Les pas se rapprochent, la frôlent de si près qu'elle distingue les détails des bottes. Des gabardines se soulèvent à chaque avancée, à chaque soubresaut de leur arme. Les allemands ont envahi la ville.

Elle a peur, ces hommes sont le mal personnifié. Leurs images s'imprègnent dans les tréfonds de sa mémoire.

Le temps s'étire aux ralentis de ses tourmentes. La nuit, puis le jour ont tiré leur révérence. Le silence a fait place au déchirement. Elle ose lever son visage d'innocence perdue. Plus de bottes, plus de gabardine. La voie est libre. Elle sort de son trou et parcourt l'apocalypse. Elle retourne chez elle, du moins ce qui en reste. Les mois passent. La vie reprend son cours illusoire. Elle ne vit pas, elle survit. Parfois, des hommes aux bottes assourdissantes viennent hanter les lieux. Elle retourne dans son trou, son petit salut à elle. Elle sauve sa vie plusieurs fois en se réfugiant ici, loin des bottes qui font mal. Manège incessant, chez elle, dans son trou, loin des hommes assassins.

Un jour comme un autre, elle se promène dans la ville. Le soleil embellit les ruines. Les lieux semblent prendre vie. Tout va bien pour la petite fille solitaire. Elle n'a plus sa poupée, elle l'a laissée tomber à ses pieds, bien avant. Tout à coup, au loin, des bruits déchirent le calme apparent. Elle se fige, tremble et attend. Ils se rapprochent, ils se précisent. Les sons sourds des pas viennent à sa rencontre. Elle regarde apeurée les silhouettes qui se dessinent. Elle reconnaît le mal, des hommes aux armes sanglantes. Des gens de tous âges courent dans toutes les directions. Scénario de sa vie de peur. Elle se précipite dans son trou. Elle se love dans son abri. Elle bouche ses oreilles aux cris qui perforent les espaces. Les pas la frôlent de si près qu'elle distingue les hommes. Elle s'étonne, des grosses chaussures ont remplacé les bottes. Plus de gabardines non plus, mais des blousons. Elle ne comprend pas. Elle lève son petit visage et découvre une scène saisissante. Les gens de tous âges courent dans une seule direction, ils vont vers ces hommes aux grosses chaussures. Hallucination suprême, ils leur sautent au cou pour les enlacer, les embrasser. Plus de hurlements mais des cris de joie. Elle ne comprend pas et reste dans son petit salut. La joie a remplacé la douleur. La petite fille finit par entrer dans la fête, en ce beau matin d'août 1944, quelque part en France. Les américains ont libéré la ville.

Elle va à la rencontre de ces hommes qui sont sa délivrance.

Le spectacle s'arrête sur cette scène. Les couleurs ont quitté l'écran, sa blancheur me rappelle le lac gelé. Je reste sur ma chaise et songe à cette jolie petite fille. Je lève mon visage vers le ciel pour lui envoyer un sourire, au-delà des nuages.

Je repense à cette histoire et réalise subitement que la ville est comme une vie. Le printemps 1941 notre enfance, les allemands sont notre père ou notre mère ou tout être qui nous a traumatisés. Du moins, c'est ce que nous croyons.

Le mal du non amour. Comme j'ai vogué, pendant de longues années, dans une histoire sans fin, j'ai amplifié ce mal, j'ai créé le schéma destructeur. Les hommes ou les femmes me font souffrir, ne m'aiment pas, j'ai peur des hommes, j'ai peur des femmes. Alors, quand un soldat vient à moi, je ne vois pas l'uniforme. C'est un soldat, il est le mal, processus pervers de mes murmures.

A ce moment de ma vie, je dois arrêter les aiguilles.

Dans une histoire d'amour, je dois regarder l'uniforme. Voir si je suis face à une personne qui me veut du bien ou du mal.

Si je répète inlassablement mon histoire sans fin, je suis en présence d'un « mauvais autre » pour moi, je dois partir loin de ce mal. Si je suis face à l'être aimé et que je ne fais pas la différence, alors je peux prendre un chemin de traverse. Tourner le dos à mon destin, à mon bonheur. Je peux perdre l'être aimé.

Si je laisse s'exprimer mon vrai ressenti, si je regarde avec les yeux de la vérité l'être aimé, je dois lui ouvrir mon cœur. La regarder elle ou le regarder lui avec ses défauts et ses qualités. Ne pas lui faire endosser un uniforme qui n'est pas le sien. Elle ou il le mérite et surtout, nous le méritons.

Je comprends, devant cet écran blanc, l'importance d'arrêter les aiguilles et de distribuer les rôles. Je réalise que mon avenir et mon bonheur en dépendent.

Je ne peux m'empêcher de penser à Meskhenet, je sais que j'ai toujours été un américain, mais le temps d'un instant, j'ai été un allemand à ses yeux. Quelle qu'en soit la raison, plus jamais je ne porterai de gabardine.

Une lumière jaillit de je ne sais où pour projeter une nouvelle séance…

Si nous parlions de nous

Je me vois devant une montagne. En effet, après avoir quitté Paris, je me suis installé dans en province, près d'un magnifique lac, avec un restaurant à ses bords. Arrivé au printemps, je m'accorde un peu de vacances. Quand j'étais jeune, j'allais pêcher avec mon père. Sur l'écran, les images défilent. J'achète le matériel pour ce loisir de montagne. Je pêche la carpe, ce qui demande beaucoup d'attente et de stratégies. Pendant des jours et des jours pas une touche, rien, absolument rien. C'est vraiment désespérant. Tous les éléments se liguent contre moi. Je râle, c'est la faute du poisson, du temps, de mon matériel, du vendeur qui m'a mal conseillé, des promeneurs qui font trop de bruit. C'est la faute des autres.

Changement de décor et avec du son cette fois. Je nous vois Meskhenet et moi. Nous sommes chez elle et je sens qu'elle n'est pas bien. Elle ne le montre pas, mais je sais. Avantage de deux âmes sœurs, mais inconvénient pour celui qui ne veut pas le montrer. Après quelques douces persuasions, elle finit pas m'avouer qu'elle est triste. Tout ne se passe pas comme elle le voudrait dans sa vie.

Je nous vois discuter un bon moment puis, à court d'argument, je l'emmène sur la planète des Si. J'aime aller en ce lieu, il ouvre des solutions. Quelquefois, je vais me poser sur la planète des Si. Là, tout est possible, j'accepte une condition, puis tous les raisonnements qui suivent partent de l'hypothèse que cette condition est vraie.

Je me souviens un peu de cette soirée, mais j'ai hâte de la revivre dans sa totalité. Je suis très attentif devant ce dialogue prometteur.

Je lui demande :
- Imagine, tu es sur la planète des Si. Je t'apporte tout ce que tu désires, tu peux rêver, n'est-ce pas ?

Elle me répond par un sourire.
- Je suis sportif et nous partons tous les week-ends en randonnée. Tu es heureuse ?
- Oui, bien sûr.
- Je me lève très tôt le matin, de très bonne humeur. Qu'en penses-tu ?
- Ça me ferait plaisir.
- Je me couche tôt, tous les soirs, en même temps que toi ?
- J'apprécierais que tu le fasses souvent.
- Je suis célèbre, je gagne beaucoup d'argent, je suis très, très riche ?

- J'aimerais beaucoup.
- Je fais du sport intensif et je sculpte mon corps aux formes des Apollon ?
- Hum…
- Tout ce que tu as envie, je te le donne ?
- Ma vie devient un rêve.
- Merveilleux. Alors, tu es heureuse, mon amour ?
- Oui, vraiment heureuse.

Je la laisse quelques instants barboter dans ce paradis que je ne pourrais jamais édifier. Soyez-en sûr, j'en suis désolé.

Puis, je reprends un court dialogue qui effondre les belles cartes de son imagination :
- Tu restes sur la planète des Si ?
- Tant que tu veux, mon chéri.
- Tu as donc ce que tu veux, imagine vraiment cette vie.
- C'est vraiment facile, tout va très bien.
- Va vraiment dans cette vie, sans oublier d'y inclure tous tes désirs, toutes tes exigences, tous tes manques d'aujourd'hui.

Elle me regarde interrogative, réfléchit puis me répond :
- En fait, je ne me sens pas si bien que ça.
- Tu n'es pas heureuse ? Pourtant, tu as tout ce que tu désires.
- Non, je me rends compte qu'en ayant tout je ne suis toujours pas heureuse.
- Pourquoi ?

Elle est restée dans un long silence puis m'a avoué :
- Parce qu'il y a des choses que je ne pourrai jamais avoir, car moi aussi j'ai des peurs.
- Et qu'en penses-tu ?
- Que je dois admettre, que moi aussi, j'ai des choses à comprendre.

Elle soupire, puis conclut :
- Tu as raison, si tu me donnes tout, je ne serai toujours pas heureuse. C'est désespérant.
- Non, en aucun cas. En comprenant ça, tu quittes les mauvaises questions pour te trouver devant la réalité.
- Oui, c'est vrai. Alors, c'est de ma faute
- Surtout pas. Ni toi, ni moi ne sommes responsables. Nous souffrons tout simplement. Je ne fais pas toujours ce qu'il faut, c'est vrai. Tu n'es pas forcément responsable de mes « malheurs » comme je ne suis pas responsable des tiens. Nous aussi, nous devons grandir pour vivre mieux.
- C'est vrai, je dois comprendre certaines choses en moi pour être heureuse.

Elle a gardé le silence pendant un bon moment puis m'a fait cette confidence :

- J'ai compris. J'espère que demain je m'en souviendrai et surtout, plus tard, quand je serai confrontée à mes démons.

Nous avons perpétué cette soirée, tard dans la nuit. L'écran se ferme juste avant nos ébats du moment. Plus d'image, plus de son. J'en profite pour repenser à tout ça. Pour la pêche, c'était de la faute des autres. C'est la faute des autres, voilà une phrase qui perce les nuages des millions de fois par jour.

Dans notre relation de couple, nous avons souvent commis ce malentendu. Tous nos moments de bonheur étaient de nos faits, à tous les deux. Nous y baignions dans la confiance de notre amour. Mais il est des instants difficiles. C'est tellement plus facile d'en rendre l'autre responsable. Il ne fait pas ça, il ne dit pas ça, il est comme ci, comme ça, je ne suis pas heureux, c'est de sa faute. Je ne suis pas heureuse, c'est de sa faute. Pire, au fil de ces agitations on peut, sans s'en rendre compte, lui faire quitter l'uniforme américain pour lui endosser l'allemand. Maintenant cet homme ou cette femme de notre vie devient l'ennemi potentiel.

Je comprends que mon malheur ne dépend pas que de l'autre. Moi aussi, je dois être auteur de mon bonheur. Soulignons que l'inverse est vrai. Mon bonheur ne dépend pas que de l'autre, je dois aussi en être l'auteur.

Je sens que le spectacle est terminé pour aujourd'hui. Je me lève et reprends la route.

Derrière le miroir

Je ne me souviens plus du temps que j'ai mis pour arriver devant ce château aux tours majestueuses, mais ça en valait la peine, quel spectacle ! Je pars à sa découverte. Les pierres doivent détenir des secrets et des histoires extraordinaires. Les tours tutoient le ciel. Les énormes portes sont toutes ouvertes, il faudrait une armée d'hommes pour les pousser. Je vagabonde dans les couloirs quand, au hasard d'une pièce, une imposante cheminée m'interpelle. Je m'en approche et effleure les contours de pierre. J'admire, au-dessus, un miroir qui trône sur le mur blanc. Il est assez petit pour l'espace qu'il habille, mais sa finesse m'exalte. De forme ovale, il épouse majestueusement mon reflet. Je me regarde tout en caressant les détails sculptés du bois. La douceur de l'or magnifie mon toucher. Le contact est tellement agréable que je le soulève.

Quelques instants plus tard, je me fonds, en sa compagnie, dans un fauteuil aux moelleux accueillants. Je souris à mes traits et contemple tous les détails de cette offrande d'errances nocturnes. Je le visite pour en déceler toutes les subtilités. Une inscription attire mon attention. Je lis, au travers des dorures :

Ose te regarder. Beau ou moindre, tu masques la vérité. Ose dévisager ton image. Ose contourner l'apparence. Regarde-toi, derrière, tel que tu es.

Poussé par une envie évidente, je le retourne et découvre une pochette de velours bleu en son dos. Intrigué, j'inspecte le tissu et déniche une ouverture cachée. J'écarte les bords, plonge ma main et prélève une enveloppe que j'ouvre avec impatience. Un parchemin aux bords élimés par les âges m'invite à sa lecture. J'ai du temps devant moi, je m'installe confortablement et vais à l'aventure du récit qui m'est offert.

« *Remonte le temps, Ami.*
Survole les siècles et les contrées. Pose-toi au deuxième millénaire avant Jésus Christ en Asie Mineure non loin du détroit des Dardanelles. Tu es dans la ville de Troie, elle flamboie de richesses. Les marchands prospères qui gagnent la Mer Noire contribuent à la luxuriance des lieux.

La prospérité procure l'abondance mais enfante la convoitise. As-tu déjà vu, en ce monde, la beauté admirée par les hommes, sans rencontrer l'un des leurs qui jalouse, détruit ou veut s'approprier un bien d'excellence ? Préserve ton bien, l'Ami. N'oublie jamais de le protéger. Sans ce conseil né des acquis des anciens, le désordre vint frapper à la porte de cette ville. Dix ans de déchirures perpétuées entre Troyens et Grecs Achéens.

Tout commence lorsque Pâris, le jeune fils de Priam, le roi de Troie, enlève Hélène, fille-roi des dieux et femme de Ménélas roi de Sparte. Nombre de rois grecs et leurs plus grands guerriers forment une alliance et font voile vers Troie. Parmi eux, figurent des personnages illustres, Achille, Ulysse, Diomède, Ajax, Patrocle...

Le fléau de la guerre est levé. Des alliés viennent de toutes régions pour aider les Troyens, Penthésilée, reine des Amazones, Sarpédon, Glaucos, Rhésos, Cycnos...

Les combats sont sanglants, impitoyables. Les armées grecques tentent de forcer les portes de la ville. Les Troyens défendent les murs avec une efficacité féroce. Des mois de peurs, de scènes barbares, de cauchemars souillés de larmes de sang. La désolation a jonché les lieux de son manteau de mort.

Après plusieurs années de combats acharnés, Ménélas envoie un émissaire au roi Priam. La supplique prie Pâris de venir l'affronter en combat singulier jusqu'à la mort :

« Si Priam l'emporte, Hélène lui sera rendue. S'il perd, Pâris aura conquis Hélène dans un combat loyal, les armées grecques retourneront chez elles. Troie retrouvera la paix. »

Pâris relève le défi. Les deux hommes combattent sans relâche aux portes de Troie. Un violent coup de glaive porté par Ménélas blesse Pâris à la cuisse. Il s'écroule et avant que Priam porte le coup fatal, les soldats troyens interviennent. Ils se ruent à l'attaque et emmènent Pâris en lieu sûr. Les portes de Troie restent closes, Hélène n'est pas libérée. Le pacte est rompu, Ménélas crie vengeance.

Quelques jours plus tard, Achille, à la tête d'une armée, attaque la ville. Ses hommes balayent tout sur leur passage. Sa grande silhouette semble dominer le champ de bataille. Les Troyens reculent devant les assauts rageurs des vengeurs grecs. Maintenant, ils se guerroient au pied des murs de la ville. Les Troyens cèdent du terrain et passent de portes en portes pour finir acculés à l'ultime salut. Hector, le plus illustre fils de Ménélas, combat à la tête de ses hommes. De son char, Achille l'aperçoit et lui lance son javelot.

Hector s'écroule avec une profonde blessure à la nuque. Quand Achille arrive près du Troyen, il est déjà mort. La rage au cœur il lui lie les chevilles et attache l'extrémité de la corde à son char. Il le traîne dans la poussière par trois fois autour des murs de Troie.

Quand le soleil se lève, le roi Priam fige sa détresse sur le cadavre de son fils qui gît dans la plaine. Il implore l'aide de Zeus. Il part vers le camp ennemi et demande à parler à Achille. Il le supplie de lui rendre son fils pour l'inhumer dignement.

Achille, ému par les paroles du vieil homme, répond à sa requête mais à une condition. Que Priam donne le poids en or d'Hector en échange de son cadavre. Priam accepte et une trêve est décrétée pour la journée. Les Grecs hissent le corps sur une grande balance. Les Troyens empilent l'or mais la cité a été appauvrie par cette longue guerre. Quand tout l'or est apporté, il est insuffisant. Achille hoche la tête et dit non.

Polyxène, sœur d'Hector, ôte un lourd collier d'or de son cou et le jette dans la balance. Avec ce poids supplémentaire, le fléau bouge et la balance s'équilibre. Achille, impressionné par le geste de Polyxène, lui rend son bijou. Ménélas peut repartir avec le corps de son fils dans sa ville.

Le lendemain, les hostilités reprennent. Au cours des semaines, Achille songe à Polyxène jours et nuits. Il ne peut oublier son visage, son noble geste. Il écoute son cœur, envoie un messager à Priam pour lui dire sa flamme. Il demande la main de Polyxène. Si le roi troyen accepte, il met fin à la guerre. Ils préparent une entrevue. Mais Pâris s'inquiète car, si la paix est signée, il devra rendre Hélène aux Grecs. Il ne peut l'envisager ; alors quand Achille approche de la ville, il décoche une flèche empoisonnée qui frappe Achille au talon. L'endroit où Thétis l'avait plongé dans le Styx. Le poison se répand rapidement, Achille tombe figé dans la mort.

Devant cette trahison, les chars grecs se ruent à l'attaque aux ordres d'Ulysse. La lutte est plus farouche que jamais, elle dure des jours. Un matin, à leur grande surprise, les Troyens découvrent que les assiégeants ont disparu. Il n'y a plus rien, que des restes de camps vides. Même les navires ont quitté le rivage.

A l'extérieur de la porte principale de Troie, se dresse un gigantesque cheval de bois. Sur l'un de ses flancs, les Troyens déchiffrent une inscription dédiant le cheval à la déesse Athéna et la priant d'assurer aux armées grecques un retour heureux dans leur patrie. Après une inspection minutieuse, ils décident de le transporter à l'intérieur de la ville et de l'édifier comme un monument témoignant de la victoire sur les Grecs.

Le jour fait place à la nuit et, pour la première fois depuis de nombreuses années, les Troyens festoient. Après minuit, quand les derniers habitants s'endorment, une porte secrète dans le ventre du cheval s'ouvre. Cinquante des plus hardis guerriers grecs sautent à terre. La moitié court vers les portes, l'autre rampe en direction du palais royal. L'astucieux plan d'Ulysse se déroule comme prévu.

Du moment où l'ennemi pénètre à l'intérieur de la cité, les Troyens sont perdus. Complètement surpris, ils livrent leur dernière bataille et, avant la tombée de la nuit, la ville est aux mains des Grecs. La plupart des meilleurs guerriers troyens sont tués, les femmes et leurs enfants emmenés en esclavage.

Hélène retourna en Grèce, chez son mari Ménélas... »

Après avoir lu cette histoire, je découvre en bas du parchemin, ces mots :

« Tu as osé regarder derrière le miroir, le cheval de Troie est ton miroir.
Maintenant, ose te regarder, ose contourner les apparences.
Regarde-toi, que caches-tu en toi ?
Regarde derrière tes peurs.
Que cachent vraiment tes peurs ? »

Je laisse le manuscrit reposé sur mes genoux. Je contemple tous les recoins de cette magnifique pièce. Sur la cheminée, j'aperçois deux graines. Je vais à leur rencontre et prends dans ma main ce que je sais être deux Tsins. Je m'assois et m'installe confortablement. J'ouvre la première et pose mon regard sur les mots qui me sont offerts. Je m'abandonne et me coule aux flots de mes sentis :

« Bonjour Ami, que ton cœur s'ouvre aux souffrances libératrices.
Les souffrances libératrices, un savoir venu de très loin, perpétué par de nombreuses philosophies tibétaines, bouddhistes. La souffrance est un mal. Elle t'empêche de vivre. Elle dirige, parfois, ta vie et tu veux t'en séparer. Tant que tu cherches à l'éliminer, elle reste fidèle à son rôle destructeur. C'est inévitable. Pour qu'elle ne joue plus ce rôle, il est indispensable que tu l'acceptes. D'admettre qu'elle fait partie de ta vie, pour l'instant. Ensuite, tu devras l'apprivoiser. Mais c'est une autre histoire.

Pour guérir, tu dois, avant de progresser, comprendre que la souffrance doit être reconnue comme une entité en toi. Puis, le plus difficile, admettre que pour ne plus souffrir tu dois souffrir. Faire le voyage intérieur pour voir la vraie cause de tes maux, voir ce qui te dérange, voir cette vérité que tu fuis depuis si longtemps. Toute ta vie, tu as fui les souffrances, sans y parvenir. Tu as donc fait les mêmes erreurs et tu te retrouves toujours au même endroit. Tu souffres, l'Ami, tu es malheureux.

La guérison te demande de souffrir pour trouver le bonheur. Cela peut paraître paradoxal, mais c'est ainsi. Une vérité universelle transmise depuis des millénaires. Tu dois apporter une contribution à cette vérité, signer au bas de tes croyances, pour affirmer qu'au-delà des murmures de la folie du passé, tu acceptes de souffrir davantage pour guérir.

Tu te dis que c'est quelque peu désespérant. Alors, pense aux nombres d'années où tu vis dans la souffrance. Réalise aussi, que malgré toutes ces années, ça n'a rien vraiment changé. Si rien ne change, ça c'est désespérant.

L'espoir vient de la guérison. Accepte de souffrir un peu plus, mais sur le bon chemin. Fais ce calcul sommaire. Additionne tes années de souffrance. Fais la même chose pour celles de bonheur. Compare-les à ton âge. Intéressant, non ? Ensuite, évalue le temps qu'il te faudra pour atténuer tes murmures de la folie du passé. Compare ces trois résultats. Es-tu prêt à souffrir un peu plus pour être heureux ?

Hungalaï »

Je suis vraiment bouleversé par cette Tsin. Ces trois chiffres d'années de souffrance, d'années de vrai bonheur et mon âge sont comme un raz-de-marée en moi. Si j'accepte de voir la vérité, je dois faire le travail sur moi au lieu d'accabler toujours les autres ou la vie. Le chemin est certainement long, mais moins que ce que je viens de vivre depuis tant d'années et, qui sait, depuis tant de vies. En fait, le choix est simple.

Si je refuse de souffrir, je continue à fuir la vérité et je vais toujours souffrir. Si j'accepte de voir la vérité, j'accepte de souffrir un peu plus et je suis sur le chemin de Pi, l'île aux bonheurs.

Je sais que je ne peux plus revenir en arrière, retourner sur les pavés mouillés de la ville. Quoi qu'il arrive, je dois poursuivre ma route, aller au bout du voyage. C'est avec détermination que j'ouvre la deuxième Tsin.

Comme à mon habitude maintenant, je me laisse aller pour déguster toutes les essences de ma nouvelle compagne de savoir :

« Bonjour Ami, que ton cœur s'ouvre à la première cause.

Face à une souffrance, une peur, tu cherches une explication, une réponse, une cause. Tu la trouves presque toujours. Tu souffres ou tu as peur parce que ceci ou cela. Cette première réponse est la première cause. Elle est souvent simple. Elle te semble évidente. Pourtant, ce n'est qu'une supercherie de ton mental. Tromperie pour te rassurer. La première cause que tu trouves est presque toujours la mauvaise. Elle n'est venue que pour t'éviter d'aller vers la vraie, celle qui te dérange, celle que tu fuis depuis si longtemps. D'ailleurs, si c'était la bonne, tu serais guéri depuis longtemps.

Accepter la Tsin de la première cause te conduit vers celle des souffrances libératrices. L'association des deux t'emporte, un peu plus, vers le bonheur.

Hungalaï »

En cette agréable compagnie, je m'abandonne et me laisse bercer par les mots en or du miroir :

Regarde-toi,
que caches-tu en toi ?

Regarde-toi. La lumière du moment transperce les nuages de mes résistances. Elle en descelle les sens. Avec mes deux Tsins, maintenant je peux voir derrière le miroir. La distribution des rôles dans ma vie. Le miroir montre mes souffrances dans ma vie. La première cause est évidente, c'est la faute des autres. L'autre côté du miroir reflète la Vérité. Mes souffrances viennent aussi de moi.

Regarde tes peurs,
que cachent vraiment tes peurs ?

Le miroir montre une image et de l'autre côté se cache la vérité. Que peuvent bien refléter vraiment mes peurs ? Je repense à Meskhenet. Je traverse l'œuf aux silences. Rien qu'en y pensant, je suis glacé. C'est trop difficile d'aller voir. Beaucoup trop dur. Pourtant je n'ai pas le choix. J'ai pris cette décision d'aller au bout de cette traversée. Je ne dois plus fuir, même dans ce château. Mais seul c'est vraiment trop difficile. J'appelle Hungalaï à mon aide, mais il ne vient pas. Je me sens si seul devant ce miroir. De toutes mes forces, je fais appel à ma Tsin, la rencontre du possible. Que cette graine de savoir vienne emplir tout mon être de son énergie.

Je replonge dans les déchirements d'une séparation non désirée. Le poids de l'absence et l'impossibilité de vivre loin d'elle. Les pires pensées agressent tout mon être, je suis impuissant. Je dois respecter son choix et essayer de comprendre l'impossible. Je dois aller au-delà de mes peurs.

*Regarde-toi,
que caches-tu en toi ?*

Dans ce château, je suis à une croisée essentielle des chemins. Je sais que je dois aller au cœur de ce qui me fait si peur. Les murmures déploient leurs éclats destructeurs. Horreurs et démons assaillent mes entrailles. Il est des instants où on ne pense plus, on hurle sa souffrance. Mes ennemis intérieurs m'envahissent en conquérants, leurs forces décuplent. Scénarii aux issues dramatiques, regards sur moi destructeurs, jugements sur moi dévastateurs, fin de l'histoire. J'appelle mes amis à mon secours, Hungalaï, les Tsins, le juste regard, les portes du cœur, Dieu.

Comme un secours venu du ciel, la petite voix d'Eileen Caddy vient me chuchoter, dans ce tumulte :

Une mer très tourmentée et déchaînée, avec des vagues hautes comme des montagnes, me fut montée. Puis, je m'aperçus que, sous la surface, régnaient une paix et un calme merveilleux. J'entendis ces mots : Cherche au fond de toi et trouve cette paix qui dépasse tout entendement ; conserve-là, ce qui se passe au-dehors importe peu.

Cette mer déchaînée est mienne dans ce château.

Etre l'auteur de ma vie, je plonge vers mes profondeurs. Inlassablement, je plonge, descends pour toucher la libération. Au-dessous, le calme. Au plus profond de mon être, la paix. L'accès à ma Vraie Nature. Je remonte à la surface, la tempête secoue toujours les espaces, mais maintenant je sais. Une guerre explose ma vie, mais je connais les armées et je choisis le camp, celui de l'amour. De l'autre côté, les murmures de la folie du passé. La lutte est entamée, mental contre ressentis. Je me bats pour faire taire ce mental, réduire ses interventions. Je lui oppose la voix du cœur. Dure bataille, des années de vie, de comportements, de peurs, de souffrances contre quelques touches de savoir divin.

Etre l'auteur de ma vie, j'avance au pas de mes savoirs, de mes espoirs, de ma foi, de ma confiance. Les chemins s'inversent, peu à peu. La confiance s'incruste, s'installe au fil des minutes. Plus le temps passe, plus les armées du mental s'époumonent, plus la confiance gagne du territoire. Parfois, à bout de souffle, les armes tentent de reprendre leurs espaces perdus. Je leur oppose une Tsin, je plonge vers les profondeurs. Plus le temps passe, plus la confiance s'installe, suit son évolution. Elle grandit et les murmures de la folie du passé s'amenuisent. Plus le temps passe, plus la chute des murmures s'accélère, plus sa fin se rapproche. Cette symphonie coule ses notes au rythme du temps.

Cette partition est un réel combat. La plus belle victoire d'un homme est de battre ses murmures de la folie du passé. Braver le temps de la tempête, aller au cœur des vagues hautes comme des montagnes, aller à la rencontre de ses peurs, ne rien fuir, les regarder en face, les écouter, les comprendre, comprendre pour guérir. Aller à la rencontre de notre enfance, ne rien fuir, aller se promener là où il fait froid. Retrouver les instants d'un enfant glacé, regarder en face, écouter, comprendre, comprendre pour guérir. Mais partir au-devant de ces rencontres en compagnie des Tsins. Et, quand ces rencontres deviennent insupportables, ou insurmontables pour le moment, retourner en bas. Voir cet ami qui nous veut tant de bien. Retourner au plus profond de notre être, un court instant, pour nous ressourcer, retrouver la confiance absolue qui vit en nous.

Chemin difficile mais, dans ce château, j'avais le choix. J'ai choisi d'être l'auteur de ma vie. J'ai choisi de vivre, d'écouter mon cœur, de suivre la route de l'amour.

Regarde-toi,
que caches-tu en toi ?

La distribution des rôles dans le couple. Le miroir montre mes souffrances dans mon couple. La première cause, c'est de la faute de l'autre. L'autre côté du miroir reflète la Vérité. Mes souffrances, dans mon couple, viennent aussi de moi.

Regarde tes peurs,
que cachent vraiment tes peurs ?

L'œuf aux silences, le miroir montre ma peur de la perdre. Mais, je sais que de l'autre côté du miroir se reflète la vérité, celle qui me dérange. La première cause n'est pas la bonne, alors quelle vérité peut bien se cacher derrière cette évidence ? J'explore, fouille, scrute mes pensées, mes peurs, mon passé, mon histoire. Je ferme les yeux, plonge en mon intérieur. Je demande à Dieu de me montrer la face cachée de cette peur. Un long travail, un long parcours au centre de mes émotions. Les heures se propagent, s'éternisent. Je refuse toute abdication, je veux trouver dans ce château.

Je cherche à dépasser ma première cause sans trouver le chemin, je résiste trop. Je me pose, je cherche tous les savoirs de mes Tsins. Je sais que ce passage n'est qu'un passage. Je sais que je dois respecter son choix comme je la respecte.

Je suis donc « ici » et je dois aller de l'autre côté du miroir pour voir. Voir ce qui me dérange. En fait, tout est devenu simple dès que j'ai accepté vraiment d'explorer l'autre côté du miroir. Dès que je n'ai plus eu peur de trouver cette vérité. Tant que je me contentais du devant, je ne pouvais pas voir la vérité. Maintenant, je veux qu'elle vienne à moi, sans aucune résistance, qu'elle me présente son reflet.

Ce passage réveille la peur de l'abandon qui est en moi. Les portes qui claquent, le déchirement de mon enfance. Je comprends que ces portes m'empêchent de vivre, m'empêchent d'être. Je comprends qu'elles étaient dans mes histoires sans fin avant. Je comprends que Meskhenet ne fait pas partie de ces histoires sans fin. Je comprends que ces portes interféraient dans ma relation, qu'elles m'empêchaient de vivre mon histoire.

Les portes qui claquent appartiennent au passé, à l'histoire de mon enfance avec ma mère. La femme qui est à mes côtés est une autre histoire. Tout est si simple en fait quand on sait distribuer les rôles. Au vu de cette vérité, j'ai pu dissocier la peur de l'abandon de l'œuf aux silences. Maintenant, ce passage est habité par un autre regard. Que les portes qui claquent tamponnent les vents du passé, il n'est plus. L'histoire se corrige, se reconstruit. Je suis ici et maintenant avec moins de bagages, certains ont même mué. De peines et souffrances ils sont amour. Le voyage est long, mais il est sublime d'avancer.

Devant le miroir, je me contente de juger les autres, de les rendre responsables, de parler de fatalité ou de me satisfaire de la première cause. Supercherie de mon mental qui ne mène nulle part, sinon à la nuit aux enfers.

L'autre côté du miroir me permet d'aller vers cette vérité. Sans elle, je souffrirai toujours. Je ne peux guérir un mal que je refuse de voir. C'est un chemin difficile, mais c'est le seul qui m'emmènera vers la libération. Le seul, pour un couple, qui permettra de garder l'être aimé et de poursuivre le voyage ensemble.

Dieu, que ta main fut amour quand tu pris mon cœur pour voir derrière le miroir de mes peurs.

Dieu, que les visages de deux êtres qui s'aiment puissent se mirer des deux côtés du miroir.

La maison des coupables

Je quitte le château avec un peu plus de légèreté. Sans réfléchir, je reprends la direction de l'écran. Je sens qu'une séance va bientôt commencer. Il faut que j'accélère. Je m'assois et attends. Je ne m'étais pas trompé, une nouvelle projection commence...

...Il est tôt le matin, vers cinq heures je suppose. Un homme déambule dans la nuit, une cigarette à la main. La fraîcheur lui donne un semblant d'éveil sur son visage marqué. Il respire calmement, posément, pour dissiper sa fatigue. Huit heures auparavant, il entre dans le bloc. Scène habituelle pour ce grand chirurgien. Sur la table, un patient inconnu, des hommes et des femmes s'affairent autour de lui. Les spots donnent l'illusion d'une ouverture de spectacle. Un rituel depuis des années, un concerto de chants et de ballets, les harmonies d'instruments rutilants et de doigts experts. Le chef d'orchestre des lieux dirige ses confrères et offre au patient ses gestes de vie. Une mélodie millimétrée perlée de sueur. Tout s'est bien passé aujourd'hui se dit-il dans le jardin de l'hôpital. Il pense à tous ces malades qui passent, ceux qui partent chez eux libérés, et parfois, ceux qui restent, qui ne repartent jamais. En cette nuit de réveillon, il pense à la vie et aux départs. Cette année, il revoit ces êtres qui ne sont pas rentrés chez eux depuis un an. Trois, en tout trois se dit-il, peu sur les centaines opérés. Mais tellement de souffrances pour ces familles, pour ceux qui les attendaient dans le couloir. Aux autres, il leur dédiait son sourire. A eux ils ne pouvaient que consoler, soutenir. La vie est ainsi faite se dit-il avant de repartir chez lui où l'attendent sa famille et ses amis. Une nuit comme une autre, un travail bien fait.

Le film s'arrête sur cet homme qui rentre chez lui. Alors là, je ne comprends vraiment rien. Je reste un certain temps mais rien ne vient m'éclairer. J'insiste puis me dis que tant pis, de toute façon je ne peux pas tout comprendre. Je repars dans la campagne mais à l'opposé du château. Une route se devine dans les herbes. Je la prends et finis par me retrouver devant un mur de branches et de feuillages entrelacés. Je les écarte du mieux que je peux et progresse dans cette végétation hostile. Je transpire de tous ces efforts. Un moment, je me dis qu'il faut que je rebrousse chemin. Et un petit quelque chose me persuade de progresser. Je continue inlassablement à pousser des tiges rebelles. Je termine cette avancée devant un magnifique parc. Je m'y aventure et trouve deux belles maisons.

Au hasard, je vais vers celle de gauche et vois au-dessus de la porte cette inscription : « Maison des coupables ». Je soupire d'agacement. Je commence à en avoir assez de cette île. Je pensais que les désagréments du manège désenchanteur étaient terminés, mais non. Puis, je me dis que je dois être là pour quelque chose. Je franchis le seuil et pénètre dans un long couloir.

Je découvre des portes avec des écriteaux. Au point où j'en suis, je décide de les ouvrir toutes et d'aller au bout de cette demeure.

1ère porte... Naissance... Je vois un bébé nu. Je ressens qu'il est nu de toute « extériorité ». Il est lui, dans son essence parfaite. Il est pur, vrai, il est amour. Il ne demande qu'à découvrir, à apprendre. Il est sourire, naïveté, tendresse, désir, amour. D'ailleurs, je n'ai jamais vu un bébé égoïste, méchant, coléreux, haineux. Il est ouvert à la vie. Il doit aimer ce qui l'entoure, son père, sa mère, ses frères, ses sœurs. Il doit s'aimer aussi. J'ai cette douce impression qu'il est innocent.

2ᵉ porte... Non amour... Je vois deux adultes qui ne s'aiment pas. Ils me montrent du doigt en me disant « Tu es le trouble fête ». Je me sens coupable.

3ᵉ porte... Non amour... Deux adultes se disputent. Ils me montrent du doigt en me disant « C'est de ta faute ». Je me sens coupable.

4ᵉ porte... Non amour... Deux adultes me regardent sans amour. Ils me montrent du doigt en me disant « Comment pourrait-on t'aimer ? ». Je me sens coupable.

5ᵉ porte... Abandon... Un adulte seul, l'autre est parti. Son ombre me montre du doigt en me disant « Je ne t'aime pas ». Je me sens coupable.

6ᵉ porte... Abandon... Deux adultes, ils divorcent. Ils me montrent du doigt en me disant « C'est de ta faute ». Je me sens coupable.

7ᵉ porte... Abandon... Un adulte seul, l'autre est parti. Il est décédé. Mon ombre se sent perdue. Elle me montre du doigt en me disant « Tu ne lui as même pas dit que tu l'aimais ». Je me sens coupable.

8ᵉ porte... Violence... Deux adultes. Ils me regardent avec haine. Ils me montrent du doigt en me disant « Tu es méchant ». Je me sens coupable.

9ᵉ porte... Violence... Deux adultes. Ils sont violents. Leurs gestes sont comme des claques. Ils me montrent du doigt en me disant « Tu le mérites. Tu es méchant ». Je me sens coupable.

Au bout du couloir, je trouve un clap de cinéma devant une porte. Je le ramasse et lis :

Film... C'est de ta faute

Adresse... Coupable

Décor... Tout est noir. Mon père, ma mère ne m'ont pas aimé. Je ne m'aime pas. Je ne suis pas digne d'être aimé. J'ai peur des hommes ou des femmes.

Je lâche le clap et quitte cette maison le plus vite possible. Dehors, je respire l'air pur comme pour me purifier. Je réalise que je n'ai pas ouvert la dernière porte. Tant pis, cette demeure est trop lugubre, je n'y retourne pas.

Sur ma droite, la deuxième maison m'attend. Je ne pourrai pas trouver pire qu'ici, alors je vais voir.

La maison des innocents

Au-dessus de la porte, je lis cette inscription « Maison des innocents ». Je rentre avec soulagement. Je me retrouve devant le même décor, long couloir, portes avec des écriteaux. Je trouve à mes pieds un clap de cinéma. Tiens, tout à l'heure, il était au bout du couloir. Je le prends et lis :
Film... C'est leur histoire
Adresse... Innocent
Partenaire... Juste Regard
Décor... Tout est blanc. Mon père, ma mère m'ont aimé. Ils ne me le montraient pas ou pas comme je le voulais. Parfois ils montraient l'inverse. Mon père ou ma mère souffraient, ils ne pouvaient montrer de l'amour. Ils m'aimaient.

C'est avec entrain que je vais visiter toutes les pièces.

1ere porte... Naissance... Je vois un bébé nu. Je ressens qu'il est nu de toute « extériorité ». Il est lui, dans son essence parfaite. Il est pur, vrai, il est amour. Il ne demande qu'à découvrir, à apprendre. Il est sourire, naïveté, tendresse, désir, amour. D'ailleurs, je n'ai jamais vu un bébé égoïste, méchant, coléreux, haineux. Il est ouvert à la vie. Il doit aimer ce qui l'entoure, son père, sa mère, ses frères, ses sœurs. Il doit s'aimer aussi. J'ai cette douce impression qu'il est innocent.

2e porte... Non amour... Je vois deux adultes qui ne s'aiment pas. Le juste regard me dit que c'est leur histoire de couple. D'ailleurs si je n'étais pas là, ils ne s'aimeraient toujours pas. Ce sont des êtres humains, comme moi, ils ont leurs souffrances aussi. C'est leur histoire. Je me sens innocent.

3e porte... Non amour... Deux adultes se disputent. Le juste regard me dit que c'est leur histoire de couple. D'ailleurs si je n'étais pas là, ils se disputeraient toujours. Ce sont des êtres humains, comme moi, ils ont leurs souffrances aussi. C'est leur histoire. Je me sens innocent.

4e porte... Non amour... Deux adultes me regardent sans amour. Le juste regard me dit que ce sont des êtres humains, comme moi, ils ont leurs souffrances aussi. Leurs souffrances les empêchent d'exprimer ce que j'attends d'eux. Leurs souffrances sont plus fortes. Les êtres qui souffrent ne peuvent donner de l'amour. C'est leur histoire. Je me sens innocent.

5^e porte... Abandon... Un adulte, l'autre est parti. Le juste regard

me dit que ce sont des êtres humains, comme moi, ils ont leurs souffrances aussi. Leurs souffrances sont plus fortes. Les êtres qui souffrent ne peuvent pas faire des actes d'amour. C'est leur histoire. Je me sens innocent.

6ᵉ porte… Abandon… Deux adultes, ils divorcent. Le juste regard me dit que ce sont des êtres humains, comme moi, ils ont leurs souffrances aussi. Leurs souffrances sont plus fortes ou ils ne sont pas faits l'un pour l'autre. C'est leur histoire. Je me sens innocent.

7ᵉ porte… Abandon… Un adulte, l'autre est parti. Il est décédé. Le juste regard me dit qu'il ne m'a pas abandonné. Je ne pouvais pas lui dire que je l'aimais. Je ne savais pas, je n'ai pas eu le temps ou j'étais trop jeune. Mais aujourd'hui, je peux ressentir cet amour qui est en moi et lui communiquer dans l'autre monde. Je me sens innocent.

8ᵉ porte… Violence… Deux adultes. Ils me regardent avec haine. Le juste regard me dit que ce sont des êtres humains, comme moi, ils ont leurs souffrances aussi. Ils expriment leurs souffrances. Leurs regards ne sont que leurs souffrances. C'est leur histoire. Je me sens innocent.

9ᵉ porte… Violence… Deux adultes. Ils sont violents. Leurs gestes sont comme des claques. Le juste regard me dit que ce sont des êtres humains, comme moi, ils ont leurs souffrances aussi. Ils ont exprimé leurs souffrances. Leurs souffrances étaient plus fortes. Les êtres qui souffrent ne peuvent donner que de la souffrance, parfois. Je me sens innocent.

Je reste, un instant, dans ce couloir. Je suis devant une porte, la dernière porte comme tout à l'heure dans la maison des coupables. Sans vraiment hésiter, je ne l'ouvre pas. Si je n'ai pas ouvert l'autre, pourquoi ouvrirais-je celle-ci ? Je préfère rester avec cette étrange, mais agréable impression, que je peux m'aimer et que je peux aimer.

Je franchis le seuil et, sans réfléchir, marche devant moi. Je quitte le parc et poursuis mon chemin à travers la campagne. Je suis comme dans un rêve où tout est légèreté, douceur. Mes pas m'emmènent quelque part et mes pensées me portent vers une libération.

Nous sommes innocents

Tout en marchant, je repense à ce chirurgien. Sur la route du retour, cet homme est innocent. Je réalise que sur la route de ma vie, je suis coupable.

Illusion fabriquée, de toute pièce, par mon mental. Perversité inscrite dans mes fibres, dans mes jugements. Sans passer devant un jury, je suis coupable. Pas de procès, pas besoin, je sais, on me l'a montré, on me l'a dit. C'est de ma faute.

D'ailleurs, tout a commencé comme ça, sans jamais s'arrêter. Le père ou la mère et les deux ont été les premiers maîtres de ce jeu corrompu. Ils ont entassé dans les pièces de ma demeure préfabriquée les germes de mes maux, de mes culpabilités.

Le non amour, mon leitmotiv depuis mon enfance. Marqué au plus profond de mon être, je ne m'aime pas. Normal, papa, maman, ne m'aimaient pas. Longtemps, je me suis demandé pourquoi, qu'est-ce que j'ai pu faire ? Au fil du temps, sans jamais trouver de réponse à cette question, j'en suis arrivé à la logique fatidique, écrasante. Normal, je ne suis pas quelqu'un de bien. Personne ne peut m'aimer, je ne suis pas « aimable ». Par voie de conséquence, j'ai fini par ne plus m'aimer. Scénario pour certains, pas pour d'autres, heureusement. Mais ceux qui vivent à cette adresse sont si nombreux.

Depuis, je traverse la vie avec ce bagage. Je suis coupable. Tous mes actes sont guidés par ce non amour des autres et de moi-même. J'aime dans la souffrance, je donne et reçois l'amour dans la souffrance. Cette souffrance est si forte que je finis par avoir peur de l'amour. Le non amour engendre mon mal être, la peur des hommes, des femmes et de l'amour. Je suis coupable.

Alors, sur cette route de campagne, je me dis qu'il est temps de plaider innocent.

Je repense au chirurgien aux mains expertes. Je suppose qu'il a passé un bon réveillon avec sa famille et ses amis. Rien n'est venu perturber sa fête.

Tout en continuant mes pas, je pars quelques instants sur ma planète des Si…

J'imagine que cette nuit-là, le patient, au lieu de regagner sa chambre, est resté au bloc, sans possibilité de sortie. Que de trois seulement dans l'année, le chiffre malheureusement passe à quatre. Que se serait-il passé ? J'envisage deux chirurgiens devant ce drame.

Le premier accepte ce décès comme un risque du métier, comme une suite logique d'une maladie trop avancée, les choses de la vie. Il est peut-être attristé, mais il prend la route et profite de sa famille et de ses amis. Il rentre dans la maison des innocents. Il continue son métier avec le professionnalisme qui le caractérise, donne l'espoir, sauve des vies. Parfois, bien sûr, quelques départs, mais c'est la vie. Il est innocent.

Puisque la planète des Si permet toutes les hypothèses, je décide que le second n'accepte pas ce décès, qu'il refuse ce fatalisme. Il rentre chez lui, il ne profite pas de sa famille. Pire, il se condamne, il a peut-être fait une erreur. Il rentre dans la maison des coupables. Depuis cette nuit fatidique, il n'est plus le même. Il hésite avant chaque geste chirurgical. Il a perdu de l'assurance et, au fil du temps, il finit par perdre sa confiance. Un jour, l'insupportable dépasse sa compétence. Il arrête d'opérer. Il est coupable.

Je regarde ces deux hommes et vais à la recherche de leur différence.

Le premier habite la maison des innocents. Il comprend que ce départ n'est pas de son fait. Il s'est remémoré tous ses gestes, il ne pouvait rien faire. La maladie a emporté ce patient, c'était la fin de son parcours. Il a tout simplement compris que la personne en face de lui vivait son histoire, de la naissance à la mort. C'était l'histoire de cet homme, c'était son Karma.

Le second habite la maison des coupables. Il crée un parallèle entre cet homme et lui. Il associe l'événement de cet homme à sa propre vie, à sa propre existence. Il se remet en cause pour finalement se condamner. Il intègre l'histoire de cet homme à sa propre vie, à son propre regard sur lui.

Je comprends que ma vie peut passer d'un chirurgien à l'autre, comme tellement de personnes. Toute mon enfance, j'avais pris pour moi les comportements de mes parents. J'étais dans l'attente de leur amour. Je n'en avais pas, ou du moins, pas celui que je désirais. Je ne comprenais pas.

Pire, certains ont été victimes de maltraitances verbales ou physiques. Certains ont été condamnés, jugés, abandonnés par eux, les seules personnes sur cette terre qui symbolisaient l'amour à leur yeux. Eux, qui devaient être amour. Ils n'ont montré et donné que l'inverse, ce que nous ne voulions pas. Ils m'ont donné le non amour.

Me parents m'ont fait subir ce non amour, mais les autres, parlons des autres. Du non amour ou de la violence des autres. Ceux qui ont croisé mon chemin, certaines personnes de la famille, de l'école, du travail et quelques hommes et femmes qui ont jalonné ma vie. Parlons aussi de la compagne ou du compagnon avec lequel ou laquelle j'étais si malheureux dans mes histoires sans fin.

Procès sans jugement, je suis coupable. Enfant impuissant, j'ai pris ce non amour comme une attaque à mon image. Depuis, je ne m'aime pas, j'ai peur des hommes, j'ai peur des femmes, j'ai peur de l'amour, j'ai peur de la vie.

Mais, sur cette route de campagne, j'ai décidé de plaider innocent.

Procès dans la lumière. Je suis innocent. Le juste regard, ce non amour était une réponse à leur souffrance, à eux. En fait je n'étais pas concerné. Si je suis vraiment honnête, je peux voir qu'ils m'ont donné de l'amour, mais pas forcement comme je l'attendais.

Je peux m'aimer. Mes parents, et bien d'autres, m'aimaient comme ils pouvaient. Ils ne me le montraient pas mais ils m'aimaient. Je le comprends, je leur pardonne. Je peux enfin faire confiance à certains hommes, à certaines femmes, en l'amour et en la vie. Tellement de personnes peuvent le faire aussi.

Sur cette route de campagne, je décide de vivre dans la maison des innocents.

D'un pas plus assuré, je poursuis mon chemin et arrive devant l'imposant Lü. Je vais rapidement dans ma cabine pour noter sur mon carnet de bord toutes les richesses que j'ai découvertes ici.

Carnet de route vers l'île aux bonheurs

Troisième escale... Le doigt sur les aiguilles

Je viens de vivre une belle aventure, riche d'enseignement.

J'ai laissé plusieurs bagages sur place :

> j'ai toujours raison.
> C'est de la faute des autres.
> On ne m'aime pas.
> Je ne m'aime pas.
> Je ne suis pas digne d'être aimé.
> J'ai peur des hommes et des femmes.
> J'ai peur de l'amour.
> Je suis coupable.

Tsien se remplit de très beaux Tsins :

> je m'arrête pour réfléchir.
> J'ai un travail à faire sur moi.
> Je dois accepter de souffrir pour guérir.
> La souffrance est libératrice.
> La première cause n'est jamais la bonne.
> Je peux aimer un homme ou une femme.
> L'être aimé est amour.
> Je suis amour.
> Je suis innocent.

Quatriéme escale

Bonjour, Amour

Visions d'un port

Nous sommes encore à quai. Depuis que je suis à bord, des gens sont venus reprendre leur place dans le village et dans le port. Cette troisième escale devait se faire sans rencontrer âme qui vive, à part ce vieux renard.

Je vagabonde sur le pont du bateau puis m'arrête contre la rambarde. Je pose mes coudes sur la barre métallique et laisse mon regard errer vers le port. Une douce agitation anime maintenant les lieux. Un marché s'étire devant les lignées de maisons aux nuées de couleurs. Les pêcheurs déballent leurs prises du matin et les badauds s'agglutinent pour profiter des fraîcheurs.

Allégé, depuis peu, du bagage du non amour, je laisse aller mes émotions au gré des exhibitions de la place. Peu à peu, le monde portuaire se mute en une scène cinématographique. Un réalisateur méticuleux distribue les rôles. Mes yeux guident des travellings au hasard de la foule et identifient des inconnus. Je vole les intimités et en extrais des multitudes de spectacles. Des comédies humaines se projettent devant l'écran de l'escale.

Un enfant court vers la rue. Une femme affolée se précipite et l'arrache au danger des véhicules. Tremblante, elle le sermonne. Sa faute est punie par une gifle de frayeur. L'enfant encaisse, en pleurant, la colère d'une fautive.

Une petite fille suit ses parents. Elle tient le bas d'une jupe dans une main, de l'autre elle serre très fort sa poupée. Elle se sent rassurée dans ce monde sans gabardines.

Des adultes font leur apparition. De tout : des solitaires, des attendus à la maison et bien d'autres. Les soi-disant ne peuvent s'empêcher de paraître. Perdus, jaloux, envieux ou haineux, ils confient leurs prétendus conseils à ceux qui souffrent. Je quitte cette toile méphistophélique sans regret.

Les couples se détachent à leur tour.

Un homme, une femme sont l'un à côté de l'autre. Une position statique sans âme. Ils s'accompagnent dans une solitude déconcertante.

Un homme sourit à sa femme, il joue son personnage. Le faux semblant, l'amoureux hypocrite. Il fait le beau en pensant à une autre. Que la gent masculine ne se sente pas visée, une femme fait de même à son mari un peu plus loin.

Deux êtres se ravitaillent. L'habitude est leur compagne. Ils sont là pour ne pas être ailleurs. Ils ne sauraient pas où aller.

Des injures fusent vers ces autres. Des colères et des souffrances s'expriment au détriment de leur raison. Ils aimeraient faire autrement, mais ils ne savent pas.

Mes yeux s'attristent au spectacle de ces êtres. Ils s'ignorent, se renferment, s'ennuient, s'oublient, se déchirent. Pourtant, nombreux sont ceux qui, avec une touche de compréhension, de communication et d'efforts pourraient se retrouver. Vivre ce qui est eux. Mais la peur est plus forte. Les souffrances dirigent leur volonté et brisent leur espoir.

L'amour guide ma vie, et mon âme part à la quête de la beauté. Je vogue d'un tableau à un autre. Je scrute, explore les acteurs involontaires de mes fantaisies du moment.

Un couple émerge du spectacle. Ils illuminent la place. De deux êtres, tout est un. L'unité se détache. La tendresse les entoure, les protège. Leurs mains se scellent en une passion attachante. Ils s'aiment tout simplement, ils sont amour.

Je me laisse aller à cette magie. Mes pensées se laissent couler aux flots de mes appétences. Je suis presque à mi-chemin de l'île aux bonheurs. Il me reste quatre escales. Je me suis allégé mais je dois me délester d'autres murmures. Les leçons sont entendues. J'arrête les aiguilles et pose ma conscience.

Je ne pense plus, je m'abandonne à mon intérieur, à ma Vraie Nature. La clarté transparaît au-delà des nuages. Je vais me laisser guider au rythme des vagues du voyage. Elles me conduisent au pardon. L'amour dont je veux me nourrir doit se purifier d'une partie des folies du passé. Je dois extraire le non amour des origines de mes peurs. Déraciner la peur des femmes. Libéré de ces murmures, je serai libre d'aimer.

J'ai hâte de partir.

Le fils coupable

Je reprends la lettre que j'avais trouvé sur le bureau dans la cabine 7. J'ai envie de connaître ma prochaine escale. Au-delà des étendues marines m'attend « Bonjour, Amour », quel joli nom. Impatient je retourne sur le pont pour tenter d'apercevoir les premiers signes de cette terre promise. Le temps s'écoule au rythme des nuages. Bien plus tard, au loin, un point minuscule m'annonce la future arrivée.

Je débarque sur une plage semblable à tant d'autres. J'avance au hasard de mes pas. Sur ma gauche, un nouveau sentier se présente. Maintenant, je n'hésite plus, je prends ce qui m'est proposé. Il traverse des champs de blé. Je continue cette promenade quand j'arrive à l'entrée d'un parc. J'ai un sentiment de déjà vu en y entrant. Quelques minutes plus tard je me retrouve devant les deux maisons de l'île aux aiguilles. Je ne comprends vraiment pas. En plus, je n'ai pas très envie d'y retourner.

Sans savoir vraiment pourquoi, je vais vers la maison des innocents. Je tourne la poignée. Elle ne bouge pas, elle est bloquée. J'insiste et m'acharne sur cette porte. Mais rien à faire, impossible de l'ouvrir. Je finis par renoncer. Je regarde l'autre villa et fronce mes sourcils. J'ai des difficultés à aller dans la maison des coupables. Mais je me dis que si elles sont de nouveau devant moi, c'est pour une bonne raison.

Je suis électrisé par un « Eurêka » venu de mes profondeurs. Bien sûr, la dernière porte ! Je l'avais oubliée. Je me dirige vers le seuil et tourne la poignée de la maison des coupables. Elle s'ouvre avec une facilité déconcertante. J'avance dans ce long couloir. Après avoir frôlé toutes les portes déjà visitées, je me trouve devant celle que je ne voulais pas voir. Je pousse du pied le clap que j'avais laissé. J'hésite un peu puis tourne cette nouvelle poignée avec une petite peur au ventre.

Devant mes yeux, un grand miroir. Pas de pièce, seulement un grand miroir. Un grand rectangle vertical avec en haut un arc de cercle. Je m'approche, car je vois des lettres inscrites sur cette arche. Je lis *« Le regard de l'enfant blessé »*. Décidément, cette maison n'est vraiment pas accueillante. Les portes des coupables, puis le miroir de l'enfant blessé ! Je reste figé quand, soudain, des images apparaissent sur son tain. Hors des entendements, je me revois jouer le rôle du petit garçon malheureux qui m'allait si bien. J'endosse, pour un instant seulement, le manteau du coupable et repars à la conquête des pires hiers. Je revois pour mieux vivre. Ma vie défile comme un film avec ces souvenirs glacés.

Première scène... Un accouchement en douleur, un ventre d'où je ne voulais pas sortir. Le monde ne devait pas me faire peur, mais les entendus d'avant devaient me tourmenter. J'ai toujours senti une sorte de malaise postnatal que je n'ai jamais pu expliquer.

Deuxième scène... Une famille qui défile, arrogant la beauté devant ce bébé souriant. La venue chez mon nouveau chez moi et les quotidiens qui se déplient. Mes parents me donnent ce qu'ils peuvent. Ils m'ont transmis des valeurs qui guideront ma vie : famille, fidélité, honneur, courage, honnêteté, dévotion. Une éducation de savoirs et de règles de vies. Des idées indispensables et essentielles qui ont jalonné mon enfance mais d'où la tendresse était absente. Les souvenirs me manquent. Où sont les câlins juvéniles sur les genoux de mon père ou de ma mère ? Ils ne me viennent pas. La famille était présente mais la tendresse n'était pas de mise.

Troisième scène... Les quotidiens s'entachent de désaccords, de peurs, de colères et de disputes. Les portes qui claquent sont apparues dès le plus jeune âge pour perdurer. Je ne les ai plus entendues dès que j'ai quitté mes parents pour me marier. Je me souviens des premiers mois, quand le téléphone sonnait, je pensais que l'un des deux m'appelait pour m'annoncer un imminent divorce. Les portes qui claquent, abandons successifs aux peurs enracinées, peur de perdre, peur d'être responsable, peur des non-retours.

Quatrième scène... Ma mère qui exprime ses angoisses de vie. Ses peurs de manque de tout, d'argent, d'amour, d'espoir. Ma mère qui, parfois, pleure dans son coin de solitude. Ses larmes de désespoir de vivre une vie qui n'est pas celle désirée. Sa peine qui entache son regard. Ses yeux attristés touchent mon petit être, ils semblent me rendre responsable de son malheur, de sa vie, de tout.

Cinquième scène... Ma mère qui extériorise ses souffrances. Sa colère vient me frapper dans mes derniers refuges. Fais pas ci, fais pas ça, fais pas comme ci, comme ça. C'est honteux, tu es comme ci, comme ça. C'est de ta faute, tu es responsable. Le manège infernal du transfert des frustrations d'un adulte sur un enfant sans défense. Je donne l'apparence d'encaisser mais, en fait, les blessures s'incrustent dans ma chair et jouent leurs rôles destructeurs. De l'innocence, je suis passé à la culpabilité de tout et à la vision d'un mauvais moi. Le mal a rongé mon enfance, le mal a pris possession des lieux. Je suis coupable.

Sixième scène... Mon père passe sa vie au travers des démêlés. Il s'insinue dans les cachettes d'autruche, flâne au-dehors pour attendre la fin des hostilités. Au pire, il se réfugie dans son fauteuil et grignote sa pipe. Il en fait collection, tous les bouts sont cassés.

Septième scène... Un œil prend tout l'écran. Il me fixe. Je lis dans ce regard la tristesse d'un enfant sans défense, d'un enfant sans savoir, d'un fils coupable.

Je quitte cette maison avec le sentiment du devoir accompli. J'ai vu ce que j'avais à voir. Une lourdeur pèse sur mes épaules, comme un bagage très lourd qui serait venu s'y poser.

L'illusion incomprise

Je regarde la maison des innocents qui m'attend pour ma dernière porte. Mais je n'y vais pas, pas tout de suite. Pour l'instant, j'ai envie d'errer mes pas au gré de mes ressentis. Comme à mon habitude, dans ces moments de grandes réflexions, je marche au-devant d'un je ne sais où. Je me laisse porter par un je ne sais quoi qui me guide.

Des milliers de questions m'assaillent. Comment peut-on aimer avec ces fardeaux ? Comment aimer avec ces murmures qui envahissent toute notre existence ? Je suis coupable, c'est de ma faute, je ne suis pas « aimable », je ne m'aime pas, je n'ai pas confiance en moi, j'ai peur des femmes, des hommes, de l'amour, de la vie.

Mais si je suis innocent, je dois m'aimer. Alors, je pourrais aimer l'autre et les autres. Pour aimer, je dois être libre d'aimer.

Sur ces pensées bienveillantes, j'arrive devant une grande rivière. A sa rive, une femme se courbe au-dessus de l'eau. Je vais vers elle. Elle se plie et pousse avec vigueur ses mains sur un linge chiffonné.

Elle se tourne vers moi et me dit :

- Bonjour, comment vas-tu ?

Je lui souris et elle me dit que j'ai l'air préoccupé. Je repense au pêcheur qui m'avait posé, quasiment, la même question. Je décide très vite de lui dire la vérité. De toute façon, j'aurais certainement fini par le faire. Je lui parle de ces culpabilités qui me poursuivent. Des abandons, des ruptures de la vie, de mon enfance, de ma mère et de tant de choses. Tout à coup, comme un météorite venue d'une autre galaxie, elle me pose cette question d'une simplicité déconcertante :

- Parle-moi de ta mère.

Je la décris, lui raconte mes souvenirs d'enfant et d'adulte. Elle m'écoute avec attention puis me dit :

- Non, tu n'as pas compris. Je te demande de ma parler d'elle. De la femme qui est ta mère.

Là, je ne peux émettre aucun son. Elle en rit et poursuit :

- Tu ne connais pas ta mère. Tu crois la connaître mais en fait c'est faux. Ta mère ne t'a montré que son côté mère. Mais son côté femme, elle ne te l'a pas montré ou tu ne l'as pas vu. Tu n'appréhendes, peut-être, qu'une moitié de ta mère. En plus, que sais-tu de son enfance ? Lui as-tu demandé ? Alors, tu peux en exclure une autre moitié. Tu n'en connais peut-être que le quart.

Je reste bouche bée, sans voix devant cette évidence. Mon non amour est bâti sur les fondations d'une erreur capitale. Je ressentais mon enfance sur les actes d'une mère qui n'était pas celle que je croyais. Comment puis-je comprendre ma vie dans cette illusion ? Comment devenir innocent si je suis dans cette ignorance ? Je regarde cette femme et lui murmure :

- Que dois-je faire ?

Elle me tend un sourire de tendresse et me dit :

- Sois rassuré. Presque tout le monde est dans ton cas. Tu peux la connaître mieux si tu voyages dans ta mémoire avec d'autres yeux. Quitte le regard de l'enfant qui voit la mère, pour poser celui de l'adulte qui voit une femme. Raconte-moi avec tendresse, pars à la conquête de cette femme.

A la rencontre d'une mère

Mère, cette inconnue, je viens à ta rencontre pour la première fois. Je confie à cette femme au bord de l'eau des moments de vie porteurs de ce nouveau regard...

...Le soleil tisse ses incursions dans la pièce aux murs blancs. Vingt ans plus tard, le décor plagie une atmosphère de connaissance, mais les rôles sont autres. Ma mère s'essouffle dans son lit d'hôpital et tente, parfois, des haltes dans un fauteuil de repos. Son mal empire et nos rapports dévoilent des intimités méconnues.

Je lui parle, lui demande pour la distraire. Sans m'en rendre compte, je la découvre sans en être conscient à l'époque. Paradoxe de la vie, les silences se rompent lors du dernier voyage. Mais il est doux de s'apprendre dans les vérités des regards et la complicité des cœurs. Les malentendus disparaissent un peu au fil des confidences. Nos tête-à-tête commencent à exiler les regrets.

Dieu nous dit :

Plus tu donnes d'amour, plus tu en recevras. C'est la loi.

En ces journées d'hiver, je donne, pour la soulager, pour dessiner des sourires de délivrance. Dans la générosité de l'âme, elle me dévoile des instants de son histoire. Une leçon de vie d'une mère à un fils qui offre ses possibles à tout à chacun. Que le passage semble haut mais qu'il est libérateur. L'amour inconditionnel nous hisse à son sommet. Les pas sont aisés, seul le premier nous paralyse. Je dois oublier nos rancœurs.

Nous avons tellement abordé de nombreux sujets sur son lit d'hôpital. Je me souviens de son regret de ne pas m'avoir donné cette tendresse tant recherchée. Dans l'accompagnement où je me pose, mon rôle ne consiste qu'à lui apporter des réponses pour la soulager. Un soir, elle est d'une tristesse si profonde que je me dirige vers son enfance. Je transporte, pour un temps, son manque vers ses ressentis pour sa propre mère.

Elle me confie le caractère très dur de ma grand-mère. Une femme fermée dans sa rigidité. Une femme sans aucune expression de douceur. Son langage renferme sa colère de vivre. Je veux voyager plus loin, vers les origines du mal de cette femme. Son histoire est élogieuse de ses souffrances.

Ma grand-mère est née à la fin du XIXe siècle. Sa mère décède à son accouchement. Dès sa venue au monde, elle porte le manteau de la mort. Son père prend les rênes d'une famille de trois enfants. Dix-huit mois plus tard, il épouse une jeune fille de vingt ans, il en a trente-deux. Le temps s'écoule dans ce foyer reconstitué. Un an après le mariage, la petite sœur de ma grand-mère s'étouffe et décède sur les genoux de son père devant ses yeux horrifiés. Les culpabilités chimériques tissent leurs toiles dans ses profondeurs. Les événements transportent cet enfant accablé dans un orphelinat pour des années. Vers dix-huit ans, de retour chez elle, la vie s'écoule tant qu'elle peut. Elle transfère ses besoins d'amour vers son grand frère. Un beau garçon sorti major de l'école des officiers. En ces temps, l'habit est honorable. Elle est si fière, il est si proche d'elle.

L'histoire suit son cours. L'Autriche-Hongrie cherche à se débarrasser définitivement de l'agitation nationaliste serbe à l'intérieur de son empire. Le 28 juin 1914, François-Ferdinand de Habsbourg, héritier de l'Empire austro-hongrois, est assassiné avec son épouse dans la ville de Sarajevo par Prinzip, un étudiant nationaliste serbe. L'empereur François-Joseph, appuyé par le Kaiser allemand Guillaume II, somme le gouvernement serbe de s'expliquer et lui lance un ultimatum. Le 28 juillet, l'Autriche-Hongrie accuse la Serbie de cet attentat et lui déclare la guerre. La Russie, le grand frère des Slaves des Balkans, mobilise son armée. L'engrenage répand ses désastres sur l'Europe. L'Allemagne déclare la guerre à la Russie et la France mobilise son armée. L'Allemagne envahit la Belgique et déclare la guerre à la France le 3 août 1914.

Ma grand-mère voit son frère partir le premier jour, elle ne le reverra jamais. Il fut l'un des premiers tués de ce massacre.

Destin d'une femme aux amours arrachées. Je pose un regard de compassion vers ma mère pour lui demander si elle peut comprendre le non amour de sa propre mère. Nous laissons planer les réponses et elle me sourit. Elle me confie qu'elle n'y avait jamais pensé. Elle connaissait l'histoire mais n'avait pas ressenti les maux.

Libérée, elle s'abandonne pour me confier un épisode de son enfance qui, depuis, hante sa vie. Jeune, elle partait en vacances dans une campagne française. Elle adorait flâner au bord d'une rivière. Sa mère, figée dans cette fermeté quotidienne, lui en interdisait l'accès. Un jour, elle s'éclipsa et s'adossa à un grand chêne près de l'eau. Elle oublia le temps et fut surprise par des voix qui s'approchaient. Elle se cacha et aperçut les silhouettes d'un homme et d'une femme qui venaient vers sa cachette. Ils passèrent près d'elle, sans l'apercevoir. Elle entendit les mots de sa tante à son père. Ils résonnent encore dans ses rêves : « Tu devrais prendre ta fille et quitter ta femme, elle est trop méchante ».

Ma mère arrête de me parler, ses yeux semblent me lancer un au secours. J'essaye d'explorer ses émotions, puis je lui demande de ressentir l'enfance de sa propre mère. Elle me regarde, conserve les mots pour elle. Son sourire transporte la clarté. Le regard d'enfant blessé tire peu à peu sa révérence, la mère méchante se métamorphose en femme souffrante.

Maintenant, ma mère se sent un peu plus soulagée. Elle peut enfin entrevoir un petit bout d'amour au-delà des apparences.

Un autre jour, nous avons abordé d'autres parcours. Outre son enfance privée d'amour, elle connut la seconde guerre mondiale. En urgence, elle quitta Paris pour se réfugier dans les Deux-Sèvres. Elle se glace en me contant cet exode. Elle n'oubliera jamais les avions piquant leur museau de mort vers ces civils apeurés sur les routes de fuites. Les corps déchiquetés, les familles démantelées, les hurlements de frayeur. Elle n'oubliera jamais les visages des pilotes si proches. Ils descendaient si bas, que les traits si visibles apposaient leur rage de tuer. La peur prenait possession de ma mère au fil du récit. Je la laissais évacuer l'insupportable. Nous avons dévié vers la folie des hommes pour fermer une parenthèse de salut pour ses cauchemars de guerre.

Puis, nous avons ouvert les portes du bal de mon enfance. Elle m'explique les affrontements avec sa mère pour son mariage. Mon père, avec son sourire de vie, ne pouvait convenir à sa mère. Elle fit tout, même le pire, pour empêcher cette union. Elle affirma que mon père avait battu ma mère dans la rue, ce qui était faux, bien sûr. La souffrance, devant le bonheur des autres, se transforme souvent en haine. Episode parmi tant d'autres qui incruste le mal dans les couples.

Je raconte une nouvelle anecdote à cette femme au bord de l'eau qui m'écoute avec tendresse…

…Ma mère occupe des fonctions dans le milieu politique. Son travail prend souvent le pas sur sa vie privée. Nous déjeunons parfois seuls, le soir, avec mon père. Mes parents décident d'embaucher une jeune femme pour s'occuper de moi la journée. Tout semble bien se passer, jusqu'au jour où une voisine vient voir ma mère pour lui dire la vérité. En fait, la jeune fille attend que mes parents partent puis elle quitte l'appartement. Comme dans un Vaudeville de boulevard, elle va rejoindre un avocat dans les jardins des Tuileries. Bébé, je reste des heures seul dans l'attente d'un proche retour. Aujourd'hui, je souris à ces escapades d'amours d'une jeune fille dans les allées du Jardin des Tuileries. Mais d'un plaisir adultérin, l'enfant a inscrit la première empreinte de l'abandon.

La vie bascule très vite. La jeune fille est renvoyée et mes parents s'organisent différemment. Ma mère demande sa mutation pour un poste avec moins de responsabilités. Elle peut ainsi plus s'occuper de moi mais avec une frustration évidente. Peu de temps après, les portes qui claquent font leur apparition pour ne jamais disparaître.

A chaque ouverture et fermeture de portes, l'abandon s'incruste davantage au plus profond de mon être. Cheminement classique, la culpabilité vient l'habiller. Mais une des merveilles de la vie consiste à transformer noirceur en lumière. Les échanges entre deux personnes peuvent prendre plusieurs directions. Il en est une qui distille sa magie. Quand un des deux ou les deux parlent avec leur cœur. Il ne juge plus, il ne condamne plus. Il donne l'amour pour le bonheur de l'autre. Ce privilège permet de tout dire sans blesser l'autre. Les mots portent la compréhension et les maux se guérissent. Dans ces instants d'enchantement, j'explique à ma mère mes souffrances d'enfant devant ces portes qui claquent. Nous en disséquons tous les rouages. Pour conclure, je lui demande ce qu'elle faisait après avoir menacé de ne jamais revenir.

Elle conserve son sourire le temps de cette explication d'adulte. Elle allait à la recherche d'un banc. Elle s'asseyait et contemplait les gens de passage et les animaux qui se hasardaient dans les parages. Elle voulait s'évader un petit temps, sans penser. Ces anonymes distrayaient sa tristesse du moment. Dès son départ, elle savait qu'elle allait revenir. Elle savait l'amour qu'elle avait, elle ne le remettait pas en cause. Je n'y étais pour rien, cela ne me concernait pas. Elle allait, tout simplement, se distraire quelques instants. Une fuite certes, mais c'était son seul moyen pour oublier, le temps d'un instant, ses souffrances…

Je me tais quelques instants en regardant la femme, avec son linge dans sa main, comme dans un vide propice aux grandes évidences. Elle me contemple avec des yeux qui me portent contre son cœur puis me dit :

- En allant à la rencontre de ta mère, tu as donné un sens à ses maux. Tu comprends que, comme toi, elle souffrait. Comme toi elle avait peur. Comme toi, elle faisait ce qu'elle pouvait. Mais vouloir ne suffit pas, tu le sais. Si tu comprends, tu auras de la compassion pour elle. Et si tu en as pour elle, tu pourras enfin en avoir pour toi et pour tous les êtres.

Des larmes s'égouttent doucement sur mon visage. Devant ce silence, elle me suggère :
- Repars dans ton passé pour trouver une belle chose que tu as faite pour ta mère.

Si l'amour m'était conté

Mes larmes continuent de s'écouler. Je vibre d'une étrange alchimie de tristesse et d'amour. Je n'avais jamais ressenti de telles émotions. En fait, je sais que je respire dans la vérité depuis peu. J'ai le sentiment de me retrouver, de retrouver la vie. Je regarde la belle femme au bord de l'eau et lui offre un merveilleux souvenir…

…Un soir dans ma chambre. Je songe à ma mère, sur son lit d'hôpital. Le matin, le médecin m'appelle d'urgence. Quand j'arrive, il est très clair, les heures sont comptées. Je la trouve inconsciente, dans le silence d'un moment à l'issue évidente. Je reviens plusieurs fois dans la journée pour la trouver dans cet état d'inanition.

Cette nuit-là, je ressasse nos conflits, nos mésententes. Jamais nous n'avons pu nous comprendre. La tristesse m'envahit. Une vie entière d'éloignements et de non amour apparent. Je ne peux me résigner à adopter les signes d'une telle fatalité. Pourtant, j'avais déjà tenté des incursions dans les fragilités de nos rapports. Rien n'avait évolué, tout était figé dans les glaces de tensions algarades.

Le temps s'écoule et je ne trouve aucune issue. Je prie mes profondeurs de m'aider. A l'époque, je ne connaissais pas encore Hungalaï. Dans le silence de mes pensées, une image vient à mon secours. Je me vois prendre un livre, au hasard des étagères, puis ouvrir une page de destinée.

Sans réfléchir, je me lève. Je vais dans le salon et les yeux fermés je saisis un ouvrage. Je retourne sur mon lit et, toujours les yeux fermés, je me laisse guider pour ouvrir une page de bonne fortune.

Je suis en possession du Livre tibétain de la vie et de la mort. Je l'ai, miraculeusement, ouvert au chapitre du p'owa. Si « Monsieur Non » pointe son scepticisme en ce moment, de grâce qu'il ait l'obligeance de respecter la vérité du moment. Le p'owa, littéralement « transfert de la conscience » est une aide apportée aux mourants. Il peut accompagner une personne pendant sa maladie, pendant son dernier souffle ou après son décès. Il consiste à invoquer la personnalisation de notre croyance, Dieu, la Vierge Marie, Bouddha, ressentir sa présence, sa lumière. Prier la présence divine d'éliminer et de purifier le Karma négatif et apporter dignité et paix. L'important est de pratiquer dans la compassion absolue. Prier pour l'amour de l'être sans aucune attente pour nous. Donner de l'amour, uniquement donner et sans contrepartie.

Je prie dans cette compassion absolue pour libérer ma mère de son Karma négatif, de ses émotions destructrices, de ses obscurcissements, de ses blocages. Je prie pour le pardon du mal qu'elle a pu penser ou commettre. Je prie dans une dévotion totale. Je m'exclus totalement. Pour la première fois, je donne à ma mère sans rien désirer en retour. Seul l'amour que je donne est énergie. Je suis dans l'amour inconditionnel. Je ne lui ai jamais révélé cette prière tibétaine.

La lune tourne sa révérence et le soleil salue la nouvelle journée. Le matin, un appel inattendu vient sonner le carillon des réconciliations. Ma mère me téléphone « miraculeusement ». Nous discutons de son état puis elle me fait ce cadeau inattendu. Premiers mots d'amour d'une vie d'infortune « Je voudrais te dire que je n'ai pas toujours fait ce que tu attendais. Tu as peut-être cru que je ne t'aimais pas, je ne te l'ai pas assez montré. Mais je veux te dire que je t'ai toujours aimé et que je t'aime ».

Je l'ai laissée continuer, sans l'interrompre. Je prends ces mots comme une offrande, une réponse divine à ma nuit passée. Nous parlons comme jamais nous n'avions pu. Le mur s'est démantelé en un éclair. Nous avons enfin pu nous dire que nous nous aimions, ma mère et moi.

Le médecin chef me dit, ce jour-là, qu'il ne pouvait expliquer, médicalement, le rétablissement fulgurant de ma mère...

Le sourire a remplacé les larmes. Les mains de la femme essorent le linge, maintenant il est propre.

Elle répond à mon sourire en me disant :

- Tu as fait ça pour elle. Tu ne demandais plus rien pour toi ce jour-là. Le miracle est venu. Tu as ouvert les portes de l'amour. Dieu dit « Plus tu donneras d'amour, plus tu en recevras. C'est la loi ». Cette nuit-là, tu as cru donner à ta mère, ce qui est vrai. Mais ce que tu n'as pas vu, c'est qu'en lui donnant tu te donnais aussi. Là est le vrai miracle. Donne l'amour sans rien attendre en retour et tu recevras l'amour au-delà de tes espérances. Crois-moi et si tu en doutes, la vie t'en a donné une des plus belles preuves.

Dans la magie du moment, je lui réponds :

- Je viens de comprendre une des clefs de la vie. Une grande partie de mon existence, j'ai cherché à entendre de ma mère qu'elle m'aimait. Je n'ai jamais eu de réponse où du moins pas celle que j'attendais. Mais j'en ai eu d'autres, à sa manière à elle. Alors, je n'ai rien vu. Que d'efforts et d'énergie pour entendre ces mots libérateurs : je t'aime mon fils.

Maintenant, je sais que j'aurais pu passer des années, des vies, pour obtenir ce cadeau sans jamais le recevoir si j'étais resté dans le vieux schéma. Celui de régler, d'abord, le problème avec elle. Je sais que cette démarche est vaine, elle est presque vouée à l'échec. La réparation d'un passé ne se fait pas avec la mère ou le père, mais uniquement avec soi-même. C'est en donnant l'amour à ma mère, hors d'elle, et sans rien attendre que j'ai enfin trouvé cet amour. Et ça, je l'ai fait de son vivant. Mais si la vie avait décidé de son grand départ avant, je l'aurais fait après avec le même résultat.

En fait, j'attendais, sans le savoir, l'autorisation d'exister, la permission d'aimer et de vivre. Pourquoi chercher le consentement ailleurs ?

Si notre mère ou notre père ne nous disent jamais qu'ils nous aiment, qu'allons-nous devenir ? S'ils sont décédés, qu'allons-nous devenir ? Le seul être vivant, sur cette terre, qui peut nous accorder ce droit, c'est nous et personne d'autre.

Je regarde la femme avec enchantement. Elle semble s'amuser. Elle me dit :

- Tu as compris un essentiel. Garde-le précieusement en toi et continue ta route. Que l'amour soit avec toi.

Je lui réponds que l'amour soit avec elle et lui envoie des baisers du cœur. Des baisers pour une femme inconnue et pour la mère qui vibre en elle.

Je repars vers le parc, car j'ai vraiment l'envie de découvrir la dernière porte de la maison des innocents.

Le fils innocent

Je tourne la poignée avec un certain empressement. Elle s'ouvre curieusement avec facilité. Je me trouve devant un nouveau miroir mais l'inscription est différente. Je lis *« Le regard de l'enfant libéré »*. De nouvelles images apparaissent. Je rejoue le rôle du petit garçon heureux qui me va si bien. Je repars à la conquête des beaux hiers. Je reprends les fils d'un fils coupable pour tisser la nouvelle parure de l'innocence. Je revis mon histoire pour mieux vivre.

Première scène... Un accouchement en famille. Mon père, privilège de l'époque, assiste à ma venue. Bienheureux pour ma mère, mais mes hésitations à venir dans ce nouveau monde lui ont donné des frayeurs. Pendant des années son visage blanchâtre et apeuré a fait rire le personnel de la maternité. Pour décider ma légère réticence, la sage-femme a été contrainte de m'attirer avec des forceps. Mon crâne allongé emporte mon père vers une syncope immédiate. Il n'a pas le temps d'entendre le chirurgien expliquer que tout est normal, que tout rentrera dans l'ordre rapidement. Peut-être a-t-il cru que je venais d'une autre planète, qui sait ?

Deuxième scène... Une famille qui défile, admirant la beauté de ce bébé joyeux. La venue dans mon nouveau chez moi et les quotidiens qui se déplient. Mes parents me transmettent des valeurs qui guideront ma vie. Famille, fidélité, honneur, courage, honnêteté, dévotion. Une éducation de savoirs et de règles de vie. Des idées indispensables et essentielles qui ont jalonné mon enfance et guidé ma vie. La tendresse, je peux en parler. Elle ne s'est pas manifestée dans mes attentes précises mais j'en ai reçu de mille et mille manières. Des sourires, des regards, des petits gestes, des offrandes hors des fêtes. Ils m'offrent tout ce qu'ils peuvent me donner avec les moyens qui sont les leurs.

Troisième scène... Bien sûr, les quotidiens peuvent exposer des désaccords, des peurs, des colères et des disputes. Le monde est ainsi fait. Tant que la porte du cœur ne s'ouvre pas, les malentendus et les souffrances prennent la direction du jeu des adultes. Leurs mots n'expriment que leurs malaises, leurs impossibilités de communiquer dans la franchise de leurs émotions.

Quatrième scène... Les portes qui claquent me permettent de comprendre qu'un être qui souffre peut avoir le besoin de partir, pour un instant. Que l'amour est en lui. Qu'il a besoin de se poser pour alléger ses écorchures. Besoin d'oublier pour un instant, un instant seulement, besoin de se poser sur un banc. Les portes qui claquent se rouvrent toujours, le banc n'est que son intervalle.

Cinquième scène... Ma mère exprime ses souffrances. Bien sûr, je reçois ses colères. Mais, dans ma vie, ne l'ai-je pas fait aussi vers les autres ? N'ai-je pas condamné un homme ou une femme pour rien ? N'ai-je pas reporté mes colères vers des innocents ? Avant de saisir les sens de nos souffrances, nous nous agressons ou nous agressons les autres. Tant que nous serons dans l'ignorance ou dans la fuite ce sera ainsi.

Sixième scène... Mon père passe sa vie comme il peut en fonction des circonstances. Il a choisi la voie de « l'à côté ». Il se débrouille bien. Il préfère se taire plutôt qu'affronter. C'est son choix.

Septième scène... Un œil prend tout l'écran. Il me fixe. Je lis dans ce regard la joie d'un adulte dans l'amour, d'un adulte dans la compassion et la tolérance.

Je quitte cette maison avec le sentiment d'avoir appris mon père et ma mère. Un homme et une femme qui ont traversé leur vie comme ils ont pu. Ils ont fait de leur mieux pour s'aimer et m'aimer. Ils m'ont donné le plus de leur possible. Je suis très fier et heureux d'être leur fils.

Le banc chérissant

Je me promène dans le parc. L'autre jour, il était inanimé. Aujourd'hui, il vit de toutes parts. Un chien tire une jeune femme qui recherche un équilibre perdu. Elle passe à vive allure devant un banc. Posée au milieu de ce parc flamboyant, une femme assise tourne ses yeux aux visions anonymes. Elle ressemble un peu à ma mère. Elle se laisse porter par les furtives rencontres d'inconnus. Elle viole, un instant, un instant seulement, les silhouettes qui défilent.

Elle en kidnappe les expressions pour s'évader. Un jeune homme, très sérieux, parade son allure avec un attaché-case directorial. Une vieille dame se courbe au petit poids de son sac. Un couple marche l'un à côté de l'autre dans l'ignorance de leur présence. Un homme glouton enfile une pâtisserie dans sa bouche vorace. Une jeune fille songeuse se heurte aux passants sans les sentir. Un pastiche de vies pour une mère en quête d'évasion.

Le banc est son salut pour oublier son mal être. Elle occulte sa famille pour un temps. Elle se réfugie dans la non pensée, l'inertie d'émotion. Maintenant, je sais qu'elle rentrera soulagée de cette montée de peines ou de colère. Mais les déchirures du passé ne la quitteront pas. Les murmures attendront le moment propice pour frapper à nouveau. Le banc lui offre, simplement, un moment de répit. Un banc, quelque part, se propose à tout homme ou toute femme qui s'essouffle. Il leur offre l'appui pour récupérer, respirer ou qui sait, peut-être beaucoup plus.

Au-delà du nord, un renard vieux m'a montré le chemin devant un lac gelé pour arrêter les aiguilles. Porteur de cette Tsin, je vais, dans ce parc, à la quête d'un bois de répit. J'avance loin, très loin. Tellement loin que je vois au fin fond de l'horizon mon ami le renard. Il est assis, là-bas. Il semble m'attendre. Je vais vers lui et me pose sur un banc perdu au milieu de cet espace de solitude. Je frissonne, j'ai même froid. Il neige et le blanc crée l'oubli du monde. Seul au milieu d'une étendue blanchâtre, je laisse les événements de ma vie prendre une autre dimension.

Les flocons caressent, sans bruit, mon visage. Je m'habitue au gel qui, petit à petit, se transforme en douceur. Ce qui pourrait faire fuir les autres m'offre la délicatesse d'un instant de grâce. Les larmes du ciel ferment mes yeux pour ouvrir mon cœur.

Je pense à Meskhenet. Mes pensées remontent une partie de notre histoire avec la vision du moment.

Je me souviens... de moments particulièrement pénibles. Parfois, Meskhenet vient vers moi avec de douces sincérités d'amour. Le juste avant était sans tache. Pourtant, un réflexe incontrôlable m'empêche d'apprécier la tendresse offerte. Je la refuse, la repousse parfois. Je ne peux maîtriser ces « rejets incompris ». Un mal profond s'empare de moi et la peine l'envahit. Je lutte contre ses attaques, je me suis tellement culpabilisé. Je me suis condamné à refuser, parfois, son amour et à la rendre ainsi malheureuse.

Je me souviens... d'une période difficile. Les flammes de mon amour pour elle tentent de me conduire sur la route de mes souffrances. Je ne savais pas encore que la lutte est inégale tant que l'on ne pose pied sur le pont d'un bateau et que l'on n'entre pas dans la cabine 7. Mais, je décide de livrer une guerre sans merci à ces maux. Plus de fuite, une lutte où je ferai tout pour sortir vainqueur. Au premier mois de ce combat, une nouvelle attitude inexpliquée vient perturber notre couple. La sexualité est exclue de mes pensées, de mes envies. L'incompréhensible prend possession de ma vie. Je désire Meskhenet mais la sexualité m'a quitté pour un temps. Meskhenet prend ce silence comme un non amour. Pour elle, je ne la désire plus. Pendant cette période, je ne suis pas sur un banc, je suis en face de mes démons. Ils refoulent tous leurs poisons en un instant. Tout mon être est prisonnier de leurs cris. Le champ de bataille est submergé de soldats destructeurs. Je suis littéralement envahi. Seul l'amour peut me permettre de persister dans l'affrontement. Sans l'amour, je ne pouvais que prendre la fuite.

Je repense à ce passage de vie. Je pose mes mains sur le banc en bois, comme pour me soulager d'un poids. Ma main droite rencontre un objet. Je souris à sa venue. Une Tsin trône dans ma paume. Je m'empresse de l'ouvrir et découvre :

« *Bonjour Ami, que ton cœur s'ouvre à la libération du banc chérissant.*
Tu as souvent lu les exploits d'hommes et de femmes. Des chefs d'états, des soldats, des aventuriers, des héros, des anonymes livrant des combats contre les hommes ou les forces de la nature. Tu as lu beaucoup d'ouvrages sur la libération des peurs et des souffrances. Tes lectures s'étendent du Tibet, de l'Inde, de multiples contrées d'Asie, de pays d'Europe, du monde entier et de tous les temps. Ils ont en commun cette saisissante évidence, pour guérir de nos

souffrances, tu dois affronter les souffrances, souffrir encore plus.

Çà, tu le sais déjà. Mais ce que tu dois savoir c'est que tu devras toucher l'insupportable, rester dans cet insupportable pour le voir disparaître. Pour guérir de tes souffrances, tu dois accepter de souffrir plus pour un temps. La vie t'en a donné la preuve. Cette phrase peut faire peur mais il n'en est rien. Tout est plus simple qu'il n'y paraît. Le passage le plus difficile est le premier pas en face de tes souffrances. Il est obstacle mais les suivants félicités.

De tous les combats louables, il n'en est qu'un vraiment héroïque. Celui de l'homme ou de la femme qui lutte contre ces guerriers intérieurs. Ils ne toucheront pas la notoriété mais ils gagneront le bonheur. L'insaisissable devient possible. Aimer se conjugue à tous les temps de la réalité de vivre, « je m'aime, je t'aime, j'aime la vie, je vous aime ».

La libération est au bout du chemin mais le combat est long. Le début des hostilités est des plus après. Tu n'as pas l'habitude, plus de fuites, plus de banc. Tu es en terrain inconnu car tu as toujours fui. Là, tu dois faire face quoi qu'il arrive. Seuls la volonté d'arriver et l'amour peuvent te permettre de passer.

Toute ta vie, et peut-être d'autres vies, tu as fui devant tes peurs et tes souffrances. Aujourd'hui, tu dois les voir, les traverser. Elles se déchaînent alors dans leurs violences les plus démontées. Les souvenirs enfouis surgissent de tes tréfonds. Ce que tu ne voulais pas voir te paralyse. Ce qui est murmures se transforme en hurlements. La tempête submerge tes raisons.

Ce combat se gagne avec le temps. Les revers de la médaille montrent leur perfidie. D'anciens comportements disparaissent pour donner place à de momentanés « mauvais nouveaux », c'est la loi. Ceux-ci ne sont que le reflet de tes murmures que tu refusais de voir. Ils viennent troubler tes quotidiens, pour un temps.

Hungalaï »

Je ne suis même pas effrayé par ce que je viens de lire. En fait, je le sais déjà depuis si longtemps. Je continue mon voyage dans les souvenirs avec Meskhenet. Je désire les habiller avec un autre regard.

Dans ce parc, sur mon banc, devant ce renard et couvert de neige, je vais au-devant de mes démons. Je ne leur tourne plus le dos, je les regarde en face, je les traverse. L'œuf aux silences prend une autre dimension et comme une lumière venue des cieux, un manteau d'innocence vint transcender mon regard.

Bien sûr que je suis innocent !

Comment donner l'amour dans la peur et les souffrances ? Comment recevoir l'amour dans la peur et les souffrances ? Ces fameuses peurs, peur des hommes, peur des femmes, peur de l'abandon, peur de l'infidélité, peur de la solitude, peur de la violence, peur du non amour, peur de l'amour, peur de la vie, et tant d'autres.

Je me souviens... de moments particulièrement pénibles de rejets incompris. Bien sûr, je l'aimais, je ne la rejetais aucunement. J'exprimais mes peurs tout simplement.

Je me souviens... d'une période difficile de non sexualité. Bien sûr, je la désirais mais le combat du moment prenait toute mon énergie.

Sur ce banc, la neige ouvre mon cœur. Je pose un autre regard sur ces deux comportements. J'en comprends le sens. Ils ne remettent en rien l'amour pour Meskhenet, je suis innocent. Je viens de prendre conscience que je peux aimer du plus profond de mon être et renvoyer, pour un instant, un instant seulement, le miroir du non amour à l'autre.

Je viens d'appréhender un des plus grands maux de l'humanité depuis la nuit des temps. Quand les peurs et les souffrances prennent le pouvoir, l'amour se tait pour donner place au silence. Pour un temps, pour plus longtemps, pour toujours ou pour, parfois, ouvrir les portes de la haine.

Mon cœur s'allège, je me laisse aller aux chatoiements de cette lumière. Le temps fut mon meilleur allié.

Tout naturellement, je comprends que si je suis innocent, il peut en être de même pour Meskhenet. Je n'ai pas l'apanage des murmures de la folie du passé. Elle vibre aussi de ses peurs et de ses souffrances. L'œuf aux silences n'est que l'expression de ces murmures, comme le non amour de ma mère n'était que celui de sa souffrance.

Isolé dans ce parc, perdu au milieu d'un paysage de neige, je souris à Meskhenet devant un vieux renard. Un oiseau vient se poser à mes côtés. Il m'observe et prend, sous ses ailes, mes pensées du moment. Il s'envole en emportant un sourire qui renferme le pardon et le profond désir de bonheurs pour une femme que j'aime, au loin, dans le silence.

Une brise vint caresser mon visage. Je suis étourdi par un doux parfum aux senteurs inconnues.

J'éternise cet instant de bonheur. Je me retourne pour offrir au renard un sourire du cœur, puis je reprends la route pour retrouver Lü qui m'attend.

Carnet de route vers l'île aux bonheurs

Quatrième escale... Bonjour, Amour

Cette escale me fait l'offrande des possibles d'aimer.

J'ai laissé plusieurs bagages sur place :

> je suis un enfant coupable.
> Les portes qui claquent sont des abandons.
> La rupture est un abandon.
> Je suis un adulte coupable.
> Mes murmures m'empêchent d'aimer.

Tsien se comble de Tsins :

> L'amour inconditionnel ouvre les portes du pardon.
> La route de la libération crée
> de nouveaux obstacles.
> Les nouveaux obstacles sont la preuve
> de ma progression.
> La volonté d'aimer dépasse tous les obstacles.
> Les départs ne sont que des bancs de repos.
> Derrière la mère se cache une femme.
> Derrière le père se cache un homme.
> Voir pour comprendre.
> Comprendre pour pardonner.
> Pardonner pour se libérer.
> Etre libre pour aimer.
> Plus tu donneras d'amour, plus tu en recevras. C'est la loi.

Cinquième escale

Bonjour, Moi

Changement de cap

J'ai oublié le temps depuis le départ de Lü. La terre et toutes traces de vie ont quitté les visibles, nous voguons dans des horizons marins sans fin.

Il me semble que je me dirige vers une destinée qui m'était inconnue. Comme un destin qui s'impose à mes chemins, je vais où j'ignorais l'existence. Je me laisse porter au gré des flots. Pour la première fois de ma vie, je laisse faire, tout simplement.

Sur le banc, aux fraîcheurs des flocons, j'ai découvert, dans les souffrances d'un silence, la paix dans l'absence. La neige avait blanchi une partie de mes peines. Dans le roulis des avancées du navire, je ne veux plus penser. Comme le vent qui effleure mon visage, les mots de l'intérieur éclairent les instants.

Je me suis posé, sur un banc, porteur des maux de rupture. Rien n'est venu de l'extérieur, aucun son, aucune présence. Pourtant, ce mal a laissé sa place à une forme de paix, de sourire, de bonheur. Je suis entré dans un monde nouveau.

Comme un enfant qui apprend, je m'étonne et désire connaître ce qui m'était caché. Dans l'immensité des eaux, je comprends que si l'extérieur n'est pas venu à mon secours, seul j'ai pu donner naissance à cette métamorphose.

Un nouveau moi m'apparaît. Une petite voix me murmure qu'un nouveau monde m'attend, qu'il resplendit de myriades de sourires, qu'il va au-delà des mes espérances. Qu'il s'ouvre à moi et qu'il est moi.

L'oiseau qui prit dans ses ailes mes pensées de bonheurs pour Meskhenet trace, sur les cimes des vagues, ma route. Je m'abandonne à elles, porteur de cette étrange impression que je me découvre.

Tout doucement, je me laisse guider vers ce Moi. Il me semble autre. Je lui souris.

Je crois le reconnaître, il n'était pas si loin…

Les sons du lointain

En arrivant sur cette nouvelle terre au joli nom de « Bonjour, Moi », j'ai cette étrange impression de profonde solitude. J'avance sur le ponton sans trop me poser de questions puis je me dirige sur la droite. J'ai vraiment envie d'aller à la découverte de ce « Moi » qui semble m'attendre. Je continue ma promenade quand, au loin, se dessine un rocher. J'accélère le pas pour aller à la rencontre d'un éventuel pêcheur.

Celui de la rencontre du possible n'est pas là mais des enfants jouent près d'une barque. Je vais vers eux pour leur dire bonjour. Je les salue, leur parle mais ils continuent leur jeu comme si je n'étais pas là. J'insiste, parle plus fort mais rien n'y fait. Ils ne me voient pas et ne m'entendent pas. Je suis un peu angoissé devant cette situation inconnue. Je m'approche si près que je peux les toucher. Ils s'éloignent immédiatement tout en continuant leur jeu. Je tente l'expérience plusieurs fois, et à chaque fois que je suis près d'eux ils vont un peu plus loin tout en m'ignorant. Je finis par me dire que je dois vivre ce qui m'est présenté sans me poser de questions, d'en tirer profit et de continuer mon chemin.

Par contre, je ne vois pas ce que je dois comprendre. Je suis dans ces réflexions quand j'aperçois une Tsin tomber de la poche d'un des enfants. Dès qu'elle touche le sol, ils courent de l'autre côté du rocher et disparaissent pour ne plus revenir. Incrédule, je la prends et l'ouvre. Je découvre ces mots :

« Bonjour Ami, que ton cœur s'ouvre aux sons du lointain.

L'homme regarde devant lui. Il semble contempler un point imaginaire. Derrière lui, une femme s'affaire près d'un feu. Deux enfants se réchauffent en se blottissant l'un contre l'autre. Une vie de famille s'écoule au rythme du départ de l'homme. Il attend le moment venu pour partir. Sa respiration s'accélère, il prend un temps pour se lever. Il plonge son regard vers ces trois êtres si chers à son cœur. Sa femme lève ses yeux et lui transmet, dans un silence complice, son soutien et son amour.

Il avance vers le monde du dehors et, sans se retourner, il poursuit sa route. Il pense à ceux qu'il laisse derrière lui. Le paysage est magnifique mais il n'y prête guère attention. Il a d'autres préoccupations. Il doit satisfaire les besoins des siens. Aujourd'hui, il ne sait pas où aller. Depuis plusieurs jours, il ne trouve pas ce qu'il espère. Pourtant, il a tout essayé mais rien n'y fait. Il est un peu désespéré. Il continue d'avancer tout en étant attentif à tout ce qui l'entoure.

La femme pense à lui tout en continuant son travail du moment. De temps en temps, elle pose son regard vers l'entrée. Les enfants, insouciants, jouent et leurs rires emplissent les lieux de joies apaisantes. La vie suit son cours.

Le temps qui s'écoule amplifie les inquiétudes de l'homme. Il ne trouve toujours pas ce qu'il cherche. Il veut tellement apporter aux siens ce qu'ils attendent. Décidé malgré tout, il poursuit son chemin avec la volonté de remplir sa mission. Les paysages défilent, les pas s'enchaînent, les bruits rencontrés lui donnent espoir ou l'inquiètent.

La femme plonge son regard vers les lueurs de jour qui diminuent, amplifiant son inquiétude. Elle a préparé le repas et les enfants commencent à s'agiter. Elle attend comme souvent, mais il n'arrive toujours pas.

L'homme soupire au milieu de la vaste prairie. Il s'est beaucoup trop éloigné de chez lui. Il doit rentrer. Il fait demi-tour tout en portant avec lui le seul poids de son échec. Il revient bredouille comme les autres jours. Il accélère ses pas pour arriver plus vite, il ne veut pas laisser les siens seuls face à la nuit.

Le cœur de la femme s'emporte. Elle distingue de moins en moins les alentours. Le soir se pose avec angoisse sur ces horizons. Elle soupire quand un bruit interrompt les silences. Il se rapproche et la crainte envahit tout son être. Elle est seule avec ses enfants qui continuent leurs jeux. Les battements de son cœur s'accouplent aux sons des pas qui viennent vers l'entrée.

L'homme entre chez lui. Dans le regard de la femme, il distingue la peur. Elle voit dans le sien le regret. Il s'approche d'elle en lui souriant pour la rassurer. Elle le lui rend pour le soutenir. Il est venu les mains vides, mais il est là et ils sont là. Quelques instants plus tard, un homme, une femme et des enfants dînent d'un maigre repas devant un feu qui les réchauffe.

Les peurs, les gestes, les regards, les pensées ont vécu au cours de cette banale journée. Ils se sont inscrits dans les fibres de ces êtres. Ils se sont transmis au fil du temps dans tes instincts.

Tu ne demandes pas quand a eu lieu cette scène ? Non ? Tu n'y avais pas pensé ?

Alors, je vais te le dire. Cette femme, cet homme et leurs enfants sont tes ancêtres. Lui partait à la chasse pour nourrir sa famille et elle l'attendait, craintive, dans une quelconque grotte, quelque part, dans le monde. C'est si loin de toi, il y a plus de trois cent mille ans.

Cette scène ne te rappelle rien ? Si tu cherches un peu, certains de tes comportements viennent de loin, de très loin. L'instinct te dirige parfois. Tu as en toi des réflexes, des agissements qui remontent à la nuit des temps. Tu en es l'héritier, comme bien d'autres.

Le Moi qui t'habite est déjà porteur de sons venus de très loin, l'Ami.

Hungalaï »

Je reste songeur assez longtemps sur cette plage, puis je reprends ma route à la découverte de cette bien étrange île.

Les marques de l'histoire

Assez rapidement, je débouche devant un chemin qui s'enfonce dans un bois. Je le traverse avec beaucoup de facilité. On dirait que le sentier a été préparé récemment pour me faciliter la promenade. J'arrive devant un grand champ où s'édifient deux bâtiments. Je m'en approche en pensant à mes deux maisons d'avant. Mais non, ce ne sont pas des villas mais deux églises.

Elles sont totalement différentes l'une de l'autre. La première a des murs droits et de couleur blanche sans aucune fioriture. L'autre est dans les tons de grès avec de splendides sculptures.

Je m'approche de la plus belle. Je vois un homme au blouson vert sortir de l'église. Je vais vers lui et lui demande où je suis, mais pas de réponse comme tout à l'heure. C'est assez exaspérant, il ne me voit pas et ne m'entend pas. Je décide d'observer, tout simplement. Peut-être qu'une Tsin va tomber de sa poche ? Mais non, une femme s'approche de l'homme et lui demande :

- Je suis désolée de vous déranger mais que venez-vous de faire ?
- Je viens de prier Madame, pourquoi me demandez-vous cela ?
- Je n'ai pas d'instruction religieuse mais j'aimerais savoir. Je viens de perdre mon fils, je suis si malheureuse. On m'a dit que ceux qui croyaient en Dieu pouvaient m'apporter de l'aide.

L'homme porte un regard de compassion sur cette femme accablée par le destin. Il pose sa main sur son épaule et lui dit :

- Je ne sais pas si je peux soulager votre douleur, mais ma croyance m'a aidé dans un moment aussi difficile. J'ai perdu ma femme il y a quelques années et j'étais désespéré. Je crois en Dieu et je sais que ma femme est au paradis. Vous savez, elle fut toujours bonne alors, quand elle est montée au ciel, elle en fut récompensée. Quand je pense à elle, bien sûr je suis triste, mais je sais qu'elle est au paradis, ça allège un peu ma peine.

La femme le regarde incrédule :
- Le paradis, c'est quoi ?
L'homme lui répond :
- Les gens mauvais vont aux enfers où ils vont vivre l'éternité dans le feu et la souffrance. Les gens bons vont au paradis où ils vont vivre l'éternité dans l'amour. Si votre fils a été bon, il ira aussi au paradis.

La femme le remercie de sa gentillesse et s'en retourne en pensant à son fils au paradis. Elle n'arrive pas à bien se rendre compte mais elle pense que ce serait bien pour lui. De toute façon, mieux que les enfers. Elle poursuit sa route en portant dans son esprit l'image de ce paradis. Je la regarde partir, elle poursuit son chemin en pleurant.

Je vais vers la deuxième église, celle qui est si sobre. Un homme au manteau rouge sort de l'église. C'est fois ci, je ne bouge pas. Je vois une femme s'approcher de l'homme et lui demander :

- Je suis désolé de vous déranger mais que venez-vous de faire ?
- Je viens de prier Madame, pourquoi me demandez-vous cela ?
- Je n'ai pas d'instruction religieuse mais j'aimerais savoir. Je viens de perdre mon fils, je suis si malheureuse. On m'a dit que ceux qui croyaient en Dieu pouvaient m'apporter de l'aide.

Je revis exactement la même scène.

L'homme porte un regard de compassion sur cette femme accablée par le destin. Il pose sa main sur son épaule et lui dit :

- Je ne sais pas si je peux soulager votre douleur mais ma croyance m'a aidé dans un moment aussi difficile. J'ai perdu ma femme il y a quelques années et j'étais désespéré. Je crois en Dieu et je sais que ma femme est repartie vers une autre vie. Quand elle fut en haut, elle comprit tous les actes de sa vie et elle s'en alla vers une autre pour grandir dans la prochaine. Vous savez, Madame, nous traversons les temps pour apprendre. Chaque vie n'est qu'une étape pour nous diriger vers notre destinée, l'Amour, le Divin. Chaque vie doit nous permettre de mieux comprendre pour nous en rapprocher. Quand nous partons, nous allons vers un autre monde puis nous renaissons pour aller dans une autre vie et ainsi de suite, c'est ce que nous appelons la pluralité des existences. La mort n'est qu'un passage, chère Madame.

La femme le remercie de sa gentillesse et s'en retourne en pensant à son fils. Et si cet homme disait vrai ? Elle poursuit sa route en portant dans son esprit l'image de ces vies. Je la regarde partir, elle poursuit son chemin, elle semble un peu rassurée.

Je croyais vivre la même scène, mais en fait il n'en est rien. Je suis dans ces pensées quand je vois, près du porche, une autre Tsin. Je l'ouvre rapidement pour lire ce qu'elle décèle :

« Bonjour Ami, que ton cœur s'ouvre aux marques de l'histoire.
Une femme s'en est allée dans les larmes, l'autre dans l'espoir. D'après toi, qu'est-ce qui différencie ces deux femmes ? Elles ont écouté deux hommes différents, chacun a donné sa vérité, sa croyance. Alors, qu'est-ce qui différencie ces deux hommes ?

Tu vas me dire, la religion. Si le brahmanisme, le bouddhisme, le druidisme, l'islamisme et bien d'autres sont basés sur la réincarnation, les deux hommes ne sont pas adeptes de ces religions. Ils ont la même croyance. En fait, ils sont catholiques tous les deux.

Tu ne comprends plus ? Je vais t'expliquer. S'ils croient en Dieu tous les deux, pourquoi l'un parle d'enfer et de paradis, et l'autre de pluralité des existences que tu appelles maintenant la réincarnation ?

Le temps, l'Ami. Uniquement la distance des époques. L'homme au blouson vert sort d'une église à ton époque et l'homme au manteau rouge au IIIe siècle.

Au XXIe siècle, le catholicisme enseigne la théorie d'une vie unique et le dogme des peines éternelles. Les catholiques en sont convaincus.

Au IIIe siècle, un courant chrétien parlait de la croyance en des vies successives. Parmi les Pères de l'église, Origène est un de ceux qui se sont prononcés le plus éloquemment en faveur de la pluralité des existences. Son autorité était grande et il joua un rôle novateur et influent bien au-delà de son époque. Saint Jérôme le considère, « Après les Apôtres, comme le grand maître de l'église, vérité, dit-il, que l'ignorance seule pourrait nier ». Il enseignait, entre autre, la pluralité des existences. Certains catholiques en étaient convaincus.

D'un écart infime d'années en regard à la nuit des temps, des millions de personnes croient ou ne croient pas en la réincarnation alors qu'ils ont la même religion. Dieu est présent dans leurs croyances mais l'homme impose ses soi-disant vérités. Le pouvoir des hommes nous dirige vers leurs vérités à eux, celles qu'ils décident.

En France, si tu es catholique et que tu es né au IIIe siècle, tu peux être convaincu de la réincarnation. Si tu es né au XXIe, tu n'y crois pas. Rappelle-toi, à une certaine époque, on affirmait que la terre était plate et à une autre qu'elle était ronde.

A toi d'aller à la quête de ta vérité, de ta propre croyance. N'oublie pas que :
le Moi qui t'habite est aussi porteur de sons qui te sont imposés.

Hungalaï »

Je regarde une dernière fois ces deux églises avec ce sentiment très étrange d'avoir touché un essentiel. Je reprends ma route sur cette terre où je suis étranger aux êtres de rencontre.

Si le malheur m'était conté

Après un très large virage, le chemin débouche sur une place. Un arbre aux dimensions démesurées étend ses branches jusqu'aux murs d'un immeuble. Seule habitation de ce lieu, elle semble m'inviter. J'ai l'habitude, maintenant, de ces sensations. Je franchis le seuil et pénètre dans un hall en stuc. Le silence est présent dans ce rez-de-jardin. Je décide de monter l'escalier. Au premier, une porte est entrebâillée. Je la pousse avec délicatesse et regarde dans l'appartement.

Je vois deux enfants qui jouent dans le salon. Je les observe. Soudain, l'un des deux jette son jouet au loin et se réfugie dans un coin pour pleurer. Il semble vraiment malheureux. Sa mère le prend dans ses bras. J'écoute la discussion entre les deux êtres. L'enfant lui parle de son chagrin du moment, elle le réconforte. Dans un élan, elle fait même plus, elle lui accorde ce qu'il veut. Il est content, il a ce qu'il veut, on s'occupe de lui.

Son grand frère regarde la scène. Lui ne pleure jamais, il joue avec tout ce qu'il trouve, il s'occupe toujours. Il montre l'apparence d'être toujours joyeux. Je n'oublierai jamais son regard. Si on est attentif, on peut lire tant de choses dans un regard. Le temps d'un éclair, je décèle la tristesse. Je lis dans les yeux de cet enfant qu'il sait qu'on ne fait pas attention à lui. Quand il demande quelque chose, il a toujours cette réponse, plus tard. Toujours plus tard car, lui, il est fort. Son petit frère, par contre, on s'occupe toujours de lui, on est à son écoute, on ne reporte jamais ce qu'il demande. Mais lui, c'est différent, il est fort, alors il peut attendre. Il porte, le temps d'un instant, la douleur de ne pas exister.

Son frère a compris, lui. Il sait que s'il est malheureux, on va s'occuper de lui, on va être tendre, on va lui donner de l'amour, on va faire attention à lui, il va exister. Il se dit que s'il pleure un peu plus on l'aimera beaucoup plus. Parfois, il pense même que s'il tombait malade, on s'occuperait encore plus de lui.

En regardant ces deux frères aux destinées si différentes, je repense à une anecdote d'un passé joyeux…

…Un soir, je me trouvais sur les pavés de Versailles avec des amis. On se dirigeait vers un restaurant. Nous échangions des mots, des impressions, des émotions. Certains se taisaient, d'autres discutaient. Certains étaient transparents, d'autres porteurs de tristesses, d'autres de sourires. Moi, j'étais heureux. Je continuais d'avancer vers le restaurant en exprimant dans tous mes mots et mes gestes ce bonheur qui m'habitait. Arrivée devant la porte, une amie, derrière moi, me dit « Tu as grossi ! ». Je me retournai et échangeai, avec elle, des sourires tout en lui répondant « Pas du tout ».

Inconsciente de mes possibilités du moment liées à ma liesse, elle fit l'erreur d'insister. Nous nous sommes lancés dans un dialogue de douces provocations accompagnées de nos rires. Elle franchit, sans le savoir, la frontière de mes non actes en me disant « D'ailleurs, tu as de grosses fesses ! ». J'ai levé les sourcils et dans un sourire malicieux lui demandai de répéter. Elle s'en amusa et prononça la phrase fatidique « Oui, tu as de grosses fesses ! ». L'enfant en moi retrouva toute sa splendeur et dans un élan juvénile, je baissai mon pantalon et le reste. Sur les pavés de Versailles, mes habits aux pieds, les mains vers le ciel, le cul nu, j'esclaffais aux spectateurs « Il est beau mon cul, non ? ». Rouge de honte, cette amie me hurlait d'arrêter. Mais le jeu brûlait toutes les chandelles du paraître. J'insistais sur les formes que j'exposais pour faire la preuve irréfutable de la splendeur. Au bout d'un moment, assez long quand même, j'ai recouvert mon fessier et, tout naturellement, je suis entré dans le restaurant.

Mes amis m'accompagnaient dans le rire. Le temps d'aller vers une table libre, le silence nous accompagna. Je regardais les clients dans la salle. J'ai lu dans les regards, l'incompréhension, l'envie, la jalousie. J'ai même décelé, le temps d'un instant, la haine. Pour la majorité, j'étais fou. J'ai vraiment ressenti ce sentiment. J'étais jugé, condamné, rejeté. Aux yeux de presque tous, j'étais fou. J'étais heureux et j'avais tout simplement exprimé un jeu d'enfant dans la joie. Mais aux yeux de presque tous j'étais fou…

En repensant à cette scène, je réalise que dans le monde des adultes, le malheur semble ouvrir des portes que le bonheur ferme.

En regardant ces deux enfants, je comprends l'incompréhensible. Je suis dans une société où le malheur est de mise. Enfant, nous attirons beaucoup plus d'attention si nous sommes malheureux. En pleurs ou malade, on s'occupe plus de nous, nous existons plus. Adulte, si nous sommes malheureux, on s'intéresse davantage à nous, on compatit, on existe davantage, on est comme tout le monde.

Enfant, si nous sommes toujours joyeux, on s'intéresse moins à nous, nous sommes forts, nous avons moins besoin, nous existons moins. Adulte, si nous sommes heureux, certains vont partager ce bonheur, mais d'autres vont nous envier. Nous faisons ce qu'ils ne peuvent pas faire. Pire, d'autres vont nous rejeter, nous haïr. Nous sommes fous. Adulte, si nous sommes heureux, nous allons plus loin que la non-existence, nous sommes presque rejetés. Nous ne sommes pas « normaux ».

En un millième de seconde, dans cet immeuble, j'imagine un monde de bonheur. J'envisage que chacun dirige sa vie vers la joie.

Je me pose cette simple question : si le bonheur était de mise, que deviendraient les hommes de pouvoir ? Auraient-ils toujours le pouvoir ?

J'ai trouvé ma réponse devant ces deux enfants. Sans ouvrir une Tsin, je sais que :

le Moi qui m'habite est porteur d'un faux bienfait du malheur qui ne m'appartient pas.

Les empreintes de l'enfance

Je quitte cet appartement et poursuit ma montée. J'arrive au deuxième. Quatre portes entrebâillées se proposent. Je regarde dans le premier appartement. Un enfant joue dans le salon. Il part à la recherche de ses voitures pour les ranger dans le garage. Tout à coup, au détour du canapé, il découvre un nouvel objet. Bizarre, il est long avec un gros bouton. Il regarde dans le couloir pour voir si sa mère est là. Non, il est bien seul dans le salon. Il s'interroge longuement, se demande à quoi peut bien servir ce gros bouton. Il appuierait bien dessus, mais il hésite. Pourtant, ça le démange. C'est trop tentant, il prend un bout dans sa main, et de l'autre appuie sur le bouton, il se brûle.

Je quitte cet appartement et vais voir le deuxième. Même scène, l'enfant a le même objet dans sa main. Il est assis et attend que sa mère vienne le voir, il verra plus tard.

La troisième porte m'offre le spectacle d'un enfant qui va voir sa maman. Il lui montre l'objet. Après lui avoir demandé où il l'a trouvé, elle lui explique que c'est un briquet, qu'il faut faire attention, car on peut se brûler.

Derrière la dernière porte, je trouve l'enfant devant sa maman. Il lui montre l'objet. Sa mère lui arrache des mains en criant. Il ne comprend pas. Il se fait disputer. Il prend même une tape sur sa main innocente.

Je quitte ce lieu pour prendre l'escalier et me retrouver à l'air pur. En descendant les marches, je me dis que ces quatre scénarii ont un point commun. L'enfant est face à une inconnue et il doit apprendre. Il fait sa propre expérience. Il est dans l'attente d'un savoir que sa mère va lui transmettre.

Le premier fait sa propre expérience. Le deuxième verra plus tard ou se brûlera quand sa mère tournera le dos, curiosité oblige. Le troisième comprend l'utilité de cet objet avec le danger potentiel. C'est tout ce qu'il gardera, en lui, de cet événement. Il ne se brûlera pas. Le dernier ne comprend toujours pas l'utilité de cet objet et son danger potentiel. Plus tard, il pourra se brûler. Il ne retiendra que la colère de sa mère alors qu'il n'avait rien fait, un sentiment d'injustice le gagne. Une petite peur s'y associe. Je compatis pour ce dernier enfant innocent qui est condamné par la colère d'une mère angoissée. L'air pur me fait du bien.

Je m'adosse contre l'arbre de la place et me laisse tranquillement aller. Quelques instants plus tard, je repense à une scène de rue que j'ai vécue très peu de temps avant de traîner mes pas sur les pavés mouillés de la ville dans la nuit aux enfers…

…Une mère promène sa fille. Elles s'arrêtent devant une vitrine. La mère s'éternise à contempler des robes multicolores. La petite fille s'éloigne de quelques mètres pour admirer les poupées de la boutique d'à côté. J'observe cette mère qui doit s'imaginer parader dans une future soirée et cette enfant qui sourit à une imaginaire compagne de jeu. Petite scène banale de la vie quotidienne. Deux êtres qui se tenaient la main se trouvent séparés par leurs envies du moment. Tout à coup, la mère se tourne et s'aperçoit qu'elle est seule. Son visage se crispe et son regard scrute les alentours. Elle panique et voit sa fille, sur le même trottoir, à moins de deux mètres. Elle se précipite vers cette enfant qui rêve aux pays des merveilles. Elle lui saisit la main avec fermeté, la tire vers elle et afflige une gifle sur son petit visage étonné. Sa colère est telle qu'elle perpétue les claques sur les petites fesses graciles…

Le temps d'un instant, j'ai eu l'envie de venir au secours de la fillette. Aujourd'hui, je ne regrette pas d'être resté où j'étais, mais je repense à cette injustice. Une petite fille innocente venait de faire connaissance avec les angoisses d'une mère coupable. J'imagine la vie de cette fillette noircie par les angoisses d'une mère. Père, mère, oncle, tante, adultes de tous horizons propagent, très souvent inconsciemment, leurs propres peurs vers des enfants sans défense. Un quotidien de tant de petits êtres.

Je repense à la première porte de la maison des coupables et des innocents. Nu, au sortir du ventre de ma mère je me trouve nu, de toute question, de toute peur, de toute angoisse. Nu, je suis dans le sourire d'un enfant en attente des recevoir. Je me suis habillé au fil du temps de mes expériences et des transmissions des êtres qui m'entourent.

Je me promène au gré des partitions de ma petite vie. Je pioche, au hasard, des notes qui s'échappent de mes souvenirs. Peut-être une naissance pas si simple, les fugues successives d'une jeune nurse au cœur d'hirondelle, une grand-mère plongée dans une noirceur morbide, une mère aux angoisses évidentes et aux portes qui claquent, un père aux silences obligés et moi qui, de tout nu, me suis paré de ces habits.

Si, dans un élan de bravoure incontrôlée, je pimentais cette aventure en petits ajouts d'événements vécus, tel qu'un accident de car sur les routes de Suisse. Je vais au-delà du discernement, je ressens au plus profond de mes fibres abandons, peurs, angoisses, mort.

L'enfant qui est en moi a grandi aux rythmes de ces maux. Bien sûr, j'ai eu beaucoup de bonheurs avec ma famille, mon père, ma mère, à l'école et aux croisements de chaque rencontre. Mais les abandons, peurs, angoisses et mort ont jalonné mon enfance dans une répétition machiavélique.

Mais qui avait comme compagne la mort ou les angoisses ? Qui était infidèle ? Qui conduisait le car ?

Moi ?

Non, les autres. Je n'ai été que le spectateur d'une commedia dell'arte.

J'ai eu ce parcours, comme tout un chacun. J'en connais les chemins et seul compte l'accueil que j'en fais. Quelle que soit l'histoire, maintenant je sais que je peux la subir. Mais je peux aussi la transformer et grandir.

Appuyé à cet arbre plusieurs fois centenaire, je sais que :

le Moi qui m'habite est porteur de souffrances et de peurs qui ne m'appartiennent pas.

Ces Nous qui nous habitent

Une feuille tombe de l'arbre à mes pieds. Accrochées à sa tige deux Tsins se balancent. Avant de les ouvrir, je repense à la coupe des connaissances que je possédais sans le savoir depuis tant d'années. Quels étaient les savoirs que je possédais sur moi ou sur la vie avant de prendre le départ pour cette croisière ?

L'Occident a ses réponses mais j'avoue qu'elles n'ont jamais pu m'apporter l'essentiel. Les lectures de Françoise Dolto, Guy Finley, Milton H. Erickson, Eckart Tolle, Boris Cyrulnik, Guy Corneau et bien d'autres m'ont apporté des réponses à des interrogations mais j'ai toujours éprouvé, en moi, un manque. Je ne pouvais trouver La Réponse.

L'Orient a comblé ce vide. Je crois sincèrement avoir fait La Rencontre avec les écrits de Sa Sainteté le Dalaï-Lama, de Sogyal Rinpoché, Hénépola Gunaratana, Krishnamurti, Thich Nhat Hanh, Pema Chödrön, Osho Rajneesh et de tant d'autres.

Si l'Occident m'a transmis une certaine connaissance sur le comportement humain et la résilience, l'Orient m'a tendu l'offrande de l'amour, la tolérance, la compassion.

Machinalement, je déplie la première Tsin et lis ces mots :

« Bonjour Ami, que ton cœur s'ouvre aux Nous qui t'habitent.

Tes questions trouveront leurs réponses et certaines resteront dans le silence. La Vérité ne te sera révélée qu'au-delà de cette vie. Les Tsins vont emplir la coupe des connaissances au fil des années. L'ordre s'imposera naturellement. Tes croyances d'aujourd'hui sont de précieuses compagnes. Elles te tiennent la main pour te délester des bagages de la folie du passé. Elles te soutiennent dans les épreuves. Elles ouvrent ton cœur et dessinent tes sourires.

Il est temps que je te parle de ces Nous qui t'habitent. Il faudrait tant de pages qu'un livre pourrait naître pour t'en parler.

La traversée poursuit sa route et Pi se rapproche. Je vais donc t'en livrer deux essentiels aujourd'hui. Les autres tu devras les découvrir toi-même. Si je dois te conter les splendeurs d'une rose, je partirais de sa racine, pour progresser sur la tige, effleurer les épines, m'épanouir sur les pétales pour sublimer le cœur. Pour ces Nous, je t'en conte le cœur.

Deux « entités » cohabitent en toi, l'une est présente à chaque instant tandis que l'autre est, souvent, sous silence. Mais elle est là, au plus profond de toi. Elle n'attend pas ta venue, tu dois aller vers elle.

La première, que ta sensibilité lui donne un nom. En Occident on l'appelle mental et en Orient Ego. Moi, je l'appellerai Ego.

La seconde, est le Vrai Moi, la Vraie Nature, la lumière, l'Etre spirituel. Je l'appellerai Vraie Nature.

L'Ego, compagnon perfide, fourbe, pervers, vicieux. Porteur de tes murmures, de tes peurs, de tes angoisses, de tes souffrances, celles qui sont tiennes et celles qui ne t'appartiennent pas. Il a le pouvoir sur toi. Il te dirige, t'entraîne vers où nous tu ne veux pas aller. Tu deviens envieux, jaloux, coléreux, égoïste, juge, bourreau. Pour faire semblant, tu traverses la vie dans une fausse indifférence, avec un faux masque pour paraître. Tu cries tes souffrances dans ta solitude ou tu fais souffrir les autres.

La paix et l'amour trouvent-ils leur place dans le pouvoir de l'Ego ?

Si tu peux, un instant, un instant seulement, aller à la rencontre de l'existence de cet Ego, peut-être iras-tu vers son rejet, sa non acceptation. Si tu essaies de mieux voir, de mieux observer ta vie. Si tu es honnête, un instant, un instant seulement.

Si tu t'assois sur le fauteuil de la sagesse. Si le rideau s'ouvre. Si, sur l'écran blanc, les lumières de vérités offraient leurs images. Les images de ta vie, de toute ta vie, avec tes bonheurs, tes malheurs, tes actes qui ont jalonné ton parcours et qui ont touché tous les êtres de rencontre. Si tu te plonges dans ce film avec le regard d'un spectateur qui découvre. Que verrais-tu, si tu es honnête, si tu laisses parler ton cœur.

Au premier abord ce serait terrifiant. Tu vois, tu ressens que ta vie est parsemée de pensées, d'actes que tu ne voulais pas au profond de toi. Tu t'es si souvent tu. Tu n'as pas dit ce que tu voulais dire. Pire, tu as dis, parfois, l'inverse de ce que tu voulais dire. Tu t'es fait mal et tu as fait mal. Si, dans l'honnêteté du cœur tu avais la plume du scénario, tu en réécrirais l'histoire. Tu transformerais tes regards, tes gestes, tes mots, tes pensées pour être heureux, pour rendre heureux. Pour être en accord avec toi-même, avec ton cœur.

Tu restes prostré ?

Imagine un écran blanc... Tu dois te lever et repartir vers ton quotidien. Tu ouvres les portes qui te poussent sur les pavés de la ville. Tu tournes à droite et avances dans le poids de tes pensées.

Tu arrives à un carrefour. Plusieurs routes te sont proposées. La première a pour nom « La nuit aux enfers ». Si tu y retournes, tu vas continuer à te taire, à ne pas être en accord avec toi-même, à ne pas t'aimer, à ne pas aimer, tu vas continuer à fuir.
Ca suffit...
Sois rassuré, cette route tu l'as souvent prise, mais en restant sur Lü tu as pris l'autre route. Elle te semble inconnue, pourtant elle a toujours été là. Tu découvriras son nom à la fin du voyage. Elle est lumière, elle est ta Vraie Nature. La Vraie Nature, compagne de toujours. Celle de ta venue dans cette vie porteuse de ce qui t'appartient, ce qui est Toi. Un toi et son Karma, sa sagesse, sa paix, sa confiance, son amour, ton guide, le divin. Si tu vas à sa rencontre, elle t'ouvre les portes du cœur. Elle t'ouvre les portes de l'amour.
Elle n'est pas si loin, l'Ami. Elle est tout près, elle est en Toi.

Hungalaï »

Je pose la Tsin un instant. Je suis presque bouleversé. Je sens cette présence si proche.

Les pièges de l'Ego

J'ai tellement envie de savoir la suite que j'ouvre rapidement la deuxième Tsin et poursuis la découverte :

« Bonjour Ami, que ton cœur s'ouvre aux pièges de l'Ego.
Nous désirons tous le bonheur, mais nous passons souvent notre vie à être malheureux. Comme si le bonheur était ta volonté mais qu'il soit inaccessible. Pourtant, tu sais ce que tu veux, tu fais tout pour ça.
Mais quelle est ton idée du bonheur ? Si tu réponds à cette question, que vas-tu découvrir ? Que tu sais vraiment ce que tu veux et surtout ce que tu ne veux pas. En fait, puisque tu sais et que tu n'es toujours pas heureux, c'est de la faute des autres.
Mais qui te parle quand tu entends dire « c'est de la faute des autres » ? Ta Vraie Nature ou ton Ego ?
C'est l'Ego, cette entité perfide, malicieuse qui t'empêche d'être, tout simplement. Les orientaux enseignent que pour atteindre la libération, il faut dépasser tes peurs, tes souffrances. Pour découvrir le bonheur, tu dois voir et vivre par ta Vraie Nature. Pour te libérer tu dois te libérer de ton Ego. Pour vivre, l'Ego doit disparaître.
Le vrai combat de la vie est le silence de l'Ego. Mais crois-tu une seconde qu'il peut l'accepter ? Tes difficultés sont et seront l'acceptation du silence de l'Ego. L'accepter, c'est accepter la mort d'une partie de toi qui t'accompagne depuis longtemps. Le vrai combat est là. Cela explique tes empêchements, tes fuites devant ce défi, les murs que tu dois franchir. En fait, nous vivons tous le paradoxe de vouloir un bonheur qui n'arrivera jamais tant que l'Ego n'est pas absent de Nous.
Accepte ce fait, et sois indulgent envers toi-même et les autres. Ce nouveau regard te soulagera et te permettra d'aller à la rencontre de l'Ego qui te détruit. Sinon, comment combattre un ennemi que tu refuses de voir ?
Si tu es dans un champ, à plat ventre, que tu te caches devant un danger qui s'approche, si tu refuses de voir l'homme qui veut te tuer, l'avenir qui te sera proposé ne sera que la mort. Si tu veux vivre, tu dois regarder cet homme et trouver le moyen de lui échapper ou de le tuer pour ne pas mourir. Si tu veux combattre tes malheurs, tu dois regarder en face cet Ego et lui échapper ou le faire taire.

C'est de la faute des autres. Si tu y retournes et si tu commences à entendre une autre voix. Si une petite porte s'entrebâille et qu'une faible lumière vient à toi. Si tu te dis, tout simplement, peut-être devrais-je voir en moi au lieu de toujours accuser les autres. Là, tu quitterais ton manteau d'un « Je » qui occupe toutes tes pensées, tes préoccupations, tes désirs. Le voile de l'égoïsme qui t'obscurcit la vie s'envolerait et t'offrirait le juste regard. Si tu touches ce regard en toi, tu frôles les prémices du bonheur.

Le prix, le silence de l'Ego. Un Ego porteur des murmures de la folie du passé, de tes peurs, tes souffrances, tes doutes, tes colères enfouies. Un Ego qui s'exprime aux pas de ta vie. Il est là, bien là et il te rappelle à l'ordre si tu oses dévier ta route. Si tu te trouves devant un être qui t'attire, qui te semble bien, tu seras attiré par lui. Puis, tu auras peut-être peur, tu sais, la peur des hommes, la peur des femmes. Alors, tu tourneras le dos à cette offrande. Pourtant, tu savais qu'il était bien, si bien. Mais la peur a pris le dessus, l'Ego a pris le pouvoir.

Paradoxe hallucinant, si tu te trouves devant un être qui t'attire, tu sens qu'il n'est pas pour toi, tu ne sais pas pourquoi mais tu vas vers lui.

C'est désespérant tant que tu refuses l'existence de cet Ego. Comment combattre un ennemi que tu refuses de voir ? Accepter sa présence est le début de la libération.

Pour le reconnaître, je peux te dire que le porte-drapeau de cet Ego, c'est égoïsme, possession, jalousie, colère, rancune, jugement, condamnation. Le jour où tu accepteras l'existence de l'Ego, tu auras fait un des pas les plus important de ta vie. Bien sûr, la route sera encore longue, mais sans ce pas tu ne pourras trouver le bonheur. Il te reste du chemin, tu dois finir cette traversée pour être en vue de Pi.

Regarde près de toi, tu trouveras deux nouvelles Tsins qui t'apporteront la lumière. Tu le sais maintenant, tu n'es plus seul.

Hungalaï »

Je mets un certain temps pour me lever. Puis je caresse le tronc de l'arbre, comme pour lui dire merci, et reprends la route.

Les portes du temps

Je marche depuis longtemps. J'ai besoin d'épouser les offrandes de la nature pour laisser tous ces mots venir en moi sans me blesser. Les laisser s'écouler tranquillement dans mes profondeurs. Je suis le chemin jusqu'à je ne sais où. Au détour d'un nouveau rocher, la végétation prend possession des lieux. Je poursuis au hasard, et résiste aux obstacles de hautes herbes. Mes pas s'en ralentissent et une petite peur tapote ma poitrine. Plus j'avance, plus le ciel s'obstrue de feuilles, de branches et de troncs d'arbres. Je ne sais où aller, je suis perdu. La sueur coule sur ma peau et la peur m'envahit. Dans un élan de folie, je cours devant moi en arrachant tout ce qui se présente à moi. Je me cogne, m'écorche tout en progressant. Une colonne de verdure surgit de nulle part. Je prends ma respiration et l'affronte dans l'énergie du désespoir. Au sortir de ces mailles je découvre l'espace. La plaine ouvre mes horizons et un passage m'est présenté sous la forme d'un porche. Dans son arche, une inscription attire mon attention. Mon regard a décelé des mots mais je n'arrive pas à les lire.

Etonné, je m'en approche mais je n'arrive pas à voir ce qui est inscrit. Je passe sous l'arcade. Une brume apparaît et une semi pénombre m'enveloppe. Je poursuis ma progression dans ce qui me semble être un interminable couloir. Je pose mes pieds aux conseils de mes mains glissant sur les parois d'un mur qui m'escorte. Au loin, une faible clarté m'annonce un possible salut. J'accélère vers ce qui m'est proposé et me trouve face à un immense portail. Je le franchis et découvre un couloir. Au fond, je me trouve devant trois portes, une en face et une de chaque côté de moi. Je vais de l'une à l'autre, ne sachant laquelle prendre.

Après réflexion, quelque peu inutile vu l'absence d'indice, je vais à gauche, tourne la poignée et ouvre le passage. Le noir s'impose aux moindres recoins. Dans cette obscurité, je tâtonne vers un avant invisible. Ma progression en est ralentie, mais les accélérations de mon cœur me précipitent vers les méandres d'une angoisse grandissante. Je sens des présences autour de moi et ne peux les voir. Des images furtives aux lueurs éblouissantes me frôlent, me touchent. Je distingue, une seconde, chaque détail. Des frissons parcourent mon épiderme. J'ouvre la bouche pour émettre un cri de silence, l'effroi ne peut se traduire par ma gorge. Une multitude de personnages, de scènes viennent à ma rencontre pour disparaître en un éclair. Je vois un petit garçon et me reconnais, une jeune femme aux traits de ma mère, un homme à ceux de mon père, des êtres aux dessins de famille, de camarades d'enfance, de compagnes de jeux amoureux. Dans l'épouvante de ces frôlements, je hurle ma solitude au milieu de ces furtives visites. Je cours en tous sens pour trouver une sortie à ce cauchemar. Mes mains transpercent les vides jusqu'au moment où la froideur d'un vertical prend contact avec mes paumes. Je m'y accroche et l'explore en tous sens jusqu'au moment où le toucher se transforme. D'une sensation de pierre, je sens le métal. J'en parcours les contours et en trouve le salut. Tremblant, je prends la poignée et pousse tout ce qui est obstacle. Un grincement strident me confirme ma libération. Je suis dehors, sans présence, avec la vision des alentours. Un léger souffle s'extirpe de ma poitrine. Pour savoir d'où je viens, je me retourne. Depuis que j'ai franchi cette porte, à gauche, je n'ai pu émettre un son. Mais là, je ne hurle pas, je tonne mes effrois. Je sors d'une tombe.

Je cours au plus loin, pour finir ma course interminable à la croisée des trois portes. Je prends le temps de reprendre ma respiration, tout en sachant que la gauche m'est interdite. Je pose un pas devant moi, mais une curiosité incontrôlable me pousse vers la droite. Je tourne la poignée et ouvre le deuxième passage. J'entre et suis surpris de découvrir l'absence de couleur. Je ne comprends pas cette opacité où le rien trouve sa place. Je progresse sur rien, vais au-devant de rien et ne trouve rien. Je sens, de nouveau, des présences. Des images me frôlent, me touchent. Les traits se décèlent plus qu'ils ne se voient. La transparence me concède un homme à mes traits, une femme de rencontre, un livre dans les rayons d'une bibliothèque et des scènes aux multiples scénarii. Je marche sur rien, cerné de rien, quelle étrange impression. Plongé dans cette sensation inconnue, je ne peux matérialiser un son quand mon corps s'enfonce dans une chute vertigineuse. Je tombe dans le sans fin. Le rien a laissé sa place au vide. Je tourne mon bras pour trouver le salut dans un contact invisible. Dans le tourment de ce vide, je finis par poser pied sur un solide salvateur. Sans chercher, je cours devant moi et trouve, de nouveau, le salut devant les trois portes.

J'ai appris une leçon, plus de gauche, plus de droite. Je tourne cette dernière poignée dans la certitude de mon toucher. Des lueurs de connaissances m'entourent. Je retrouve les bleus, les rouges, les verts et toutes les touches d'une palette réconfortante. Je souffle et progresse dans une confiance retrouvée. Au loin, deux formes se matérialisent. Je vais au-devant d'elles et les observe. Deux grands miroirs paradent. En passant devant eux, je me transforme, comme avant. Enfant, je m'amusais à me grossir, me grandir, me désarticuler au gré d'une glace d'un forain de passage. Mais là, mon corps garde sa silhouette, seul mon visage se métamorphose. L'un grave des traits de douleur, l'autre de bonheur. Les lèvres baissées au regard de pleurs font place au sourire.

Je retiens mes précédentes expériences, délaisse la tristesse et avance vers la joie. A ma grande surprise, le miroir s'entrouvre. J'y pénètre et poursuis ma route sur un chemin qui m'emmène vers un lieu connu. Je suis sous l'arche. Au centre, je trouve une Tsin qui n'y était pas tout à l'heure. Je me précipite pour l'ouvrir et découvre ces simples mots :

« Bonjour Ami, que ton cœur s'ouvre aux portes du temps.
Hier - Aujourd'hui – Demain.

Hungalaï »

Je ne comprends pas. Je me pose sous l'arche et essaye d'en saisir le sens. Je laisse mes pensées s'évader au-delà des nuages quant, tout à coup, je repense aux mots d'Osho Rajneesh : « Le passé n'existe plus, le ici et maintenant existent, le futur n'existe pas... l'Ego n'existe que par la mémoire et l'illusion des demains ... dans le ici et maintenant l'Ego ne peut exister ».

Je viens de découvrir une Tsin en moi. Tout s'éclaire en un instant. Je me laisse voguer au gré de ces flots. Des graines de savoir plantées aux instants de ma vie s'en sont écloses. Je comprends un essentiel. Si je peux me glacer à cette venue, j'en récolte les fruits aujourd'hui dans la conviction d'un sourire.

La tombe était mon passé, le rien mon avenir et les miroirs le présent.

Le passé n'existe plus. En fait, le passé est mort. Si, dans mes présents, je vis aux souffles des murmures de la folie du passé, je vis dans le passé. Mais le passé est mort. Alors si je vis dans un passé mort, je suis mort.

Le futur n'existe pas. Dans le moment présent, le futur n'est que le fruit de mon imagination. Seul le ici et le maintenant existent, le passé est mort, l'avenir n'existe pas, il est illusion.

L'Ego ne trouve sa place que dans ces temps, le passé et le futur.

Dans un passé mort, je suis mort. Dans un avenir aux scénarii décidés par moi, je vis dans une illusion qui ne peut trouver le jour, qui ne peut exister. Comment vivre si je suis dans un passé mort et dans un avenir illusoire ? Entre la mort et l'illusion il n'y a place qu'à la non-existence.

Je comprends les dangers de vivre dans un passé mort. J'entrevois les pièges de vivre dans un avenir d'illusion.

Je dois vivre dans le présent.

Sur ces mots enchanteurs, je décide de reprendre la route.

Je me retourne vers cette tombe pour lui offrir un dernier clin d'œil quand j'aperçois deux nouvelles Tsins au pied d'un magnifique bouquet de roses. Je les prends puis je me dirige vers une destination dont j'ignore le chemin.

Le blanc et le noir nous vont si bien

Je laisse mes pieds vagabonder aux rythmes de mes pensées. Je ne sais pas ce que me réservent les prochaines escales mais je sais que celle-ci est très riche. J'ai l'impression de comprendre ce que je cherchais depuis mon enfance où, qui sait, depuis bien plus longtemps.

Sans m'en rendre compte, j'ai dû parcourir une distance impressionnante. Soudain, je découvre au milieu d'une magnifique pelouse, une fleur. Vision surréaliste, un parterre de gazon d'une égalité parfaite, et au loin une seule fleur qui trône dans une majesté enchanteresse. Elle semble plagier une sirène au centre d'un océan. Je m'en approche et découvre une rose bleue. Je m'assois et effleure le velours de sa robe. Une légère brise l'incline un instant. Deux Tsins s'évadent de son cœur et s'échouent dans la paume de ma main.

Je souris à la rose et ouvre ma première Tsin. Je savoure ces nouveaux mots :

« Bonjour Ami, que ton cœur s'ouvre aux blanc et noir qui te vont si bien.
Il est essentiel de trouver une paix, même partielle, face à toi. Mais l'avenir de l'homme est-il la femme et l'avenir de la femme est-il l'homme ?
Le Yin et le Yang, ces deux contraires qui créent l'unité, l'Univers, le blanc et le noir, le jour et la nuit, l'ombre et la lumière, l'eau et le feu, le bas et le haut, le plein et le vide, le malheur et le bonheur, la vie et la mort, l'homme et la femme.
Si tu imagines un monde avec le jour sans la nuit, ou avec le bas sans le haut et pour tous les contraires qui t'entourent, où vas-tu ? Tu arriveras dans l'impossible vie.
Si tu imagines un monde avec la vie sans la mort, un sourire peut venir dessiner ton visage. Dépasse-le et va au-delà des apparences. Tu as la vie mais la mort quitte ton univers. Tu traverses l'histoire, tu as le poids de millénaires de passé, tes espérances n'ont plus leur place. Tu seras toujours là, des hiers de plus en plus chargés, lourds. Des demains toujours sans fin.
Si tu imagines un monde avec le bonheur, sans le malheur, un autre sourire vient dessiner ton visage. Dépasse-le et va au-delà des apparences. Tu as le bonheur et le malheur a quitté ta vie. Quelle

merveille au moment de cette apparition ! Laisse le temps faire son œuvre. Les années passent, les bonheurs s'amoncellent, tout est bien. Maintenant, prends un petit plaisir que tu as aujourd'hui. Tu sais, cette petite chose qui te fait un tant soit peu vibrer. Ce petit quelque chose. Garde-le en toi avec ton sentiment de bonheur. Puis, laisse passer une vingtaine d'années. Porte-toi dans l'avenir de ces vingt ans. Tout n'a été que bonheurs. Tout ce que tu as vécu est l'accomplissement de tes désirs d'avant. Puisque tout est bonheur, maintenant pose ce petit quelque chose d'avant et découvre ce que tu ressens. Est-ce le bonheur ? Etrange, ce n'en est pas. En fait, c'est de l'indifférence. Ce petit rien aux bonheurs devient inexistant.

Le bonheur n'a son existence que par son inverse, le malheur. Le malheur nous permet de prendre conscience du bonheur. Comme la mort nous fait prendre conscience de la vie.

Seul, tu dois aller à ta rencontre, pour grandir, pour te délester des murmures de la folie du passé. Si tu te sens seul, cette solitude n'est qu'illusion. Il est, en toi, une présence outre celle du divin. L'homme que tu es représente le Yang, il est en toi le Yin de la féminité. La croyance en cette loi est une clef de ton équilibre. Si l'homme que tu es est le Yang, il est à tes côtés, une femme qui en est le Yin. Elle est peut-être absente mais ce n'est qu'une illusion. Tu la connais même si tu ne l'as pas encore rencontrée.

L'inverse est vrai pour la femme.

Trouve cet équilibre en toi entre le Yin et le Yang. Trouve cet équilibre dans ta vie. Que le yang et le Yin s'épousent.

Hungalaï »

Ces mots m'apportent une certaine légèreté. Certains n'accepteront pas cette idée.

Je repense aux propos d'une femme sur les hommes peu de temps avant mon départ. Des raisonnements affirmés dans une conviction inébranlable. Une assurance à toute épreuve toujours ponctuée d'agacements, de colères et parfois de haine à peine dissimulée. Et, toujours les mêmes mots « Je veux vivre ma vie… les hommes m'empêchent de… je veux faire ce que je veux… je veux en profiter… c'est moi qui décide ». Je tentais de lui faire comprendre que… mais je ne pouvais poursuivre ma phrase. Elle revenait sans cesse à son leitmotiv « les hommes m'empêchent de… ». A force, j'ai décidé de me taire. Après tout, j'avais ma Vérité, elle avait la sienne. L'important n'est pas de savoir qui a raison, mais plutôt de suivre sa propre route.

Quelque temps plus tard, sa fille revenait vivre chez sa mère, une circonstance de la vie. Je ne fis aucun commentaire quand j'appris qu'en arrivant, la fille avait pris possession de la chambre de sa mère sans lui demander. Qu'elle avait retiré tous les objets pour mettre les siens. Que sa mère se retrouva, sans protester, dans le salon. Que depuis, le canapé lui sert de lit. Etrange, au fait, pourquoi une femme qui veut vivre sa vie, qui veut faire ce qu'elle veut ne voit pas que sa fille l'empêche de vivre ? Ne peut-elle pas se demander qui l'empêche réellement ? L'homme ? La fille ? Ou, tout simplement, elle-même ?

Je souris à ce souvenir éloquent.

Quoi qu'il en soit, je profite de cette légèreté du moment. Je me tourne un instant pour prolonger mon sourire à la rose.

Les lois du Karma

Je déplie la deuxième Tsin pour aller à la rencontre d'une nouvelle découverte :

« Bonjour Ami, que ton cœur s'ouvre aux lois du Karma.

Si tu prends le Livre tibétain de la vie et de la mort, tu découvriras ces mots de Sogyal : « La notion de Karma est souvent très mal comprise en Occident : on le confond avec le destin ou la prédestination ».

Bouddha dit : « Le Karma : ce que vous êtes est ce que vous avez été ; ce que vous serez est ce que vous êtes maintenant ».

Difficile au premier accès, si simple après réflexion. Mais en fait incomplet tant que tu te contentes de la surface sans l'explorer par le cœur.

Va à la découverte des mots comme tu irais à la découverte d'un pays dont tu sais le nom sans en avoir foulé le sol. Parler d'une contrée et d'un peuple prend son essence au travers de tes pas et de tes rencontres. Tu peux aussi appréhender une culture en feuilletant les images et les mots d'hommes qui te racontent leur pays. Si ta connaissance ne se bornait qu'à ce que tu voyais, tu ne connaîtrais pas grand-chose.

Ce que vous êtes est ce que vous avez été ; ce que vous serez est ce que vous êtes maintenant. Pour en cueillir le fruit, tu dois le trouver. Pour le toucher, tu dois savoir où il est. L'itinéraire de cette graine, l'Ami, contient trois routes.

La première se nomme Action, la deuxième Intention et la troisième Capacité.

Action... Tout ce que tu es aujourd'hui est la conséquence de tes actions. Actions du corps, de la parole et de l'esprit. Tout ce que tu penses, émets dans tes gestes, tes mots et dans tes actes aura sa conséquence dans le temps. N'est-il pas dit, en Occident, nous récoltons ce que nous semons ? Rien n'est anodin, rien n'est sans conséquence, l'infime joue son rôle. Comme une petite étincelle peut embraser une forêt, comme une petite graine peut donner naissance à un arbre gigantesque, tes pensées, tes mots et tes actes, même petits, auront leurs conséquences dans la loi du Karma.

Intention... Tes pensées, tes mots et tes actes auront leurs conséquences. L'ampleur est sans effet, seule l'intention et la motivation trouvent leur place dans la loi du Karma. Rappelle-toi, quand tu as voulu aider ta mère à l'hôpital. Dans la clarté d'une nuit accompagnée d'une page aux écrits tibétains. Tu as proclamé aux bleutés de la nuit un p'owa. Il a porté ses fruits au-delà de tes espérances. La sincérité de tes mots, la volonté profonde de ton cœur ont donné plus que tu ne pouvais espérer. Tes pensées étaient douces et ton intention était pure.

Capacité... à créer et à évoluer. Tu traverses toutes les épreuves de la vie. La manière dont tu les vis déterminera un futur qui t'appartient à ce moment. Tu es à la croisée des chemins à maintes reprises. Ton futur sera en fonction de tes choix du moment.

Un maître tibétain a dit : « Si vous désirez connaître votre passé, examinez votre condition présente ; si c'est votre futur que vous désirez connaître, examinez vos actions présentes ».

Les épreuves, me diras-tu. Nous sommes tous frappés par des drames de vie. Nous parlons, souvent, de fatalité ou de malchance. Si tu mets en scène les lois du Karma, il devient évident que l'événement du moment n'est qu'une conséquence de ton passé. Ce n'est ni une récompense ni une punition. Ta vie obéit, toujours, à la loi du Karma.

Dans toutes les religions, le but final est le réveil du divin en nous, ce que les tibétains nomment Eveil. Jusqu'à cette réalisation, tu traverses les vies pour progresser et atteindre ce suprême. Tu dois perpétuellement avancer. Chaque épreuve n'est que la possibilité d'aller vers cette voie ultime. Si tu n'en comprends pas le sens, elle te sera représentée dans cette vie ou les prochaines.

La mort n'est qu'un passage. Le départ vers la prochaine vie qui t'attend sera la conséquence de celle que tu viens de quitter.

N'oublie jamais que :

> *l'origine de toute joie en ce monde*
> *est la quête du bonheur d'autrui ;*
> *l'origine de toute souffrance en ce monde*
> *est la quête de mon propre bonheur...*

Hungalaï »

Aux points de suspension de cette phrase, je pose ces mots.

Nous sommes tous en quête du bonheur. Si la loi du Karma nous montre que notre avenir sera ce que nous sommes aujourd'hui, alors que le bonheur illumine mon présent.

Mais quel bonheur ?

Les flots ont coulé en abondance depuis le départ. Les vagues m'ont transporté ici, les escales m'ont délesté d'une partie de mes bagages de la folie du passé.

Quel bonheur aujourd'hui ?

La réponse me semble, maintenant, si évidente :

Plus tu donnes d'amour, plus tu en recevras. C'est la loi.

A ce stade de la traversée, je peux répondre, avec certitude, que chaque pensée, chaque mot et chaque acte de mon présent seront les fondations d'un avenir évident. Alors qu'ils soient le plus près possible de l'intention du don d'aimer.

Je souris aux possibles de mes demains.

En pays de connaissances

Je me tourne vers la rose comme pour lui faire une confidence. Quand j'ai embarqué sur Lü, mes épaules s'affaissaient du poids de mes bagages. Elles se redressent peu à peu et mes yeux commencent à voir l'horizon. Tout se transforme. Alors qu'avant je subissais, aujourd'hui j'avance en pays de connaissances.

Il n'est plus un Moi avec ses joies, ses doutes, ses peurs qui, au gré de mes humeurs, des autres, des événements se balançait du bonheur au malheur. Il en est deux, l'Ego et ma Vraie Nature.

A présent, je me connais mieux. Je sais, qu'en venant au monde, j'étais nu, sans passé, sans Ego. Le « Je » n'avait pas encore sa place. L'Ego était absent. Conscient d'être porteur de ces deux entités, le salut devient possible car j'en connais la cause, la cible, l'ennemi. Je dois les reconnaître car, comme tout, ils obéissent à la loi de l'Univers, le Yin et le Yang.

En acceptant l'Ego et ma Vraie Nature, je peux poursuivre ma route et ne plus tomber. Je ne veux pas vivre aux rythmes de :

je descends la rue.
Il y a un trou profond dans le trottoir :
je tombe dedans...

Si je refuse de voir le trou, je tombe dedans. Si j'accepte sa présence, quand je le rencontre, je m'en détourne et passe la rue. Je peux entrer dans la suivante et poursuivre mon chemin. Si je refuse de reconnaître la présence de l'Ego, je tombe dans le piège à chaque fois qu'il se présente. Si j'accepte son existence, je pourrai m'en détourner.

Quel bonheur d'avancer en pays de connaissances !

Cet Ego ne vit que dans le passé et dans un avenir imaginé. Il n'est pas simple de s'en écarter mais j'en connais les rouages. Je sais qu'un infime peut donner naissance à un beau. Je sais que le temps est mon ami. Je peux planter une graine dans le sol de mes certitudes. Puis, me fixer dans un présent un petit moment, une fois. Un peu plus une prochaine fois. Continuer mes pas au rythme de ces pauses, certain qu'une pousse prend naissance et m'offrira, un jour, sa fleur. Quel bonheur d'avancer en pays de connaissances !

Oscillant du bonheur au malheur, j'aspire à transformer ce

mécanisme. J'ouvre les bras au Karma pour en faire un allié. Je ne veux plus pleurer sur un présent que je refuse. Il n'est que la conséquence d'un passé qui n'est plus. Sa mort me prouve que je dois vivre. Les demains appartiennent à un avenir qui n'est pas encore né. Je sais qu'il sera le fruit de ma semence. Que mes pensées, mes mots et mes actes du moment sèment au vent ce qui est juste à mon cœur.

Quel bonheur d'avancer en pays de connaissances !

Quel bonheur de savoir qu'à chaque instant je peux puiser à la source de ma Vraie Nature. Que chaque pas, maintenant, s'anime des merveilles de cette vérité :

*l'origine de toute joie en ce monde
est la quête du bonheur d'autrui ;
l'origine de toute souffrance en ce monde
est la quête de mon propre bonheur.*

Je suis heureux d'avancer en pays de connaissances.

Sur ces mots, je pose mon regard sur la rose et lui effleure une caresse. Je me lève et reprends la route. Après quelques pas, je me retourne pour offrir un sourire à la rose bleue.

Je peux affirmer devant les éternelles qu'elle m'a souri. Et si je devais en douter, mon âme le sait.

C'est avec ce sourire sur le cœur que je remonte à bord. Il ne m'a jamais quitté depuis.

Carnet de route vers l'île aux bonheurs

Cinquième escale… Bonjour, Moi

Quelle escale merveilleuse ! Je viens de faire ma connaissance.

J'ai laissé plusieurs bagages sur place :

> certaines de mes croyances me sont imposées.
> Un certain malheur m'est imposé.
> Beaucoup de peurs, en moi,
> ne m'appartiennent pas.
> Il est en moi un Ego qui me veut du mal.
> Si je vis dans le passé, je suis mort.
> Si je vis dans le futur, je suis dans l'illusion.

Tsien s'embellit de nombreuses Tsins :

> il est en moi ma Vraie Nature.
> Le Ici et le Maintenant sont mon bonheur.
> Le Yin et le Yang sont mon équilibre.
> Le don d'aimer m'ouvre les portes du bonheur.
> J'ai deux entités en moi,
> l'Ego et la Vraie Nature.
> Je reconnais les pièges de l'Ego.
> Le Karma accompagne ma vie.
> L'avenir dépend de mon maintenant.

Sixième escale

Bonjour, Madame la Peur

La traversée du pont

Arrivé dans ma cabine je trouve sur le bureau une nouvelle Tsin. Je suis un peu surpris. Je l'ouvre et découvre :

« *Bonjour Ami, que ton cœur s'ouvre à ces mots de Sa Sainteté Le Dalaï-Lama :*
quand vous aidez quelqu'un, ne vous contentez pas de résoudre ses problèmes immédiats... donnez-lui aussi les moyens de résoudre ses problèmes lui-même.

Hungalaï »

Je reste songeur devant cette courte phrase si riche quand, soudain, j'entends derrière moi :
- Bonjour l'Ami.
Je me retourne d'un bond et trouve devant moi, assis sur une chaise, l'homme qui occupait ma cabine avant le départ. Je suis toujours fasciné par son sourire. D'ailleurs, il me serait impossible de décrire comment il était habillé. Il dégage tellement de compassion que le futile s'éclipse devant une telle lumière.
Il me chuchote plus qu'il ne me dit :
- Comprends-tu, maintenant, pourquoi les êtres de rencontres ne te voyaient pas et ne t'entendaient pas sur l'île Bonjour Moi.
Je lui réponds :
- Je crois que oui. J'ai été accompagné de Tsins mais je devais aussi comprendre par moi-même.
Il laisse passer un petit temps et me dit :
- Tu sais, il est primordial que tu avances par toi-même. Certains sont là pour te faire voir où tu en es dans ton cheminement personnel. D'autres pour te montrer une lumière, mais toi seul peut faire les pas vers la libération.
Il se lève et m'invite de le suivre. Arrivés sur le pont, nous nous accoudons à la rambarde. Il me demande :
- Que ressens-tu ?
C'est relativement difficile de trouver les mots en de telles circonstances. Je m'étonne presque de lui répondre :
- Il est des croisières inattendues que je n'attendais pas, mais qui me portent au-delà de mes espérances. J'ai ce privilège d'en vivre une. Je suis heureux d'être à bord de Lü. Il est parti depuis longtemps et la

mer m'offre ses horizons à perte de vue. Je me sens un peu étrange, différent. J'ai le sentiment de m'être retrouvé. J'appréhende un peu la prochaine escale « Bonjour, Madame la peur ».

Il me fait don d'un sourire d'ange dont il a le secret et me dit :
- Pourquoi crois-tu que je suis là. Si tu étais seul avant, c'était nécessaire. A présent, je me dois d'être à tes côtés pour te guider. Ensuite tu pourras aller sur l'île « Bonjour, Madame la Peur ».

Contemple les nuages, l'Ami. Ils sont souvent porteurs d'évasion et de figures proposées. Ils s'éloignent, se rapprochent, créent des formes imaginaires. Laisse-toi porter par ce ballet improvisé. Que tes yeux se promènent et que ton esprit se pose.

Pense à ta route de vie. Tes pas marquent ton parcours. Ils t'ont guidé à bord de Lü pour une croisière merveilleuse et à la destination de rêve, l'île aux bonheurs. Les pavés mouillés de la ville de la nuit aux enfers sont loin derrière. Sens que le nouveau est de l'autre côté, là-bas au-delà des eaux. Trop loin pour sauter, trop profond pour passer. Regarde le ciel et aperçois les nuages qui se regroupent. Tu vois, ils donnent naissance à un long pont suspendu dans les cieux. Il te montre le chemin du nouveau monde.

Tu cherches depuis tellement longtemps la libération de tes peurs. Du moins celles qui t'empêchent de vivre et d'aimer. Tu veux simplement être heureux. Souris aujourd'hui à ce petit mot « simplement ». Dieu que la route est longue, mais qu'il est doux de s'en approcher.

Il poursuit avec complaisance :
- Les écrits des anciens de tous horizons nous transmettent cette vérité : « Amour ou méditation, tels sont les deux chemins de la libération ». Tu es né en France un après-midi d'été. Ton enfance s'est épanouie au gré de ton éducation et des atmosphères qui t'entouraient. Tu t'es forgé au fil d'un cordon occidental. Tu t'es, ensuite, détourné des convictions imposées par une culture dictée par des obligations qui ne sont pas les tiennes. Tu t'es ouvert à l'Orient, à la recherche d'une vérité intérieure. Si tu étais né au Tibet, près d'un temple, tu aurais suivi les préceptes de moines évolués. La méditation aurait été ta route. Mais tu es français, loin de la présence physique des maîtres. La méditation est devenue une amie parmi d'autres mais pas la clef.

Va au plus profond de ton être et entends cette petite voie qui te chuchote : « L'amour est ta clef. La foi en cet amour est le pont pour poser pied sur l'autre rive de Pi, l'île aux bonheurs ».

Nous restons de longs moments à contempler les vagues et la danse des nuages. Je sens Lü ralentir. Il annonce mon prochain départ pour la nouvelle île. Je me tourne vers mon compagnon de voyage. Il me dit en me posant une main sur l'épaule :

- Je dois te laisser. Tu as une certaine inquiétude mais garde en toi qu'au loin, une terre s'annonce. Tu es sur ton vrai chemin. Un pont aux accents libérateurs s'offre à ta vie. Tu dois le traverser, pars à sa conquête.

Peur, cette inconnue

Je viens à peine de poser le pied sur les pavés du quai que je vois un homme assis sur le muret du port. Il tient dans sa main droite un long bout de bois. Pas une canne parfaitement poncée, mais un bois nu avec ses bosses et ses creux. Il me sourit et me dit :

- Bonjour étranger. Aurais-tu besoin d'un guide pour avancer sur cette terre ?

Je suis un peu surpris par sa demande. Devant mon hésitation, il poursuit :

- Tu sais, tu es sur l'île de la peur. Ce n'est pas une promenade de tout repos. Seul, cela me semble très difficile. Mais je peux t'expliquer, te montrer. Tu ne feras pas de détours inutiles.

J'avoue qu'il a raison. Je me sens plus rassuré si je suis accompagné. Je me dis qu'il n'est pas là par hasard. En plus, cet homme est très accueillant. Il dégage une force tranquille. J'accepte son offre avec plaisir. Il se lève et je le suis sur une route qui nous emmène sur la droite du port pour se perdre dans une campagne verdoyante. Tout en marchant, il m'explique les finesses de l'île de la peur.

- Tu sais, étranger, la peur est très subtile. Il arrive même qu'on ait peur d'avoir peur. Etonnant, non ? Regarde, souvent tu as dû enliser ta vie dans la quête d'un bonheur indispensable à tes instants. Mais, à vouloir impérativement le bonheur, il s'en écarte inexorablement. N'est-il pas curieux de constater que tous ceux qui veulent absolument être heureux ne le sont pas ? N'est-il pas étrange d'admettre que le malheur s'impose quand on pleure de ne pas être heureux.

Si ce scénario défile cette scène depuis si longtemps, il serait sage de quitter ton attitude persistante pour aller vers une autre. Si tu en veux une preuve, il en est une irréfutable. Tu n'es toujours pas heureux. Pire, tu es malheureux, en souffrance. La preuve, tu es ici à m'écouter.

Imagine que par la magie d'un Merlin enchanteur, les peurs qui t'habitent s'envolent de ton être pour se dissoudre dans les espaces. Les peurs t'ont abandonné, tu vis sans ce fardeau. Imagine ta vie sans peur. Il te restera la paix et la confiance. Tu seras heureux. Tu n'auras plus d'obstacle. La vie s'écoulera dans la confiance. Tu pourras faire ce qui t'était interdit. Tu pourras être avec les autres. Leurs regards n'auront plus l'impact qu'ils avaient. Tu pourras être toi-même puisque tu n'auras plus de peur. Tu seras léger puisque tu n'auras plus peur de perdre. Perdre ton emploi, ton argent, les autres. Tu seras dans le lâcher prise.

Quand tu es en accord avec toi-même, avec ton ressenti, que tu es dans la certitude d'être juste, tu agis dans la confiance. Tu es en harmonie avec toi et les autres. La peur a-t-elle sa place, dans ces moments privilégiés ? Non, car tu as écouté ta Vraie Nature. Seul l'Ego te fait côtoyer les peurs. C'est son arme secrète, suprême.

Puisque, maintenant, tu sais que le bonheur est dans un monde sans peur, arrête de vouloir à tout prix ce bonheur. Tu le fais depuis si longtemps, sans succès. Attaque-toi à la vraie cause, à la peur.

Je l'interromps pour lui dire :

- C'est ce que j'essaye de faire depuis longtemps, mais je n'y arrive pas.

Il me répond avec aisance :

- Parce que tu t'attaques à un ennemi sans le connaître et de mauvaise façon. Tu crois connaître la peur mais c'est faux.

La peur instinctive te sauve des dangers. Tu ne peux sauter du dixième étage d'un immeuble, tu sais, par instinct, que tu ne dois pas le faire. Ces peurs salvatrices ne t'empêchent pas de vivre, elles te permettent de continuer à vivre. Tu peux les remercier.

La peur, hors des instincts, par contre t'empêche de vivre. C'est elle qu'il faut, maintenant, connaître. Sans la connaître, comment la vaincre ? La peur n'existe pas par elle-même. Seul l'esprit la fabrique car tu veux, toujours, diriger ta vie. Tu es encombré des bagages de la folie du passé et tu t'évertues à créer un avenir qui n'existe pas. Pire, tu es insatisfait de ce que tu as et tu en veux toujours plus. A tes yeux, il n'y a qu'un seul moyen pour te rassurer, te faire croire. Tu as besoin de te sentir en sécurité.

Une sécurité fabriquée par toi et façonnée par tes peurs. Si tu es riche, en bonne santé, aimé, avec de bons amis, tout ira bien, merveilleusement bien. Tu le crois mais c'est faux. Tu seras heureux tant que tu n'auras pas touché une peur. La peur de perdre l'argent, la santé, l'amour. Et si, dans un élan incontrôlé, tu touches, dans ce bonheur, la peur de mourir, alors tu touches tes propres enfers.

Devant ma mine inquiète, il me rassure en me disant :

- Aie confiance, la peur n'existe que par l'esprit. Tu ne résistes qu'à ce que tu ne comprends pas. Tu résistes à la souffrance et aux peurs parce que tu en ignores la structure et le fonctionnement. S'il y a communion entre deux personnes, elles se comprennent, elles peuvent vivre dans le bonheur. Si elles résistent l'une à l'autre il y a incompréhension, confusion, peurs. Elles vivent dans l'indifférence, le malheur ou le conflit.

La peur existe dans le conflit des contraires. Le culte de l'argent, le vouloir de l'abondance engendrent la peur de tout perdre. Le culte de l'amour, le vouloir d'être aimé engendrent la peur de perdre l'être aimé. Tu te crées des schémas mentaux pour exister et pour te sécuriser. Le vouloir pour avoir est la source de la peur, peur d'être ou de ne pas être. En fait, tu as peur du connu et de l'inconnu.

Ecoute bien cette phrase, étranger, c'est une clef : « La peur est l'insécurité en quête de sécurité ».

Le vouloir et la recherche de la sécurité sont les sources de la peur, et par voie de conséquence, de tes insatisfactions et de tes souffrances. Pose un autre regard sur tes peurs, regarde ton Ego. Tu verras, plus loin, dans les terres, tu comprendras. Pour l'instant, comprends simplement que, face aux peurs, ta Vraie Nature peut t'ouvrir les portes du cœur. Tes pensées et tes actions peuvent s'en trouver modifiées. N'oublie jamais les lois du Karma. Ton avenir sera ce que tu es aujourd'hui. Allez viens, entrons dans l'île de la peur.

Je le regarde avec une lueur de panique. J'avoue que j'ai peur.

A la rencontre de la peur

Il me regarde d'un air amusé. Il tend son bâton vers le ciel et le promène de gauche à droite en décrivant de larges cercles. Il sourit à la nature et me dit :
- Tu as peur de quoi ? Regarde les cadeaux que t'offre l'Univers. Nous sommes tous les deux au milieu de cette campagne. Rien ne peut te faire peur ici et ailleurs, étranger. Je vais, maintenant, te faire comprendre le fonctionnement de la peur.

Pour se libérer des peurs il faut les traverser. La peur prend sa source dans l'irréel. Le concret ne peut te faire peur. Si c'est le cas, tu t'en détournes. Si tu as peur d'une araignée, tu quittes le lieu ou, pire, tu la tues. Tu ne serais pas stupide pour la prendre dans tes mains. Araignée, vide, feu, et tous les dangers réels trouveront la réponse à la peur par l'évitement de ce danger. La peur en sera l'émetteur et tes actes en seront la solution. Mais là, tu es dans le réel.

Maintenant, va dans le non réel. J'ai peur des hommes, j'ai peur des femmes, j'ai peur de souffrir, j'ai peur de perdre, j'ai peur de manquer, j'ai peur de ne pas être à la hauteur, j'ai peur du regard des autres. Si je perpétue cette liste, ma salive serait sèche bien avant d'en avoir fini.

Disons que tu as peur des femmes et de l'amour. Je risque de ne pas me tromper, vous êtes si nombreux, rassure-toi. Les femmes font de même à votre égard.

Imagine que tu sois seul dans la vie. Alors pourquoi as tu peur d'une femme que tu ne connais pas encore? Tu peux me répondre qu'elles sont toutes pareilles. Mais c'est faux, il en existe au moins une sur cette planète. Si tu as peur, c'est sûr que tu ne vas pas la rencontrer, tu ne la verras pas. Pire, si tu es avec elle, tu partiras un jour, tu auras trop peur. Ne trouves-tu pas curieux d'avoir peur d'une femme que tu ne connais pas encore ? En fait, ce n'est pas d'elle que tu as peur.

La réalité te montre que cette peur est sans fondement, mais elle est là. Elle est conditionnée par ton passé et par la perfidie de ton Ego. L'entrée dans un avenir inventé aux scénarii du passé. Tout ce que tu peux projeter n'est qu'illusion mais tu en fais une réalité. Tu oublies que cette réalité est fausse. Tu peux appliquer ce fonctionnement à toutes tes peurs. Remplace simplement hommes par femmes, souffrir, perdre...

La peur n'a sa place que dans l'irréel. Un irréel que tu fabriques, inconsciemment, aux sons d'un passé qui te murmure sans cesse.

Un irréel où les scénarii te font peur puisque tu ne veux plus souffrir ou affronter un danger. Mais ce danger n'existe pas puisque tu viens de l'inventer. Si tu te contentes de vivre le réel du présent, hors de ton passé et d'un futur non connu, tu accepteras ou refuseras ce présent, mais tu n'auras pas peur.

Je regarde l'homme au bâton comme un enfant qui vient de découvrir son premier pas. Je l'admire et lui confie :

- Je comprends mieux maintenant mais je suppose que si je viens de gagner ma première victoire, ce n'est que le début de l'histoire ?

Amusé, il me répond :

- Oui étranger. Tu viens de faire le premier pas et il t'en reste d'autres. Maintenant que tu as compris le fonctionnement, pour vaincre tes peurs il faut les traverser.

Je fronce les sourcils. Je suis dans une incompréhension totale. Il accélère le pas et me dit :

- Allez, viens étranger. Je vais t'expliquer, après tu pourras traverser.

Si nous traversions ?

Nous nous sommes arrêtés devant un pont en bois. Un vide horrible sépare les deux extrémités et il se balance dangereusement. Je ne pourrais pas passer, c'est impossible.

L'homme au bâton me rassure. Sa voie est posée, douce :

- Tu vois, étranger, si je te disais que je vais partir et que tu vas traverser ce pont tout seul, tu me retiendrais et jurerais que c'est impossible. Ecoute-moi bien, étranger, c'est une deuxième clef. Pour traverser ta peur, c'est simple, il faut la traverser. Cela te paraît absurde pourtant c'est ce qui est enseigné depuis des millénaires.

Si tu partais à la conquête des continents, tu ferais escale en Asie, en Afrique, en Europe, en Amérique. Tu entrerais dans une bibliothèque et y prendrais tes sources.

De l'Asie, tu retiendrais : « Accueillez-la avec amour et dites-lui : peur, ma vieille amie, je te reconnais ».

De l'Afrique, tu irais au cœur de la peur et on te dirait : « Pour vaincre le mal, ne le fuis plus, regarde le en face ».

De l'Europe, tu découvrirais : « Observez le penseur. Soyez la présence qui joue le rôle de témoin, sans juger ».

De l'Amérique, tu apprendrais : « La fuite est le mécanisme fondamental de la défaite. Le regard pénétrant, qui est lumière, désintègre la peur ».

Comme un explorateur à la quête d'une piste, tu pourras fouiller les écrits pour trouver le trésor de la peur. D'un continent à l'autre, de récents ou d'anciens, tous te montreront le même chemin, fuir ou modifier la peur la renforce, l'accepter et la regarder la détruit.

En ne cherchant plus à te débarrasser de la peur, tu t'en débarrasses effectivement. En t'enfuyant, en voulant la modifier, tu renforces son pouvoir. En l'observant, sans jugement, la peur t'apparaît complètement. C'est ce regard qui peut la détruire.

Un jour, au hasard de tes pensées, une lumière peut t'apparaître. La loi du Karma peut venir à ton secours. Si une épreuve te frappe, deux solutions se présentent à toi. Tu peux t'effondrer, hurler, te plaindre, continuer dans ces souffrances ou fuir ce qui te dérange tant. La vie suivra son cours et, un jour, inéluctablement, l'épreuve reviendra pour que tu comprennes. Si tu restes dans la fuite, elle s'amplifiera au fil du temps, un temps qui dépassera les frontières de la mort. Tu la retrouveras dans le nouveau départ. Si tu ne comprends pas une épreuve, si tu ne vois pas ce que tu dois comprendre, si tu continues à fuir, l'épreuve reviendra sous la même forme ou une plus intense. Tant que tu fuis une souffrance, elle garde son pouvoir.

Attitude naturelle, tu ne veux plus souffrir. Face à elle, tu fais tout pour t'en éloigner. Tu as toujours fait ainsi. Mais il serait temps d'admettre que tu souffres toujours, voire plus. Ne serait-il pas plus sage de modifier ton comportement puisqu'il est sans effet ?

Tu peux aussi arrêter les aiguilles, te poser pour comprendre. Ne plus fuir, changer de direction, de destinée. Si tu comprends l'épreuve, si tu arrêtes de fuir, l'épreuve ne reviendra pas.

Hénépola Gunaratana, moine bouddhique, enseigne la méditation. Il explique à ses disciples : « Dans la méditation, des états de peur apparaissent parfois sans raison. C'est un phénomène ordinaire. Lorsque se produit une image effrayante, la concentration s'en empare et l'image se nourrit de l'énergie de votre attention et grandit. Observez la peur exactement telle qu'elle est ».

Maintenant que tu sais, tu vas pouvoir avancer tout seul. Sois rassuré pour quelque temps seulement. Il est écrit que je dois partir. On se retrouvera, plus tard, de l'autre côté du pont. Mais avant, tu dois découvrir l'amour au-delà des peurs. Et n'oublie pas étranger, tu n'es pas seul.

Je ne réagis même pas. Je le vois s'éloigner sur ma droite. Il disparaît dans la végétation. Il n'a pas pris le pont. Je me retrouve tout seul et je dois traverser cette chose bancale qui oscille au-dessus du néant. C'est impossible, vraiment impossible. Dans la panique du moment, je me dis que je peux revenir en arrière. Mais une petite voix me souffle que ce serait une erreur. Je pourrais perdre une partie de mon savoir et je suis si près de Pi, ce serait absurde. Je repense, subitement, que l'homme m'a dit que je n'étais pas seul. Je soupire de soulagement. Bien sur, j'appelle Hungalaï à mon secours et j'attends. Mais rien ne se passe. Je me concentre, mais vraiment rien. Je scrute les horizons mais pas une âme ne vient à mon secours, même pas un renard. Dans l'angoisse où je suis, je serais heureux de voir mon écureuil. Même lui est absent.

J'ai envie de tout abandonner quand je repense aux mots de Sa Sainteté le Dalaï-Lama : « Quand vous aidez quelqu'un, ne vous contentez pas de résoudre ses problèmes immédiats... donnez-lui aussi les moyens de résoudre ses problèmes lui-même ». En fait, je comprends pourquoi l'homme au bâton m'a laissé devant cet obstacle. Je dois me débrouiller seul. Mais il faut me donner les moyens. Le seul moyen que je peux imaginer, c'est une Tsin. Je regarde à droite, à gauche, rien. Je regarde devant, je ne vois que le pont. Je recule puis ose, au moins, poser les yeux. Je ne discerne rien. Je m'approche, et là, à un mètre du bord, deux Tsins se balancent sur les lattes en bois. Comment faire, je dois y aller pour les récupérer.

Je finis par avancer le bout de ma chaussure sur une des lattes. J'appuie ma jambe et entends un craquement. Je m'immobilise. Je reste là quand je repense au renard devant le lac gelé. Je me transforme, le temps d'un instant en vieux renard. Les instincts venus de très loin me portent. J'avance sur ce qui était infranchissable. J'arrive devant les deux graines. Je me baisse doucement et les prends dans ma main. Je me redresse et je poursuis ma progression. Je ne sais pas si c'est un courage inattendu ou l'énergie du désespoir, mais je continue vers l'autre côté. Je ne fais pas de retour en arrière, je cours au-devant des bouts de bois qui surplombent un vide cauchemardesque. Enfin, je plonge sur la terre qui est à ma portée. Je tremble et pleure de joie. Je me retourne et admire le pont des peurs. Je reste pour savourer cet instant, anodin pour beaucoup, mais tellement important pour moi.

Après un long moment, je reprends la route à travers une végétation dense. Plus loin, je débouche sur un lac aux reflets tranquilles. Je profite de ce spectacle et prends la première Tsin pour la lire. Je découvre :

« Bonjour Ami, que ton cœur s'ouvre à l'acceptation de la peur.
Quand une peur apparaît, il faut l'accueillir, l'accepter tout simplement. C'est la peur d'avoir peur ou la peur des conséquences de cette peur qui la nourrit et lui donne son ampleur. Une machine infernale qui te pousse au fond de tes souffrances.
Je te le dis Ami, quand une peur apparaît, il faut l'accueillir, l'accepter tout simplement.

Hungalaï »

A la lecture de ces mots, sans prévenir, je repense à Meskhenet. Son visage semble se refléter sur les eaux. Cette traversée m'a offert un moment de répit dans ma déchirure. L'œuf aux silences vient s'éclore au bord de ce lac. Quoi que je fasse, je touche les tréfonds. La machine infernale fait son œuvre. Mes pensées explosent dans toutes les directions et enflamment mes émotions. Peur de perdre, je suis coupable, c'est de sa faute, de la faute des autres, de celle du monde entier. Je refais surface dans la nuit aux enfers.

Je m'étends sur l'herbe. Je suis envahi par tous ces maux. Je ferme les yeux, descends ma conscience dans cette souffrance. Je tente de l'accueillir. Je lui dis même bonjour puis, sans rien faire, je la laisse s'exprimer. Pour la première fois de ma vie, je ne lutte plus contre mes souffrances, je les laisse vivre ce qu'elles ont à vivre. Je les laisse s'exprimer. Je ne peux pas faire marche arrière. Les mots de l'homme au bâton reviennent : « Tu n'es pas seul ». Je saisis précipitamment ma deuxième Tsin et dévore des yeux les mots qui m'attendent :

« Bonjour Ami, que ton cœur s'ouvre à l'observation de la peur. Observe ta peur sans la juger.
Hénépola Gunaratana, explique : N'essayez pas de repousser les souvenirs ou les émotions. Reculez-vous et laissez tout ce mélodrame faire surface et disparaître... Ne luttez pas... Tenez-vous à l'écart du processus et ne vous en mêlez pas. Traitez cette dynamique comme si vous étiez un spectateur intéressé... Il ne s'agit que de peur... Si vous la laissez se dérouler dans la sphère de l'attention consciente... elle ne reviendra plus... elle sera partie pour toujours.

Hungalaï »

Je ferme de nouveau, les yeux et décide d'observer ma peur, sans la juger. Je laisse mes souffrances s'exprimer. Difficile, voire insoutenable. Puis, je me pose en spectateur dans une attention consciente. Avant, je vivais la souffrance de l'intérieur. Là, je m'intéresse à tout ce qui peut venir, pensées, images, souvenirs, réactions du corps. Comme un spectateur qui regarde un film et s'étonne des scènes qui viennent à lui, je deviens un spectateur intéressé. Je ne porte aucun jugement, seul le côté « intéressé » m'habite. Je garde cette position du spectateur intéressé. Elle se transforme, je deviens presque curieux de ce qui va venir. Enfin, je ne vis plus mes souffrances, je ne suis plus acteur. Je suis le spectateur intéressé du film de mes souffrances. Que d'images, de souvenirs me viennent. Je les laisse défiler, tout simplement. Des mots me viennent aussi, des murmures aux cris, des paroles anodines aux monstruosités insoupçonnables. Mais je suis, toujours, ce spectateur intéressé. Je suis vraiment curieux d'entendre jusqu'où peuvent aller ces mots. Ils vont si loin qu'ils atteignent l'ignominie et l'horreur. Mais je reste un spectateur intéressé. J'entends tout, même l'inimaginable, jusqu'au moment où, comme par magie, il n'y a que silence. Plus de mots, plus d'images, rien que le silence. Il n'y a plus rien à dire, tout est dit. Il n'y a plus rien à montrer, tout est vu.

Je reste dans cette plénitude un certain temps. La paix prend possession de mon être. C'est si agréable de se retrouver là, si loin d'où je suis parti. Je viens de me retrouver, je viens de retrouver ma Vraie Nature.

Quand une peur apparaît, il faut l'accueillir, l'accepter tout simplement puis l'observer, sans la juger.

Mais ce que je viens de vivre n'est qu'une première victoire. J'ai apaisé mes maux en faisant taire mes mots mais la rupture fait partie de ma vie. Si la souffrance revient, je pourrai la rendre muette mais le mal est là, sous-jacent, prêt à surgir à n'importe quel moment. Comme ce pont que j'ai traversé, je dois traverser l'œuf aux silences.

L'amour au-delà des peurs

Les battements de mon cœur se laissent guider par la voix mélodieuse de Stan Getz murmurant « The Girl From Ipanema ». Les instruments virevoltent dans l'air, saxophone, piano, guitare, les cordes et les vents me bercent tout doucement. Mes doigts pianotent au rythme de mes émotions. Je crée ce ballet de notes pour m'aider à faire ce pas inconcevable quelques heures plus tôt. Je n'ai pas besoin de Tsin, je sais où je dois aller maintenant. Ma Vraie Nature me le suggère.

Comme j'ai posé le premier pas sur le pont, je dois faire ce voyage intérieur. Je pense à Meskhenet. Un soir, qui semblait être comme un autre, sa voix s'est interrompue sur un à demain. Depuis, le silence envahit tout mon être.

Je sais que le mot « rupture » peut résonner différemment suivant notre histoire et les circonstances. Que de définitions pouvons-nous donner à ce simple mot, des dizaines, des centaines, qui sait ? Mais l'histoire et les circonstances dirigent l'homme vers sa propre vision, quels que soient les dires des autres. Ce que nous vivons, seuls nous le vivons et seuls nous pouvons le vivre.

Sans amour, il est parfois bon d'entendre le mot fin. Mais dans l'amour, que ce mot prend une signification écrasante ! Quand, à la croisée d'une parenthèse, un homme et une femme s'aiment, que ce mot, quand il est prononcé par l'un, hurle les désespoirs, arrache les entrailles, éclate le cerveau de l'autre. Le cratère de notre amour, de notre vie, de notre enfance explose. Des myriades de flammes envahissent notre être, brûlent nos profondeurs et au fond de notre abîme, le film de notre histoire défile les origines du mal.

Au bord de ce lac, je découvre une voie dans la détresse. Dans ce silence, je vais à la rencontre de ce mal qui me transperce. Je ne le fuis plus, je le regarde en face, je vais fouiller ses flancs jusqu'au moindre recoin, jusqu'au tréfonds de ses interstices.

Si mes cris doivent éclater les vitres, transpercer les alentours, balayer tout sur leurs passages et dépasser les horizons, qu'ils ne s'adressent qu'à Dieu. Il en est le témoin. Mes cris vont vers lui, « Aide-moi ».

Si les battements d'ailes d'un papillon en Amazonie peuvent déchaîner une tempête au-dessus des Cornouailles, mes cris forcent les nuages, dépassent les visibles. Un ouragan souffle les étoiles, perce les trous noirs, fait trembler les planètes, pour aller s'échouer au-delà des connus. Mes murmures s'en sont extraits. Les sons sont plus doux, « Aide-moi ».

Une lumière m'enveloppe.

L'amour est notre destinée. Toutes nos vies ont leur essence dans cette énergie. Chaque épreuve, chaque vie a un sens, elle nous emmène vers cet ultime but. Les vies, les épreuves se répéteront inlassablement si nous n'en comprenons pas le sens. Tout est dans l'ordre des choses.

Alors, Dieu, que de vies j'ai vécues, que d'épreuves j'ai traversées pour comprendre ? Aujourd'hui, derrière ces mots « Aide-moi », je te supplie de me guider. Du fond de mes entrailles, je ne veux plus fuir, je veux aller au bout de mes peurs, « Aide-moi ».

Au bord de ce lac, une petite voix vient caresser mon cœur, elle me chuchote : « Aie confiance, va à la rencontre de tes peurs, va à la rencontre de ta Vraie Nature, va à la rencontre de ton cœur, ouvre ton cœur, aie confiance ».

En entendant ces mots, je traverse un autre pont. Je me pose et j'accueille le mal qui me ronge. Tout ce qui est pensée vient à sa rencontre. Je m'y baigne pour savoir, pour voir, pour entendre. D'acteur aux souffrances évidentes, je suis devenu spectateur aux distances de témoin. Tout ce qui se présente à moi devient « intéressant ». Ce que je subissais avant ne me touche plus. J'observe tout simplement. Je ne porte aucun jugement, je regarde simplement le film des entrailles d'un tourment avec les regards d'un témoin sans opinion.

Je laisse les images et les sons se déployer à leur convenance. Je suis même curieux de ce qui va suivre. Le non jugement me sauve, car l'insoutenable m'est présenté. Les images prennent les formes les plus sombres. Les mots dépassent l'inimaginable. J'entends au-delà de ce qui me hante dans mes peurs inconscientes. Je touche au plus profond de mon être les caches des maux enfouis. Le témoin sans jugement me sauve des tempêtes. Au sommet des déferlantes d'horreurs, je suis toujours curieux de la suite jusqu'au moment où rien ne vient. Tout ce qui était à dire est dit, tout ce qui était à voir est vu.

Je trouve le silence, la paix. J'ouvre les yeux dans cette clarté, elle illumine ma raison. Je viens de voyager au-delà des peurs, au-delà des souffrances, au delà des apparences. Je découvre l'amour dans les méandres d'une séparation. Si, dans un moment d'égarement, je continue à basculer du côté de la détresse, là je serais fou. Fou allié des peurs. Cette folie serait outrecuidante et porteuse d'affront suprême. Je ne croirais pas en Dieu, je renierais Dieu. Je ne croirais pas en moi, je me renierais. Je ne croirais pas en la vie, je la renierais. Je ne croirais pas en l'amour, je le renierais.

Que de parcours pour affirmer, certifier, apposer ma signature au bas des certitudes. Je crois en moi, je crois en la vie, je crois en l'amour, je crois en Dieu.

Devant ce lac, je réalise que je trouve « la paix » dans une séparation. Main de Monsieur hasard, j'ai rencontré Meskhenet au bord d'un lac.

Alors, je demande à Dieu que le « à demain » vive sa vie. Qu'un jour, dans cette vie ou la prochaine, nous soyons assis au bord de l'eau. Que l'un contre l'autre, dans le silence de nos certitudes, nous vibrions, enfin, de l'amour que s'étaient juré deux enfants, au milieu de champs célestes.

Un petit clapet se dérouille, le loquet bouge et tourne dans la fente de la libération. Sa place d'ouverture trouvée, il entraîne, tout naturellement, toute son armature au-dehors de sa prison. Là, toujours, tout doucement, la porte s'entrebâille. Puis après un temps de repos, les gonds se désenchaînent. Ils glissent dans une harmonie parfaite. La porte les suit et, toujours tout doucement, ouvre l'espace. Je découvre le bonheur. Comme un enfant, je m'en approche avec étonnement. Dans ce passage de vie, suis-je devenu fou ? Je préfère garder pour moi la question.

Si, dans un élan d'inconscience, j'allais au-devant d'un inconnu et lui posais la question, la réponse tonnerait dans mon cerveau : « Oui, tu es fou, complètement fou ». Pour me soulager, je dis à haute voix :

- Suis-je devenu fou ?

Une réponse inattendue vient à moi :

- Non étranger, tu n'es pas fou.

Je me retourne et vois le sourire de l'homme au bâton. Il s'assoit à mes côtés et me dit :

- Tu es peut-être fou aux yeux du monde, mais ta voix intérieure sait. Elle n'a nul besoin d'émettre des sons, tu ressens. Chaque cellule de ton corps, chaque fibre, chaque muscle, chaque particule d'air, chaque goutte de sang baigne dans l'amour au-delà des peurs, l'amour inconditionnel. Aujourd'hui, tu viens d'ouvrir ton cœur. La route est tracée, sans concession. Lorsqu'un jour tu entrebâilles cette porte, tu ne peux plus reculer, le bateau de la vie est parti. Il est des portes qu'on ne peut refermer. Tu entres dans un nouveau monde, comme un enfant entre dans le sien. Cet enfant, ne peut revenir en arrière, il ne peut retourner dans le ventre de sa mère, il ne peut retourner dans sa coquille. Entrer dans le nouveau monde à l'âge adulte interdit tout retour en arrière. La vie d'avant n'est plus, tout sera différent, tout sera nouveau et aucune place, aucune, n'est prévue pour regretter.

Aujourd'hui, Dieu en est témoin. Il n'y a aucune excuse pour rebrousser chemin, quelles que soient les supplications d'un moment de désespoir pour avoir un peu de répit, il est trop tard. La porte du cœur ne peut plus être refermée, jamais plus. Maintenant les faux fuyants ne sont plus de mises.

Tu te déshabilles. Tu enlèves, un à un, tes vêtements des fêtes illusoires, des « à peu près », des « on verra », des « plus tard », des « c'est de sa faute », des « je ne sais pas », des compromis démoniaques. Nu, tu dois prendre un à un tes nouveaux habits, patience, tolérance, cœur, confiance absolue, amour, compassion. Etre à l'écoute de ta Vraie Nature.

Tu meurs pour renaître. Nu et assis, tu dois partir à la conquête de ce nouveau monde. Les pieds posés à leur place, regarde l'horizon qui t'appelle. Enfin, tu es à ta place. La route sera longue, mais c'est sans importance. Etre ici, maintenant, est le départ. Alors, tu vas prendre une à une tes Tsins. Regarde-les, comprends-les, nourris-les et contemple leur épanouissement.

Et maintenant, enfin tu vas tout accepter, tes faux pas, tes tombées, tes doutes et continuer dans la confiance absolue.

A présent, tes pas vont être guidés par l'amour. Le mental s'exprimera, comme d'habitude avec sournoiseries, mensonges, malices, tumultes, tempêtes. Tu sais, tu le connais. Les doutes et les peurs reviendront, c'est évident. Mais leurs intensités seront moins importantes, de moins en moins importantes pour disparaître. Si, avec humilité, tu acceptes que ce processus est inévitable, si tu acceptes que tu es humain. Que le temps est ton meilleur allié. Si tu sais que tu n'es pas seul, même au cœur du plus grand vide, alors tout devient possible.

Il me regarde avec compassion et me sourit. Je pense que c'est vraiment la traversée des sourires.

Il enfonce son bâton dans le sol pour prendre appui, puis me dit :
- Je vais te conter une histoire, étranger. Je vais te faire voyager vers « La citadelle de Rahoub ».

La citadelle de Rahoub

Depuis des mois, la caravelle fend l'océan. Elle vogue à la conquête du nouveau monde. Son équipage tend les cordages, hisse les voiles, lave le pont au passage des vagues salées. Dans sa cabine, le capitaine trace des lignes sur une carte. Son visage marque une inquiétude grandissante. Sa route se dévie aux poussées d'une tempête tenace. La mer se perd dans les horizons, mais un point minuscule le préoccupe. Ses ordres semblent se perdre dans le vent, le bateau s'aimante inexorablement vers une île perdue dans l'immensité des eaux.

Il se penche et découvre « Rahoub ». Le nom ne lui dit rien mais des frissons parcourent son corps. Il se redresse et traverse la pièce. Ses pas martèlent les marches qui le hissent à l'air libre. Le tangage le projette sur une rambarde. Les hommes s'évertuent contre les éléments. Leurs cris s'unissent aux rugissements de la nature. Il se précipite sur la barre, pousse le marin qui luttait contre la pression du gouvernail. Ses mains se crispent sur le bois, le regard glacé sur cette terre qui les aspire. Il hurle ses consignes qui s'égarent dans la tourmente. Une vague, surgie des abîmes, enfante le cauchemar. Elle aspire l'horizon et se lance à l'assaut du navire. Paralysés par l'horreur, les hommes se statufient. Leurs yeux exorbités expriment la vision du grappin. Aucun son ne peut sortir de leur gorge serrée par l'effroi avant que le vaisseau ne s'engouffre dans ce tourbillon de flots.

Ils s'envolent dans les espaces et sont irrésistiblement avalés dans un trou sans fin. Ils sont écrasés, désarticulés. Les bois se déchirent, explosent. Tout ce qui est hommes et éléments se perd dans les entrailles de ce déchaînement et les vies disparaissent dans la tourmente. Le capitaine, happé comme les autres, glisse aux rasoirs des eaux et se propulse vers un avant inconnu. La mort le frôle et le tutoie sans le saisir. Il dit adieu au monde et se laisse absorber par le tunnel marin. Aux confins d'une éternité, il est précipité dans les airs et chute sur un salut inespéré.

Les heures passent pour le gratifier d'une vie sauvée. Il se lève, regarde autour de lui et ne voit que solitude. Seul sur cette terre, aux alentours d'eau calme et de beautés, il rend grâce à Dieu. En ce jour d'égarement, il vient de poser pied sur ce qui était un point minuscule. Il est sur l'île de Rahoub. Il tourne le dos à ce qui était vies et part à la découverte de ce lieu.

Il progresse dans une végétation de rêves, tout est abondance. Les couleurs éclatantes s'harmonisent aux douceurs du ciel. Les fruits se suspendent dans les branches comme une offrande. Heureux et rassuré il avance vers le cœur de cette nouvelle demeure. Pendant des jours, il se délecte des dons de la nature en progressant dans un décor où la confiance est reine.

Il est serein jusqu'au jour où, sans raison, son cœur se serre. Il ne sait pas pourquoi, mais une appréhension trouble ses pensées. Ses yeux posent un autre regard, ce qui l'entoure se transforme. Ce qui était amical se mute, peu à peu, en danger potentiel. Ses pas se font plus rares et sa progression ralentit. Au détour d'un bosquet, un bruit l'immobilise. Il sent une présence près de lui. Il regarde tout autour et ne voit rien. Il continue attentif quand un frôlement le paralyse. Il se retourne brusquement et hurle à la vision de la chose. Un monstre au visage déformé lui grimace une menace sans équivoque. Il court au-devant d'un salut et s'écorche aux touchers des branchages.

Sa course folle s'accompagne de nouvelles créatures. Tout ce qui est immondice les personnifie. Il est poursuivi par des êtres cauchemardesques, des barbares, des soldats enragés, des dragons, des bêtes de mort. Elles le devancent, le pourchassent, l'effleurent. Il ne court plus, il fuit porté par l'effroi. Il chevauche les obstacles et précipite ses pas au-devant d'une délivrance instinctive. Derrière un mur de feuillage, il débouche sur une plaine. Au loin, une citadelle lui tend son salut.

Dans un élan de survie, il explose ses ressources et se hâte vers l'entrée qui l'appelle. Il se heurte à la porte, tourne la poignée, ouvre les battants et se propulse à l'intérieur. Il se retourne, pousse les bois et les loquets pour en interdire l'accès. Il s'effondre sur les dalles. Il tente de récupérer son souffle, de faire taire les grondements de son cœur et les hurlements de l'extérieur. Après un soupir libérateur, il se relève et part à la conquête de cet asile. Il traverse les pièces puis emprunte un escalier en pierre. Il grimpe à son sommet et découvre des remparts. Se sentant protégé, il examine les dehors. Les créatures assiègent les lieux, elles rugissent leurs rages et empêchent toute sortie.

Il tente de survivre dans la sécurité de la citadelle. Il trouve, dans les combles, de grandes réserves d'eau et de la nourriture à foison. Mais il sait bien, qu'ici, sa vie est sans intérêt. Il attend autre chose, retrouver sa liberté, retourner dans son monde, vivre ses espoirs. Ici, il est enfermé. Il se le cache pour oublier, mais au fond de lui il sait. Parfois, aux absences des monstres, il tente une échappée. Mais, à chaque fois, ils surgissent, à un moment ou à un autre, et il retourne dans sa citadelle. Alors, il finit par porter un masque, celui de se faire croire que tout est bien ici, ou du moins pas si mal. Il fait semblant et essaye de trouver des compensations. Une fois de temps en temps, il ose une nouvelle escapade qui se termine toujours par le retour habituel. Lassé de ces espoirs sans issue, il finit par abdiquer. Il restera là, en se faisant croire que sa vie n'est pas si mal, il en oubliera même qu'il la voulait autre. Les jours et les années passent, les sorties se font de plus en plus rares. Un matin comme un autre, il expire son dernier souffle sur les remparts de la citadelle.

Il traverse un nouveau tunnel, la mort l'emmène dans son passage. Quelque temps plus tard, il renaît en un beau garçon. Sa jeunesse se passe et, un jour, il s'engage dans l'armée. Affecté dans la marine, il se retrouve sur un bateau. En pleine mer, une tornade s'approche dangereusement. Happé dans ce tourment, il s'échoue sur une île. Rahoub lui offre, de nouveau, l'hospitalité. Il y meurt bien des années plus tard, dans la citadelle.

Inexorablement, les vies se succèdent. Où qu'il soit né, quoi qu'il fasse, il se trouve, toujours, face à la tempête qui le dépose sur Rahoub.

Dans une vie, une petite voix dut lui dire « ça suffit ». Un jour, il prend son courage à bras le corps. Il ouvre la porte de la citadelle et pose pied au-dehors. Il avance vers la mer animé d'un courage venu de très loin, de très très loin. Quand le premier monstre vient à sa rencontre, il lui dit tout simplement « bonjour », le regarde, tout simplement, en poursuivant sa route. Il entend des hurlements qu'il ignore, tout simplement. D'autres êtres cauchemardesques se présentent. Ils gesticulent, sautent, crient des injures jusqu'à l'insoutenable. Mais il reste imperturbable, indifférent même. Il les regarde un peu curieux et s'amuse même de voir ce spectacle. Il poursuit ainsi sa route vers les flots. Ces êtres prennent des formes de plus en plus menaçantes. Il ne les ignore pas, il les regarde, tout simplement, curieux de découvrir de nouveaux visages, d'entendre des nouveaux mots.

Il est devenu un simple spectateur. Il est même curieux de ce qui va se présenter à lui. Il continue son chemin escorté de ces créatures de plus en plus immondes. Un moment, il s'arrête, leur sourit et les regarde amusé. Elles se précipitent sur lui, toutes griffes dehors en poussant des cris stridents. Il les regarde toujours, tout simplement, et en un éclair elles disparaissent dans l'espace.

Il se retrouve seul au milieu de la nature. Il peut, enfin, poursuivre sa route. Peu de temps après, il s'assoit sur le sable et observe l'horizon. Quelques jours plus tard, un bateau s'approche de l'île et l'accueille en son bord. Après une longue traversée, il retrouve sa terre et vit dans le bonheur.

Comme tous, il expira un dernier souffle qui le transporta dans le tunnel de la mort. Il put renaître maintes et maintes fois, en fille ou en garçon : la légende dit que jamais plus la vague qui le transportait sur Rahoub ne lui fut présentée.

Il est même dit que celui qui découvre le trésor de l'île en trouvera le secret en lisant ces vers :

Si tu pars vers le sud et vas en quête du sens de Rahoub,
tu en découvriras au savoir d'un passant, qu'il n'est qu'un mot, peur.

Si pied tu poses sur cette île, tu vivras au milieu de tes peurs,
si tu t'en caches, tu vivras dans la prison de la citadelle.

Si un jour de lumière, tu ne fuis plus et regardes tes monstres,
de ce regard, tu verras que tes peurs ne sont qu'illusions.

De ce regard, tu te verras libre, tu te retrouveras,
au-delà de ce regard, tu ouvriras les portes de l'Amour.

Les jours et les nuits

Qu'il est enchanteur de partager une si belle histoire. Je savoure ce moment de bonheur. Je n'ose émettre un son pour le faire durer. Je m'y baigne quand l'homme me dit :
- Tu sais étranger, cet instant de tranquillité, au-delà de tes peurs, est une certitude du moment mais elle ne peut être la libération d'une vie. Comme un bambou qui grandit, se courbe aux vents et se tortille face aux obstacles, il ne resplendira de sa splendeur qu'au fil du temps. Tu as trouvé le passage, tu dois développer ces bonheurs.

L'orgueil ou la naïveté serait de prétendre que les peurs s'en sont allées, que les souffrances ont tiré leurs révérences. Que tout est fini, que maintenant tout est facile. Puérilité devant la puissance des peurs, de l'Ego. Tu as traversé le pont, tu en connais les pas. La victoire s'approchera au gré de ces pas de traversée. La peur reviendra mais tu ne la fuiras plus.

Ce qui est une seconde de paix aujourd'hui sera deux secondes demain, puis trois après-demain et ainsi de suite. La confiance en cette loi transformera les secondes en minutes puis en heures. Un jour, sans t'en apercevoir, le sablier sera retourné. Les heures de paix seront plus nombreuses que les heures de souffrances et elles continueront à grandir pour devenir des jours.

Tu vivras des retours de doutes et de souffrance. Parfois, tu vivras cette impression insoutenable de croire que tu n'as pas avancé. Pire, tu croiras que tu as fait machine arrière. Tu pourras même vivre l'horreur de te dire que tu ne t'en sortiras jamais.

Oublie ces mots, ils ne sont que l'œuvre de ton Ego. Il sortira ses griffes pour t'empêcher de progresser. Il n'a le pouvoir que dans tes peurs. En comprenant le jeu de l'Ego et en suivant les Tsins, tes souffrances s'estomperont petit à petit. Ce qui a été première victoire deviendra conquête. Si le temps est ton ami, tu seras libre.

Après le pont, marche aux rythmes des jours et des nuits. Accepte de toucher la souffrance et la paix comme tu acceptes de prendre le bonheur et la joie. Le Yin et le Yang. Sache traverser ce qui te faisait peur. Hâte-toi lentement, la victoire est au bout des jours et des nuits. Ne te détourne pas de ta route. Laisse s'écouler les jours et les nuits et laisse-toi porter au gré des flots de cette traversée. Tu es presque arrivé.

Il me pose, aussi, la main sur l'épaule et s'éloigne.

Quand il est au loin, je m'aperçois qu'il a laissé son bâton. Je le prends, il accompagne ma route. Lui, non plus, ne me quitte plus depuis.

Carnet de route vers l'île aux bonheurs

Sixième escale… Bonjour, Madame la Peur

J'ai laissé plusieurs bagages sur place :

> j'ai peur d'avoir peur.
> Je fuis face à la peur.

Tsien s'est enrichie de Tsins venues me combler :

> j'accepte ma peur.
> J'accueille ma peur.
> Je regarde ma peur en face.
> Je deviens le spectateur de ma peur.
> La peur n'est qu'illusion.
> J'accepte les retours de la peur.
> Par mon regard sur elle,
> la peur quittera ma vie.
> L'amour existe au-delà des peurs.

Un homme m'a fait une belle offrande, il m'a fait don de son bâton de route.

Septième escale

Bonjour, Nous

Conscience marine

Lü est reparti. J'ai cherché Hungalaï, mais ne l'ai pas trouvé. Je vogue vers ma dernière escale. Je suis accoudé au devant du bateau. La terre a complément disparu, la mer m'accueille, les flots sont horizons. Je contemple les gerbes d'eau qui s'écartent de l'étrave. L'océan semble s'ouvrir dans une douce complaisance. Je me laisse aller à ce sentiment de coulée. Les yeux fermés, je survole mes pensées et m'abandonne aux ressentis.

Une plage imaginaire semble émerger des nuages et me faire signe. Je m'approche et admire l'immensité blanche. Des milliers de grains s'unissent en une parfaite harmonie. Je m'émerveille devant cette splendeur îlienne. Je m'imprègne des couleurs qui me sont offertes. Les verts de la végétation et le bleu marin illuminent les blancs. Tout est sérénité. Un vent léger s'incruste dans les lieux. J'en respire les fraîcheurs. Le littoral en frémit et, devant moi, les grains s'envolent. Ils libèrent des lettres, qui au gré du souffle de la nature forment des mots. Une phrase se présente à mes yeux : « Oublie Toi et aime Nous. Ta vie sera Bonheur ».

J'ouvre les yeux en souriant aux nombreux bagages que j'ai déposés et à toutes les Tsins que j'ai récoltées depuis le départ. Devant cette mer qui se déplie à mon passage, je sens que ma vie sera amour. Maintenant, je poursuis ma route au-delà des apparences. Les ressentis guident ma vie. Les peurs d'avant s'estompent doucement, pour donner naissance à une certaine légèreté. L'amour exprime ses énergies dans son essence divine.

Il me reste du chemin, je m'y laisse porter tranquillement.

Puis, Lü s'ancre aux abords d'une plage. Je débarque et pose pied sur la rive. Je vais au-devant de ce Nous qui m'appelle.

Le vieil homme et la pomme

Je foule le sable en direction de la végétation. Une allée se propose, je la prends. J'avance en admirant les arbres qui m'entourent et les fleurs qui paradent. Une croisée de chemins m'immobilise un instant. Je les contemple et ne sais lequel prendre. Deux m'offrent une route sans encombre, tout est plat et dégagé. Un troisième m'interroge, de nombreux feuillages en interdisent l'accès. Pourtant, il semble m'appeler.

Sans réfléchir, je franchis les branchages et progresse tranquillement dans cette hostilité verdâtre. L'intuition anime mes pas jusqu'à la délivrance d'une plaine. Je poursuis ce voyage sur un sentier tracé dans les herbes qui m'entourent. Je contourne un virage et un arbre se dessine au loin. Je m'en approche et découvre un vieil homme assis sur une valise. Il me sourit et me dit :

- Bonjour, Ami. Il y a bien longtemps qu'un homme n'est venu par ici. Aurais-tu un moment ?

J'admire ce visage aux traits burinés. Sa barbe et ses cheveux blancs lui donnent les traits d'un ange. Je lui rends son sourire et m'assois près de lui.

Il est un langage de sourires qui fraternise des inconnus de hasard. Il me demande :

- Pourquoi as-tu pris cette route, les autres étaient plus accueillantes !

- J'ai suivi mon instinct, il me disait de la prendre.

- C'est la seule qui t'emmenait à moi. Je suis heureux de te voir, l'Ami. Je vais te faire un cadeau, veux-tu que je te raconte une histoire ?

L'impatience d'enfant qui métamorphose mon visage lui sert de réponse.

- Je vais te conter la légende de Sakir et Tahri. Il y a bien longtemps, vers le sud. Un village échouait son faubourg sur les quais d'un port...

...Les navires aux voiles conquérantes déferlent leurs ballets incessants. Les marchandises s'échappent de la ville pour s'échouer sur un continent de conquête. Les marins de toutes latitudes animent les pavés. Ils abandonnent leurs soldes aux échoppes de passage en enflammant les espaces de leurs causeries égrillardes. Ils repartent vers le large en laissant un petit coin de cœur à une fille du pays.

La vie s'écoule au rythme des accostages. Tout ce qui est couleurs chatoie les ruelles. Les étalages surgissent de nulle part pour resplendir de multiples merveilles. Les bijoux aux pierres de pureté étincellent les ors fins. Les drapés plissent leurs défilés d'arcs-en-ciel. Les porcelaines déploient les scènes de la vie aux touchers de génie. Les épices paradent les pigments d'une palette de nuances. L'émerveillement éblouit les regards et les senteurs enivrent les promeneurs de fortune.

En arpentant les pavés de la ville, le hasard des pas peut nous hisser vers les hauteurs. Les rues s'ouvrent et les maisons s'étoffent. En suivant ce chemin, la prospérité nous éblouit. Au fond d'une allée de palmiers, un gigantesque portail nous interpelle. La beauté de ses arrondis n'est que parade. En fait, son imposante stature nous interdit l'entrée d'un palais. Derrière les murs d'enceintes où le ciel se cache, une famille coule ses jours sur les eaux d'abondances. Sakir, le maître de maison, abreuve les lieux de richesses infinies. L'inestimable devient nécessaire, indispensable. Sa fortune s'étend au-delà des mers. Tout ce qui est tapis dans le pays porte sa griffe. Sa notoriété incline les hommes à son passage. En apparence, ils signifient leur respect mais tous baissent les yeux dans la peur. Le pouvoir de cet homme fait trembler les plus courageux de la ville. Si un étranger croise Sakir et ose braver son regard, dans l'ignorance de sa réputation, il vacille en un éclair. Sur la terre ferme, il arbore le regard du squale, celui d'un tueur sans pitié aux appétits voraces.

Sa demeure brille de rutilance aux noirceurs possessives. Les sourires ne trouvent refuge en ce lieu. S'il en est un de hasard, il s'évade furtivement et n'ose revenir. L'appétence de pouvoir s'accouple aux aigreurs du passé. Depuis le décès de sa femme, Sakir élève, seul, sa fille Monafika. Elle pleure sa mère en suivant son père comme une ombre s'insinuant sur les caniveaux de la ville. Le salut ne vient de nulle part, même Dieu ne peut l'aider, il est banni depuis ce drame.

Au détour d'un frisson, les pas nous détournent de ce foyer sans âme. Nous reprenons la route vers une destination plus accueillante. Dans la descente vers le port, les maisons se rapprochent et les murs s'effritent. Le soleil peine à s'insinuer jusqu'à une porte ombragée. Nous pouvons entrer sans peine, elle est toujours ouverte. En posant pied à l'intérieur le vide s'impose aux regards. Les meubles sont absents ou si peu présents dans cette demeure que les murs suintent leur solitude.

Malgré la pénombre, nous pouvons avancer vers la vie, les rires nous montrent le chemin. Une pièce nous ouvre les bras et une douce tendresse nous enveloppe. Tahri distille ses sourires à sa fille Ilahme. Si le soleil se tait, l'amour rayonne aux moindres recoins. Pourtant, ce n'est pas si simple, Tahri traîne sa frêle silhouette, chaque matin, en quête d'un labeur incertain. Parfois, il rentre avec quelques piécettes qu'il serre dans sa main pour les protéger. Ce maigre trésor assure la nourriture pour plusieurs jours. Parfois, il revient les poches vides mais avec l'espoir d'un demain meilleur. Si la pitance est maigre, les cœurs sont fortunés. Pourtant Tahri élève, seul, sa fille depuis le décès de sa femme. Souvent, il sourit à sa femme vers le ciel, son enfant suit le regard de son père. Le salut vient du divin, Dieu est à leurs côtés depuis si longtemps.

Un beau jour de printemps, le marché chatoie ses couleurs et les senteurs enivrent les promeneurs. Sakir chemine dans cette marée humaine. Il montre du doigt tout ce qui peut assouvir sa soif du moment. Un serviteur, à ses côtés, se presse d'emporter ce que le doigt ordonne. Tahri déambule dans ce paradis inaccessible tout en posant, furtivement, une envie vers des denrées alléchantes. Au hasard d'une bousculade, une pomme s'échappe du sac du serviteur. Tahri se baisse dans l'intention de la rendre. Il se redresse et tend sa main pleine vers l'homme. Sakir lui arrache la pomme en hurlant sa colère. Il mugit des injures en le traitant de voleur, il lui promet même des coups de bâton s'il ose recommencer. Tahri se sent fusillé des milliers d'œillades qui le condamnent. La honte affaisse ses épaules et il s'en retourne chez lui. Quand Ilahme le voit, elle sent la tristesse sur les traits de son père. Elle lui demande ce qu'il a, il ne lui dit rien. Son sourire digne lui transmet la compassion qu'il a pour les hommes, la folie des hommes.

Un village échoue ses faubourgs sur les quais d'un port et la vie s'écoule au rythme des accostages. Le temps égrène, au chapelet des ans, son cortège d'aventures jusqu'à l'aube d'un matin d'hiver. Sur les bords de mer, une foule s'entasse. Elle se prosterne devant un cercueil. A ses côtés, une jeune femme hurle sa détresse, Monafika pleure la mort de son père, Sakir.

Un peu plus loin, aux confins d'un champ, quelques personnes se recueillent devant un autre cercueil. A ses côtés une jeune femme lève son visage vers les cieux. Des larmes perlent de ses yeux, Ilahme accompagne son père, Tahri, pour son dernier voyage.

Les deux hommes s'élèvent dans les airs, traversent un long tunnel et sont accueillis par leurs êtres de connaissances d'hier. Une lumière les appelle et ils se baignent dans cette énergie. Ils viennent de poser pied dans leur nouvelle demeure, le monde du divin. Est-ce un hasard ou la volonté divine, mais les deux hommes sont l'un à côté de l'autre. La lumière les pénètre et une voix leur demande :

- Sakir, dis-moi ce que tu apportes avec toi.
- Je ne sais pas.
- Pourtant, dans le monde des humains, tu étais dans l'abondance de biens.
- C'est vrai, mais ici je ne les ai pas. Je suis seul.
- Pourquoi, tu ne les as pas ?
- Ce sont des biens qui appartiennent à la vie terrestre, ils n'ont pas leur place ici.
- Ils te manquent ?
- Non, pas ici.
- Pourtant, ils étaient tout pour toi, en bas.
- Oui.
- Alors, pourquoi ne les as-tu pas emmenés avec toi ?
- Au-delà de la mort, on ne peut les prendre avec soi.
- Alors pourquoi t'es-tu battu toute une vie pour acquérir ces biens ?
- ...
- Réponds.
- En bas, je ne me rendais pas compte.
- De quoi ?
- Que j'allais les laisser.
- Pourtant, c'est une évidence, ne crois-tu pas ?
- Oui.
- Dis-moi Sakir, qu'en penses-tu ?
- ...
- Réponds.
- Je me suis battu toute ma vie pour rien, pour acquérir une illusion.
- Alors, que ramènes-tu de la terre ?
- Rien, vraiment rien.
- Et toi, Tahri, dis-moi ce que tu apportes avec toi.
- Je n'avais rien, je n'ai rien avec moi.
- Crois-tu que tu viens sans rien ?
- Je pense.
- Je vais vous montrer. Venez avec moi, nous allons voyager dans le temps, explorer les vingt ans à venir. Sakir, regarde et dis-moi.
- Je vois Monafika. Elle pleure devant mon cercueil, elle crie de douleurs. J'essaye de lui parler mais elle ne m'entend pas, c'est

horrible. Je vois des hommes autour d'elle, ce sont des vautours mais elle ne les voit pas. J'essaye de la prévenir mais elle ne m'entend pas. Avec le temps, ils la dépossèdent de ses biens. Un homme s'approche d'elle, il est perfide. J'essaye de le lui dire mais elle ne m'entend pas. Elle est si malheureuse, je ne peux rien faire, elle ne m'entend pas.

- Et toi, Tahri, regarde et dis-moi.
- Je vois Ilahme. Elle coule des larmes devant mon cercueil, elle regarde vers le ciel. Je lui caresse le visage de mon amour, elle sourit à mon souffle. Je vois des hommes tourner autour d'elle, ils sont perfides. Je lui chuchote à l'oreille, elle semble m'écouter, elle se détourne de ces êtres. Un homme s'approche d'elle, il est bon. Je lui murmure dans son cœur, elle l'accueille. Elle est si heureuse, je suis près d'elle, elle sourit en regardant les nuages.
- Dis-moi, Sakir, que manque-t-il à Monafika pour t'entendre ?
- Je comprends, maintenant.
- Que comprends-tu ?
- Il lui manque l'amour et la foi.
- Pourquoi ne les a-t-elle pas ?
- Je ne les lui ai pas donnés.
- Alors, que lui as-tu donné ?
- ...
- Réponds-moi.
- L'illusion du pouvoir.
- Tu l'as perdu et tu n'as pu l'emporter avec toi.
- Je sais.
- Que sais-tu, Sakir ?
- ...
- Réponds-moi.
- Que ma vie n'a servi à rien.
- Que fallait-il faire ?
- Donner l'amour.
- Tahri, dis-moi ce que tu apportes avec toi ? Qu'as-tu laissé sur terre ?
- L'amour que j'ai donné et la foi que j'ai transmise.
- Sakir, dis-moi ce que tu aurais dû apporter avec toi ?
- L'amour et la foi.
- Qu'aurais-tu dû laisser sur terre ?
- L'amour et la foi.
- Sakir, tu vas bientôt repartir sur terre, une nouvelle vie t'attend. Si tu avais un souhait, quel serait-il ?

- Rester près de Monafika pour la protéger. Renaître en un garçon et avoir le bonheur de retrouver ma femme. Qu'une fille ou un garçon naisse de cet amour et que Monafika revienne en cet enfant.
- Pourquoi serais-tu dans l'amour alors que tu n'y es pas parvenu ?
- Parce que j'ai compris.
- Tu as compris ici mais quand tu reviendras sur terre tu auras oublié. Tu vas tout revivre de ce que tu as vécu et il en sera ainsi tant que tu n'ouvriras pas la porte de ton cœur. Tu dois comprendre qu'en bas, c'est la loi.
- ...
- Sakir, tu ne seras pas près de Monafika, elle ne t'entend pas. Dans la prochaine vie, tu recommenceras. Un jour, tu croiseras Tahri, il te présentera une pomme. Ton destin sera entre tes mains.
- Et toi, Tahri, tu vas bientôt repartir sur terre, une nouvelle vie t'attend. Si tu avais un souhait, que serait-il ?
- Rester près d'Ilahme pour la protéger jusqu'à son départ. Puis, renaître en un garçon et avoir le bonheur de retrouver ma femme. Qu'une fille ou un garçon naisse de cet amour et qu'Ilahme revienne en cet enfant.
- Tahri, voyage près d'Ilahme, elle t'entend. Dans la prochaine vie, tu poursuivras ta route. Vous vous retrouverez tous les trois. Que l'amour soit avec vous.

Le vieil homme, assit sur sa valise, me sourit et poursuit :
- Il est conté que depuis, les deux hommes se croisent à chaque vie. Que Tahri tend une pomme, qu'à chaque fois, Sakir lui arrache des mains en le traitant de voleur. Qu'il erre ainsi et qu'au ciel il se lamente que Monafika ne l'entende jamais.

Qu'à chaque vie, Tahri croise une femme. Qu'au début, ils ne savent pas pourquoi ils s'aimantent. Qu'ils peuvent même lire en l'autre. Ils ne savent pas qu'en fait ils se retrouvent. Ilahme sera toujours avec eux, qu'elle soit fille ou garçon. Il est dit que tous les trois, ils vivent l'amour depuis la nuit des temps...

Le vieil homme se lève et s'approche de l'arbre. Il en cueille une pomme, me la tend et dit :
- Déguste cette pomme, l'Ami. Maintenant tu peux poursuivre ta route. Va tout droit, devant toi.
- Je dois reprendre le bateau et tu me montres la direction opposée ?
- Aie confiance, Ami. Tu tournes peut-être le dos à ton navire mais je te dis d'aller dans cette direction. Tu as bien pris une route, tout à

l'heure, qui t'a amené ici. Pourtant, ce n'était pas la plus évidente. Tu as suivi ton ressenti, fais de même. Fais confiance, va devant toi.

Je souris au vieil homme et avance, devant moi. Après quelques pas, je me retourne pour lui offrir un dernier sourire. Je vois l'arbre mais le vieil homme a disparu. Je crois me souvenir que j'ai souri au ciel. Je tourne le dos à mon point de départ et avance droit devant moi. Un instant, je me pose pour manger la pomme. En son cœur, une petite Tsin caresse mes lèvres. Je la prends, déroule avec délicatesse le tout petit parchemin et découvre ces mots :

Ami, si tu as croqué la pomme, de Rahoub tu as déjoué les pièges,
si tu pars vers le sud et vas en quête du sens de Sakir,
tu découvriras au savoir d'un passant, qu'il n'est qu'un mot, Pauvre.
Si tu étends le savoir au sens de Tahri, il n'en est qu'un, Riche.

Si tu croises la route du vieil homme, il te contera la pomme
qu'au village qui échouait ses faubourgs sur les quais d'un port
Sakir, l'homme riche, s'éleva vers les cieux et trouva pauvreté.
Tahri, l'homme pauvre, s'éleva vers les cieux et trouva richesse.

Que la richesse des hommes nourrit la pauvreté de l'âme,
que l'amour des hommes nourrit la richesse de l'âme,
qu'il suffit parfois de peu de choses pour ouvrir son cœur,
qu'une pomme peut déployer la porte si l'amour en est la clef.

Que Sakir oublie les cieux et sans cesse rejette la pomme,
que toujours il erre sa détresse aux silences de l'amour.

Que Tahri, dans la richesse de son cœur, croise une femme,
qu'aux douceurs de leurs regards ils se reconnaissent,
que de leurs mains scellées ils créent un nouveau monde,
qu'un enfant vient se joindre aux tendresses de leur amour,
qu'éternité est fidèle compagne, car toujours ils se retrouvent.

Au-delà du pardon

Je poursuis ma route tout en sachant que je tourne le dos au bateau qui m'attend, pourtant je dois le rejoindre. Mais il est des instants de grâce où la raison s'échappe. J'abandonne mes pas à mes inspirations de liberté passagère. J'ai cette étrange impression d'effleurer le sol. Mes pensées se déplient avec délicatesse comme une traîne de robe de mariée caressant la descente des marches d'une église.

Au bout d'un temps d'une horloge sans aiguilles, la mer noie mon regard de bleutés aux nuances enchanteresses. Je m'en approche et découvre une plage. Je m'arrête un instant pour me déchausser. Le toucher des grains de sable sur mes pieds rafraîchit tout mon être. A chaque avancée, je me rapproche un peu plus de la nature, j'en savoure les offrandes.

Devant ce spectacle enivrant, je me pose et contemple. Mes reins épousent la grève et mon corps s'incruste dans ce coussin. Attiré par un désir de détente, je m'enfonce doucement jusqu'à m'allonger, les yeux perdus vers le ciel. Je me laisse bercer par la douce mélopée des roulis de la mer. Je repense à ce vieil homme assis près de l'arbre. A Sakir qui erre sa détresse aux silences de l'amour et à Tahri qui crée un nouveau monde aux tendresses de l'amour. S'il est des espaces qui délimitent le temps, il est un univers qui sépare les peurs de l'amour. Maintenant, je sais que tout mon être vibre du désir de cheminer aux souffles d'aimer. Que je dois dire au revoir au monde d'hier pour poser pied dans le nouveau monde.

Peu à peu, mes yeux se ferment aux escales de ce long voyage. Je plonge, délicatement, dans une profondeur inconnue. Je souris à cette rencontre et m'envole dans une dimension de relâche. S'il est une pause de sommeil, je m'en éloigne pour toucher un intervalle de miracle.

Dans ce silence des raisons, je me trouve seul sur la plage des recueillements. Meskhenet enveloppe mon univers avec un petit rien d'amour au loin qui a vu le jour sur un banc et un petit rien de paix qui a vu le jour aux abords d'un pont. Il est étrange de tutoyer une petite sérénité au travers des interstices de rupture. La neige avait blanchi la douleur incessante, la traversée m'entraîne inexorablement plus loin. Je suis invité à voyager au-delà du pardon. Comme un enfant étonné devant un cadeau inattendu, je m'immobilise aux lueurs d'une lumière de bénignité.

La Vierge appose son sourire sur mon cœur. Les frasques de mes souffrances s'évaporent au toucher de ce manteau bienveillant. L'amour divin embrasse tout mon être. Je me laisse aller aux flots de cette onctuosité céleste. Je vole sur place jusqu'au moment où des mots me frôlent. Je vais à leur rencontre et en pénètre le sens, « Pardonne-lui ».

Dans la dimension humaine, j'aurais répondu que je lui avais déjà donné. Mais ici, la Vérité illumine l'esprit. J'accueille l'invitation et me dirige au-delà du pardon.

Je me lève et me laisse guider par mes pas. Je finis par arriver devant une église et pénètre en son sein. Une Vierge noire me tend sa bénédiction. Je m'agenouille sur un banc et déclame ma prière. Du fond du cœur, je donne à Meskhenet dans un coin où la sincérité est reine, où le « Je » n'a pas sa place. Le pardon décidé est, certes, un cadeau, mais l'au-delà est offrande divine, l'inconditionnel. J'implore que sa vie soit protégée, qu'elle croise le bonheur et s'y engouffre avec complaisance. Je la désire heureuse, je prie qu'elle le soit. Que l'amour accompagne ses espoirs, ses maintenant et ses demains.

Je comprends qu'aimer un être dans la présence, s'il est pur et vrai, l'est aussi dans l'absence ou le départ. Aimer dans le départ devient aimer dans l'absence. Aimer dans l'absence devient présence. Je lui laisse un petit coin de mon cœur pour qu'elle y trouve sa place. Qu'il y perdure le désir divin de la protéger et que l'amour soit avec elle, loin de moi.

Je dessine un sourire au cœur de la nef. Je souffle vers l'âme de Meskhenet. Nous nous sommes retrouvés dans cette vie. Je lui dis à demain, au-delà des nuages. Là où le temps n'est plus de mise, où les vies se conjuguent au présent, au futur et aux éternités.

Je suis en paix, en cette église, devant la Vierge noire.

Je me lève, comme dans un rêve, et repars vers la plage d'origine. Dans cette vagabondante avancée, le bonheur épouse mes souffrances. Je suis en accord avec Moi. L'amour au-delà du pardon vient de prendre possession des lieux.

Mon cœur s'ouvre à l'amour, une flamme l'éclaire. Je viens de dire au revoir à l'amour du recevoir, celui qui exige, qui veut, qui impose.

Je dis bonjour à l'amour du don, celui où l'on oublie ses propres désirs, celui où le bonheur vit dans la quête du bonheur de l'autre :

Plus tu donneras d'amour, plus tu en recevras. C'est la loi.

Aimer dans la lumière vient de naître. J'en déguste les sucs jusqu'à la lie.

Je reprends la route, toujours tout droit, vers ce qui me semble l'opposé du navire. Mais, maintenant, l'intuition de poursuivre occulte toutes peurs. Je vais où le destin m'appelle.

Aimer dans la lumière

A la croisée des chemins, je vois Hungalaï. Je vais à sa rencontre. Je suis heureux de le trouver ici. J'ai envie de partager avec lui les merveilles de cette île. Je lui raconte tout. Quand je termine ce récit dantesque, je décèle dans son regard un je ne sais quoi qui semble dire « Je sais tout ça, l'Ami ».

Il me pose sa main sur l'épaule et me dit :

- Tu as apposé, dans ton cœur, le mot amour. Maintenant, tu peux comprendre que si une rupture te plonge dans le désespoir, tu ne dois pas oublier qu'avant tu étais heureux aux côtés de l'être aimé.

Pourquoi oublierais-tu que tu désirais son bonheur ? Pourquoi les circonstances détruiraient-elles cette énergie qui était en toi ?

Pose-toi, alors, cette ultime question, l'Ami : « Aimes-tu vraiment » ?

Comprends vraiment ce que je vais te dire. Parfois, tu crois aimer alors qu'il n'en est rien, l'amour pour l'autre n'est qu'illusion. Tu peux avoir ce besoin inconscient de vouloir réparer un passé ou te voir aimer, puisque tu crois ne pas être digne d'être aimé. Souvent, l'autre n'est là que pour combler ta peur de la solitude. Ou pour des milliers de raisons qui te sont propres. Tu souffres d'une rupture parce que l'être que tu aimes est parti. Mais le temps peut venir te chuchoter que cet amour n'était, peut-être, pas si intense. D'ailleurs quand cette pensée vient à toi, elle te gêne, te met très mal à l'aise.

Parfois, derrière une rupture, se cache un mal d'amour qui est en toi. La détresse se réveille à l'événement mais pas à l'autre en tant que personne. Si tu avais cette lumière, la souffrance serait-elle légitime ? Peut-être serait-il sage d'affronter la réalité qui te dérange et explorer l'amour que tu éprouves ? La vérité est, certes, déstabilisante, mais elle n'est que temporaire. Elle t'ouvre la porte de la guérison face à ce départ imposé.

Pourquoi souffrir de la séparation d'un être que tu crois aimer mais que tu n'aimes pas vraiment ?

Parfois, l'amour que tu éprouves pour l'autre est sincère, vrai. La rupture te plonge, aussi, dans la détresse. Tu ne peux en sortir puisque tu aimes et que l'autre n'est plus là. Tu peux te diriger vers la colère, la rancœur, la jalousie, la culpabilité de l'autre, la haine même. Le temps passe et tu es toujours dans le désarroi de cette séparation. Rien n'y fait, les mots entendus, les souvenirs effacés ou recréés. Même le temps ne peut réparer ce mal en toi. Tu as pris un chemin de traverse qui va à l'opposé de ton sentiment profond. Cette dualité te détruit, tout simplement.

Pourquoi souffrir de la séparation d'un être que tu aimes ? En souffrir en lui voulant ou en le haïssant puisque tu l'aimes ? L'autre a-t-il changé au point de te faire oublier l'amour que tu avais ?

Si tu es dans la vérité, tu dois accepter cette rupture pour te libérer. Surtout quitter la rancœur qui te détruit et qui ne peut te soulager. Il n'est qu'un seul chemin de libération. Tu aimais, tu dois rester dans cet amour. Accepter l'autre dans son entité et ses choix. Lui laisser une place dans ton cœur et perpétuer ton désir de bonheur pour l'autre. Tu es, alors, en accord avec tout ton être, avec l'amour. Tu aimes dans l'absence.

Imagine, qu'au lieu de te dire au revoir ou à demain, l'autre a posé pied dans son ultime voyage, la mort. L'insupportable t'envahirait.

Il est ce paradoxe que le départ de l'autre se vit différent s'il est dû à son choix ou si la mort vient le frapper. Pourtant, les conséquences sont les mêmes, la disparition. Sur le chemin d'un départ ultime, tu n'envisagerais jamais de remettre en cause ton amour. Tu souffrirais certes, mais dans l'amour. Alors pourquoi prendre un autre chemin si le départ est le choix de l'autre ?

Car pour l'ultime départ, seule la fatalité est présente. Tu es impuissant, tu ne te sens pas responsable. Ce départ ne te mets pas en cause. Face au choix de l'autre, tu es confronté à la culpabilité. Si tu restes dans la maison des coupables, tu te détruiras. Si tu entres dans la maison des innocents, tu te libéreras.

Devant la Vierge noire, tu as voyagé au-delà du pardon. Tu as souri au ciel pour dédier à Meskhenet l'amour qui est en toi. Tu as souri aux demains pour que le bonheur baigne sa vie. Tu as donné pour aimer au-delà des murmures de la folie du passé. Pour aimer au-delà du temps, l'inconditionnel et l'intemporel. Tu lui as donné sans rien attendre en retour. Un ange t'a soufflé que Meskhenet entendra ces mots de bonheur sur le banc de son escale de vie. Qu'au pays des à demain, il est des retrouvailles écrites. Vos âmes en connaissent le moment. Dans l'absence, tu es en accord avec ton Toi, avec le divin. Tu aimes dans la lumière.

Tu as touché la source de la pureté des sentiments. Tu as redécouvert la douceur d'aimer. Toutes les épreuves de la vie ne sont pas des fatalités. Elles sont le chemin pour te guider vers ta vraie destinée, l'Amour.

Tu vas bientôt reprendre le bateau vers l'île aux bonheurs. Si tu te fies aux apparences, tu seras seul, mais tu sais, maintenant, que les apparences ne sont qu'illusions si tu voyages dans le monde des au-delàs. Bien sûr, je serai près de toi, tu le sais, tu le sentiras. Mais tu n'es et tu ne seras plus jamais seul car l'amour est en toi.

Je le contemple avec un sentiment d'irréel. Je suis resté dans le silence. J'ai écouté ces mots comme si je m'abreuvais à une fontaine de savoir où les Tsins sont reines. Je suis dans cette béatitude quand il me dit :

- Regarde la mer. Laisse-toi bercer par les eaux. L'œuf de la folie du passé se brise. Va à la rencontre de ces énergies d'aimer qui s'ouvrent à ta vie. Va à la découverte d'une des merveilles de l'Univers.

Parle-moi, décris-moi. Que tout ton être vibre de :

Ma plus belle histoire d'amour, c'est Nous.

Ma plus belle histoire d'amour, c'est Nous

Bonjour, Moi... Le temps où je me sentais coupable, où je portais les souffrances des autres, où je ne m'aimais pas, le temps du non amour doit tirer sa révérence. Il en est ainsi, pour aimer. Je ne peux donner l'amour si je l'oublie pour moi. J'apprends à prendre soin de moi et à m'aimer. Je me remets en relation avec ma Vraie Nature. Je déploie les portes du cœur et m'offre la splendeur d'aimer tous les Nous qui m'entourent. *Ma plus belle histoire d'amour, c'est... Moi.*

Bonjour, mon Père et ma Mère... Le temps des réconciliations est venu. Je regarde ces deux êtres qui m'ont donné le jour, leurs parcours de vie, leurs souffrances et leurs peurs. Je voyage au-delà des peurs et j'y découvre leur amour. Je suis en paix avec eux. *Ma plus belle histoire d'amour, c'est... mon Père et ma Mère.*

Bonjour, passé... Le temps de revivre enfante le temps de vivre. Les bagages du passé doivent se déposer aux escales de mes justes regards. Les murmures de la folie du passé doivent s'évaporer au-delà de mes peurs. Le passé, si lourd à mes pas, doit s'illuminer de ma compréhension. Il doit quitter son manteau dramatique pour revêtir l'habit de lumière et le vénérer, car il me permet d'être là aujourd'hui. *Ma plus belle histoire d'amour, c'est... mon passé.*

Bonjour, les êtres qui sont partis... Le temps des éternités soulage mes peines. Je sais que la mort n'est qu'un passage, que ceux qui sont partis ont été accueillis par les anciens, qu'ils sont dans la lumière, que je les retrouverai au-delà des nuages et dans une autre vie. Je peux regarder le ciel et leur parler. Ils sont là, quelque part près de moi. *Ma plus belle histoire d'amour, c'est... les êtres qui sont partis.*

Bonjour, Meskhenet... Le temps du pardon efface le désespoir. J'abolis les rancœurs et les colères. Je pardonne. Je voyage au-delà du pardon. J'aime dans la lumière. Du fond du cœur, je prie pour son bonheur. *Ma plus belle histoire d'amour, c'est... Meskhenet.*

Bonjour, les êtres de rencontres... Le temps de donner est de mise. Que mon cœur aime les amis d'hier, d'aujourd'hui et de demain, les êtres de rencontres, les inconnus qui passent et ceux qui sont au loin. Que j'aime au-delà des rencontres. *Ma plus belle histoire d'amour, c'est... Vous.*

Bonjour, promise... Le temps de nos retrouvailles s'annonce. Que tout mon être vibre de t'offrir un monde que tu ignores peut-être, qu'il vibre aux reflets éternels de te donner tes espérances et de t'aimer pour ce que tu es. Que j'en remercie Dieu. Que j'oublie mes vouloirs pour te donner l'amour qui est en moi depuis la nuit des temps. *Ma plus belle histoire d'amour, c'est... Toi.*

Bonjour, Madame la vie... Le temps d'aimer est de retour. Que simplement, l'ancien meurt pour donner naissance au nouveau, que chaque matin soit espoir et qu'aimer se conjugue à tous les temps. *Ma plus belle histoire d'amour, c'est... la Vie*

Bonjour, divin... Le temps de prier convie mon cœur. Je remercie le divin de m'accompagner, de me protéger et de me montrer la lumière. Je remercie le divin de mes aujourd'hui et d'être à l'écoute de mes espérances. *Ma plus belle histoire d'amour, c'est... le Divin.*

Tout mon être étincelle de :

Ma plus belle histoire d'amour, c'est Nous.

Si vous en doutiez

Je souris à ces mots qui sont nés du plus profond de mon être. Ils m'ont été guidés, comment pourrait-il en être autrement ? Hungalaï et moi ne parlons pas. Nos regards deviennent le miroir de nos âmes.

Puis, il me gratifie d'un sourire encore méconnu. Il m'explique qu'il doit partir. Que maintenant je dois poursuivre seul. Que l'île aux bonheurs m'attend. Je me sens triste. Juste avant de partir, il me fait l'offrande de me serrer dans ses bras. Il m'a fait découvrir un autre amour dont j'ignorais l'existence, la compassion.

Il s'écarte et me dit :

- Tu n'es plus seul, maintenant. Poursuis ta route. L'île aux bonheurs te tend les bras. Que tes pas dansent sur les pavés mouillés de la ville dans la nuit aux sourires. Que l'amour t'accompagne. Prends-le et offre-le aux êtres de rencontre. Que Dieu soit avec toi, l'Ami.

Je le regarde s'éloigner tout en sachant qu'il est, aussi, près de moi. Quand il a franchi les visibles, je m'évade aux visions de la mer et pense à ce long voyage que je viens de faire. Je me retourne, car j'entends un bruit. Un écureuil me regarde entre des feuillages. Il part d'un coup, certainement pour dire qu'il est devenu fou. Il vient de voir un humain sourire à la mer !

Je reprends la route et vois, au loin, un rocher. Je vais, bien sûr, vers lui. On ne sait jamais. Le pêcheur passe toujours son aiguille dans les mailles du filet qu'il tient entre ses orteils. Une femme est à ses côtés. Il me salue et me demande comment je vais depuis la dernière fois et je lui réponds que tout va bien, très bien même. Il me demande de lui raconter ce que je viens de vivre. Je lui explique que ce serait trop long. Mais il insiste et la femme aussi. Ils ont envie de savoir.

Quand je termine, l'homme me dit :
- C'est une très belle histoire.

La femme, quant à elle, me déclare qu'elle aimerait y croire. Je lui réponds que cette traversée m'a apporté ce que plusieurs vies n'ont pu me donner. Je le sais, puisque je viens de vivre cette belle aventure. Ce chemin est un chemin de vie. C'est une réalité qu'il est bon de partager puisqu'elle offre l'espoir. Je lui dis que de toute son âme elle doit le croire. Je me rapproche d'elle et lui chuchote dans le creux de l'oreille :
- Si vous en doutiez...

Ses yeux semblent me dire « S'il vous plaît, dites-moi » :

- Si vous en doutiez, je vais vous raconter...

...L'agitation enivre la pièce. Chacun donne le meilleur pour embellir le nouveau venu. Des cartons grouillant d'objets aux couleurs étincelantes s'étalent de toutes parts. On s'affaire avec exaltation dans l'espoir de rendre enchanteresse la nudité qui parade devant nous. Comme un styliste de mode aux élans créatifs, nous ornons le sapin de ses parures de Noël. Le bonheur nous embrasse et ses caresses nous transporte dans un monde d'allégresse.

La journée s'écoule... dans l'effervescence. Puis, les coups de sonnettes ramènent leur cortège d'êtres chers. La soirée parsème la table de mets aux goûts nuancés et exquis. Les sourires et les œillades complices accouplent les convives en une famille d'un soir. La nuit carillonne le ballet des cadeaux. Les plaisirs d'offrir et de recevoir tissent une toile d'émotions au-dessus des conviés.

Quand le champagne ruisselle sa dernière bulle, les verres se retrouvent seuls pour quelques jours. Ils paraderont, de nouveau, pour pétiller les espoirs d'un jour où les joies du monde s'étendent au-delà des continents. Dans l'euphorie du moment, nous proclamerons, à la cantonade, nos bonnes résolutions et embrasserons autant les êtres que nos espérances. Peut-être le seul jour de l'année où nous nous accordons le droit d'aimer tout le monde. A minuit, nous viendrons poser pied dans le nouvel an. Je me souviens que, le lendemain, je me suis promené dans un parc. Je ne savais pas encore, qu'en passant devant un banc vide, il aurait pu me servir d'hôte de détresse.

Les jours s'écoulent... et le cortège des insoupçonnables vient frapper à ma porte. Ma mère, pourtant si faible, vit dans la volonté de perpétuer ces jours chez elle. Un matin comme un autre, le téléphone sonne le glas d'un impossible retour. Elle vient d'être transportée à l'hôpital. Le diagnostic, s'il en était besoin, annonce un avenir sans espoir. Affaiblie sur son lit, elle trouve refuge dans un tuyau salvateur, l'oxygène lui vient en aide chaque seconde. Sa faiblesse lui octroie l'infime droit d'éterniser un souffle pour un temps inconnu. Impuissant je ne peux que tenter de sourire car il est des instants où le silence des espoirs glace les âmes.

Les jours s'écoulent... et les allées et venues d'un chez moi à la chambre de ma mère assombrissent la vie. Un soir, à priori banal, l'arme funeste des tragédies vint s'enfoncer dans mes plaies. Meskhenet profane un à demain qui n'ose prétendre un au revoir. Ce qui est suggéré explose les illusions, Meskhenet ferme la porte de cinq ans de vie de couple.

Les jours s'écoulent... et l'œuf aux silences hurle ma solitude ponctuée des visites quotidiennes au chevet de ma mère qui s'affaiblit de jour en jour. J'aurais pu trouver un insignifiant secours affectif avec l'ultime compagne de ma demeure, mais il n'en était rien. La fidèle chienne qui partageait mes espaces depuis treize ans se paralyse. Au-delà des avis de certains, je partage une douce intimité avec un animal de compagnie. Je suis toujours sensible à cette constante fidélité, à ces éternels regards d'amour, à ces attachements baignés de sincérité, à ces dévouements permanents. L'animal ne remplace pas l'homme dans le cœur, mais il peut nous donner des leçons d'aimer. Les beaux jours arrivent, je ne peux me plier à la fatalité d'endormir à jamais celle qui accompagne mes jours. Je laisse à l'été le temps de faire ce que ma sensibilité ne peut exiger.

Les jours s'écoulent... et tout ce qui me touche de près s'éloigne, inéluctablement.

Les jours s'écoulent... jusqu'au jour où ma fidèle compagne de treize ans s'en va, sans un souffle, dans son sommeil.

Les jours s'écoulent... et ma mère me dit un à bientôt qui lui ouvre les portes d'un nouveau monde.

Les jours s'écoulent... et je viens de perdre tout ce qui était amour. Je suis confronté au vide. Le hasard ne m'a pas donné de frère ou de sœur et les enfants qui tournoient dans ma vie ne sont que ceux des autres. Mais est-ce un hasard ?

Les jours s'écoulent... deux chemins me sont proposés. Accablé par ces drames, je peux me laisser entraîner dans les méandres du désespoir pour terminer ma route dans les tourments de malheurs sans espoir de retour. La nuit aux enfers en sera la tombe.

Je peux, par contre, arpenter les pavés mouillés de la ville et arriver sur les quais d'un port. Monter à bord d'un bateau et pénétrer dans la cabine 7. Faire une longue traversée qui me destine à l'île aux bonheurs. Etre ici et simplement vous dire :

- Si vous en doutiez, tout est vrai.

...Dans le regard de la femme, je vois qu'elle me croit. Comment pouvait-il en être autrement ?

Je lui souris et lui raconte une petite histoire, celle de Khrista Gotami :

- Cette jeune femme élève son enfant quand, subitement, il meurt à l'âge d'un an. Les foudres du désespoir agenouillent cette mère sur les tréfonds de l'insupportable. Elle hurle sa peine à qui veut l'entendre. Elle refuse ce petit corps inerte qu'elle porte dans ses bras tremblants de rues en rues. Elle supplie à chaque rencontre de maison de lui indiquer un remède, une adresse où on peut lui redonner vie. Au hasard de ses suppliques, elle croise la route d'un vieil homme qui lui conseille d'aller voir le Bouddha.

Elle tait sa douleur et décuple ses faibles forces pour se rendre auprès de lui. Son attente est longue mais elle a, pour compagne, l'espoir qu'elle a lu dans le regard du vieil homme. Quand son tour arrive, elle dépose avec délicatesse le corps de son enfant au pied du Bouddha et le prie de l'aider. Il l'accompagne de toute sa compassion et lui dit : « Il n'y a qu'un remède au mal qui t'assaille. Descends à la ville, et rapporte-moi une graine de moutarde provenant d'une maison qui n'a jamais connu la mort ».

Khrista Gotami se lève et part à la conquête de cette graine. Elle est transportée, elle survole la route, elle exalte d'une volonté que rien ne peut éteindre. Elle rentre dans la ville et se précipite vers la première maison. Quand la porte s'ouvre, elle explique que le Bouddha a demandé de trouver une maison où il n'y a jamais eu de mort. L'homme est désolé de lui dire que beaucoup de personnes sont mortes ici. Elle le remercie et part à la conquête de la deuxième porte. Elle obtient la même réponse. Elle frappe à toutes les portes de la rue, puis du quartier et enfin de la ville. Sa main est toujours vide, pas la moindre graine de moutarde. Quand vient la dernière porte, elle attend un long moment puis, tremblante, elle frappe à ce dernier salut. Elle raconte son histoire à la vieille femme et son cœur se serre en regardant ce vieux visage s'attrister. Non, je suis désolée mais je ne peux vous donner cette graine, tellement de gens sont partis ici. Elle s'en retourne et erre au hasard de ses pas traînants. Elle ne peut plus lever ses pieds, elle ne peut que lever les yeux vers le ciel. Le temps s'écoule doucement. Quand la dernière goutte de ses larmes fouille le sol elle s'en retourne près du Bouddha.

Elle lui dit qu'elle a compris que sa requête ne peut être satisfaite. Qu'elle doit accepter la mort de son enfant. Que sa souffrance l'a aveuglée, que la mort fait partie de la vie. Commence à comprendre. Elle demande au Bouddha si elle peut rester près de lui pour apprendre. Elle le suit jusqu'à la fin de sa vie. On dit que Khrista Gotami a atteint l'éveil.

Je pose mon regard dans les yeux de cette femme aux mille espoirs et lui dit :

- Vous savez, Mademoiselle, cette histoire est vraie. Elle est racontée depuis si longtemps. Vous ne la mettrez pas en doute, car elle fait allusion à Bouddha. Mais moi, je suis un étranger, alors… Parfois, en lisant certains livres, je me suis dit : « C'est bien, mais ce ne sont que des mots ».

Mais là, je viens de vous raconter l'histoire de ma traversée. Si je devais en écrire un livre, les mots s'accoupleraient en une miraculeuse toile qui tisserait les phrases pour donner naissance aux chapitres. Les mots sont, certes, des mots, mais ils viennent de la vie, d'un passage qui est vérité. Et vous savez pourquoi il est vérité ?

Elle me répond « non » dans l'espoir évident d'une réponse. Je poursuis :

- Parce que l'on ne triche pas avec l'amour, Mademoiselle. Si j'ai quitté les pavés mouillés de la ville dans la nuit aux enfers pour faire ce long voyage, c'est pour prouver que les sourires sont possibles. C'est un beau cadeau. Mais, il n'est cadeau que s'il est réel.

Alors Mademoiselle, je vous dis ces simples mots… Si vous en doutiez encore, je peux vous affirmer qu'au-delà des murmures de la folie du passé, Ma plus belle histoire d'amour, c'est Nous. Peut-être, même, que ce que nous disons fera un livre. Alors, j'imagine un inconnu ou une inconnue qui lira mes mots. Si au hasard des pages, le sourire se porte dans son cœur et que l'espoir des possibles anime sa vie du moment, je lui dirais, si vous en doutiez…

Elle me regarde et me dit ce simple mot que je n'oublierai jamais :
- Merci.

Je n'ai pu lui répondre sur le moment. Des larmes coulaient de mon cœur et m'empêchaient d'extérioriser mes émotions. Devant cette inconnue, j'ai osé, en ignorant les préjugés et les jugements des autres, m'accorder le droit de m'exprimer pleinement. J'ai retrouvé ce qui est en moi depuis toujours et que je cachais dans l'ignorance de ses bénédictions.

Guidé par cette parole divine, « Heureux l'homme qui pleure », ma bouche a murmuré des mots que mon âme m'a soufflés.

Le chemin des larmes de vie

Il est si doux d'être ici... que l'on veut y séjourner, y rester. Mais la vie nous appelle. La mère, dans ses efforts d'amour, nous pousse vers le nouveau monde. Quoi que nous fassions, nous sommes irrésistiblement aspirés. Arrivés aux lumières de notre nouvelle destinée, nous crions notre délivrance ou notre appréhension. Nous coulons *les larmes de la nativité...*

Notre petite vie se déroule aux rythmes de nos découvertes. Nous apprenons dans la douceur, l'étonnement ou la douleur. Nous ponctuons notre parcours de larmes éphémères. Nous connaissons les bienfaits de nos pleurs. Elles expriment nos sentiments du moment et nous savons, naturellement, les égoutter pour nous libérer de nos émotions. D'ailleurs, nous sourions si fort, après. *Nous coulons les larmes libératrices...*

Notre vie grandit et nous découvrons, avec admiration, notre premier amour de jeunesse. Quelle merveille de se retrouver dans les bras de l'autre. Les temps s'éternisent et les alentours s'estompent aux battements de notre passion. Nous ignorons, encore, que premier n'est qu'un aperçu des possibles. Alors, ce qui nous semblait sublime, nous échappe, nous quitte. *Nous coulons les larmes du premier baiser...*

Puis, la vie suit son cours mais à chaque instant nous avons deux chemins qui s'offrent à nous. Suivant le pas que nous choisirons de suivre, nos larmes s'écouleront en torrents dévastateurs ou en rosée d'amour...

..Si nous laissons nos peurs prendre le pouvoir, si nous fermons notre cœur, nous prenons le chemin *des larmes dévastatrices...*

Les cortèges de joies et de peines accompagnent ou encombrent notre route. Parfois, la fatalité vient frapper nos fibres. Nous sommes blessés par la vie, par nous-mêmes ou par les autres. Nous nous isolons et hurlons *les larmes du silence...*

Parfois, nous sommes agenouillés, perdus face aux départs d'êtres chers. Nous coulons *les larmes du désespoir...*

La vie s'écoule aux vagues de nos émotions pour atteindre sa destination promise, l'ultime départ. Nous coulerons *les larmes des regrets...*

...Si nous écoutons notre Vraie Nature, si nous suivons notre cœur, nous prendrons le chemin *des larmes d'amour...*

Nous pouvons, adulte, retrouver l'enfant en nous et le guérir. Face à nos petits drames de vie, nous pouvons y retourner. Poser un autre regard et donner la beauté à ce qui nous semblait noir. Nous faisons, à nouveau, connaissance avec nos larmes libératrices. Elles se sont accumulées au fil du temps. Une fontaine est en nous, elle contient nos pleurs d'enfant et d'adulte que nous avons toujours gardés secrets. Ces eaux nous étouffent, nous empêchent depuis si longtemps. Verser nos larmes nous en libère jusqu'au jour où la fontaine se vide et nous ouvre les portes de nos possibles. Adultes, nous coulons *les larmes de la guérison...*

Face à un être blessé qui ne peut se relever, face à un être frappé par la vie qui ne veut pas guérir, nous sommes démunis alors que nous voulons l'aider. Face à la folie des hommes, aux malheurs d'un peuple écrasé, nous touchons la pauvreté de l'humanité. Comme il nous est impossible d'éclairer la campagne par une nuit opaque, nous ne pouvons sauver le monde. Il nous reste qu'à couler, le temps d'un instant, *les larmes d'impuissance...*

Nous pouvons être blessés par la vie, par nous-mêmes ou par les autres. Nous ne condamnons plus, nous comprenons que la souffrance et les peurs s'expriment en chacun. Nous coulons *les larmes de la compassion...*

Quand le destin nous accable du départ d'un être cher, si le divin nous accompagne, si la foi nous guide, nous savons ce qui est au-delà des séparations. Nous savons que le départ n'est qu'un passage, nous coulons *les larmes des à bientôt...*

Au détour d'un chemin, nous pouvons nous asseoir et nous laisser porter par la splendeur du paysage. Un oiseau vient se poser près de nous. Nous lui sourions et, sans prévenir, nous pensons à un être aimé qui nous a quitté. Nous plongeons dans nos souvenirs, nous allons à sa rencontre comme s'il était là. Nous accostons à des possibles à ses côtés jusqu'au moment où l'impossible nous réveille. Nous pouvons sourire à cet oiseau, après avoir coulé *les larmes nostalgiques...*

La magie fait partie de notre vie, si nous avons la vue. Il peut nous arriver de nous promener dans un lieu d'exception. La nature scintille de myriades d'offrandes. Le ciel épouse nos horizons. Nous baignons notre être dans ce spectacle idyllique et une émotion nous submerge. Le sublime est à nos pieds et une larme nous caresse, nous coulons *les larmes du beau...*

Il en est d'autres que l'amour transcende. Dans le silence de nos émotions, nous pensons à l'être aimé, à l'enfant à côté et nous posons pied dans le monde du cœur. Il est des larmes que je laisse échapper avec complaisance. Dans la douceur d'une nuit, aux tendresses de la voix de Barry White chuchotant un Baby's Home, je m'immobilise aux profonds des regards de ma femme. Nos mains soudées des passions de nos jouissances, nous enfantons l'unité. De deux corps, nous n'en éprouvons qu'un. Le silence de nos mots n'est troublé que par la communion de nos âmes. Dans la douceur de la nuit, aux tendresses de la voix de Barry White, au profond de ma femme, j'aime à couler *les larmes du bonheur...*

Si je devais faire un vœu, tout en coulant ma plume, il me serait si simple de l'écrire. Si Dieu m'entend, qu'il écoute ma prière. Que jusqu'au départ, je chante ma vie aux notes de l'amour. Que je vogue aux flots des amours pour la femme que j'aime. Que le désir de chaque instant, que chaque fibre de mon corps soit dans le don d'amour pour moi, pour elle, pour notre famille. Que ce don aille arroser les êtres de rencontre. Qu'au moment de mon départ, toutes les eaux d'amour aient été données pour qu'il ne m'en reste qu'une seule goutte. Que je puisse, dans la sérénité, couler *ma larme d'éternité...*

Que cette dernière goutte est merveille, elle renferme la certitude de l'éternel. La fin n'existe pas puisqu'on sait. On sait que les êtres qui nous ont quittés sont près de nous, qu'ils nous attendent. On sait que les êtres que l'on quitte vont, un jour, nous rejoindre. On sourit de savoir que ce départ n'est qu'un passage pour se retrouver.

Dieu, si tu m'entends, écoute ma prière. Qu'au jour de mon départ, je dessine sur mes lèvres un sourire à ceux que j'aime. Que *ma larme d'éternité* leur communie mon à bientôt...

Les pavés aux sourires libérateurs

Les larmes rejetées par certains deviennent union pour d'autres. Sur cette plage, si l'écureuil était venu avec sa famille pour voir l'homme qui rit à la mer, il aurait découvert cet étrange spectacle. Trois humains, deux hommes et une femme sourire et pleurer au monde. Il est des frissons qui se partagent avec ceux qui en connaissent le langage. Loin des paysages glacés du vieux renard, nous frissonnons, tous les trois, sous la chaleur d'un soleil complice.

Puis, nous nous sommes dit à la prochaine fois. Je glisse sur le sable pour rejoindre Lü. Je poursuis mon chemin jusqu'aux abords de la ville pour rejoindre le port. Je pense à ce voyage et aux trésors que j'ai découverts. Comme une évidence, je souris à tous ceux que je croise.

Je suis dans mes pensées quand, soudain, je bouscule une petite fille. Je la regarde étonné et vois une poupée qu'elle serre contre son cœur. Je n'aperçois pas de trou près d'elle. C'est du passé, c'est si loin. Elle m'invite à son jeu. C'est avec bonheur que je glisse sur les pavés mouillés de la ville. J'arrive à la dernière case et prend la fillette dans mes bras. Je suis si heureux qu'elle puisse vivre en paix, loin des gabardines. Je tourne dans les espaces pour propager ma joie au-delà de nos deux êtres. Je la repose et lui posant ma main sur le haut de sa tête. Elle est si petite que l'épaule est un peu trop loin. Nous nous sourions dans un au revoir qui a des signes de prochaines retrouvailles.

Je poursuis ma route quand je passe devant un bar aux lueurs aguichantes. J'entre et découvre une salle accueillante. Je me glisse vers le milieu de la salle et commande un verre. Chris Rea entame un « Driving home for Christmas » qui me donne des ailes. Bercé par sa voix enchanteresse, je revis mon voyage. Le temps s'écoule aux rythmes de mes émotions. Je vogue ainsi dans ce bonheur si nouveau pour moi. Partir de si loin, pour arriver ici. Que de souffrances mais que l'arrivée est belle. Je suis heureux d'être ici, maintenant. Je regarde la chaise en face de moi. Elle est vide, j'ai cette étrange impression que Hungalaï y est assis et me sourit. Je lui réponds par un sourire venu de mes profondeurs. Je sais que dans ce bar, nos âmes se sont souri. Je reste dans cette communion jusqu'au lever du jour.

A 5 heures du matin, je me lève, et me dirige vers la porte en souriant aux furtives rencontres. Je danse mes pas sur les pavés mouillés de la ville. J'avance au rythme enjôleur d'un rock de Chris Rea. Je vais vers le bonheur.

La brise aux senteurs de promise

Je continue ma route et arrive au port. Je monte à bord de Lü et reste dehors, sur le pont. J'attends sans attendre qu'il quitte cette terre d'accueil. Je suis un peu triste de quitter cette dernière escale.

Puis, je vois le vieil homme à la pomme arriver sur les quais du port. Il pose sa valise sur les pavés et s'assoit dessus en me regardant. Aux tremblements de Lü, je sais le départ imminent. L'homme me salue de la main. Je lui rends ce geste d'amitié et lui demande quand on se reverra et comment il s'appelle. Il se contente de sourire. Au loin, j'aperçois mon pêcheur, la femme qui était à ses côtés, l'homme sans son bâton, des enfants qui sautillent. Ils me saluent tous. A leurs côtés, un écureuil et un renard assis me regardent. L'homme à la valise jette à la mer une magnifique rose bleue.

Jusqu'à la nuit des temps, au-delà des éternels, je garderai en moi ce cadeau de la vie. Pour la deuxième fois, je vibre de sourires et de larmes. Je salue tous ces êtres dont je crois connaître le nom. Je souris à une caresse sur mon épaule.

Je ferme les yeux pour inscrire ce splendide tableau dans toutes les fibres de mon être. Je reste ainsi si longtemps que lorsque j'ouvre les yeux la mer a pris possession des lieux. Maintenant, le bateau étreint les vagues qui le caressent. Il coule son avancée dans la douceur d'un océan qui l'accueille avec bienveillance. Je vais où le destin m'appelle. Je me laisse porter au gré des flots. Au loin, une terre me fait signe, l'île aux bonheurs salue ma venue.

Accoudé à la rambarde, mon regard devine les paysages d'espérances et dans ma solitude, mon cœur s'entrouvre aux possibles d'un amour inconnu. Seul sur le pont, je souris à une femme qui n'a que le nom de promise. Elle est si proche que j'en sens les frôlements. Les yeux clos, je m'abandonne à elle.

Les nuages se lézardent pour offrir une peinture venue de très loin. Au-delà des temps, sa voix m'interpelle. Elle divulgue nos prochaines retrouvailles. Son sourire enfante l'unité qui nous attend. Ses caresses d'éternel me transportent dans la jouissance de nos êtres. Son corps se devine aux contours de nuées célestes. La grâce de son buste scintille des trésors de sa peau. Son visage s'incline dans une tristesse de bonté. Ses cheveux virevoltent aux tendresses de ces émotions. Tel un phénix aux naissances d'aimer, je me pose, avec délicatesse, sur son épaule. Je lui dédicace une rose aux bleutés de passion que je juche sur son aine. Un voile de candeur aux froncés de droiture épouse ses formes. Son âme rayonne de pureté et les anges la divinisent. La beauté s'immortalise aux traits de promise.

Le vent s'harmonise aux sons de connaissances éclairées. Des notes, telles des perles de rosée, me rappellent les secrets de l'amour, que chaque pas en suive la partition.

Je suis homme, tu es femme et notre union créera un nouveau monde. Celui d'hier ne sera plus, qu'il en soit ainsi. J'accueillerai ce nouveau qui vient de naître comme un cadeau. L'amour nous fera don de merveilles, il en est une que je bénirai à chaque instant. Le joyau de lire en toi comme dans un livre ouvert et celui que tu lises en moi comme dans un livre ouvert. Ma confiance en sera le passage. J'arroserai, chaque jour, la graine d'Osho Rajneesh. Sa fleur aux pétales d'absolus éclairera nos espaces. Je vénérerai, pour toi, cette vérité divine. Tu n'auras jamais tort et si, au hasard d'un instant fugace, il en était ainsi, j'irais dans mes profondeurs pour déceler le mal. J'y poserais mes savoirs pour grandir et perpétuer l'essence de ce bonheur.

Si les peurs sont le fléau des hommes, j'irai découvrir les tiennes. Je les accueillerai, les laisserai s'exprimer. En des temps où le jugement ne sera plus de mise, ma main soutiendra la tienne. Ma tendresse récoltera tes larmes jusqu'aux gouttes ultimes de tes souffrances d'avant.

S'il est des promesses de promise, qu'elles accostent aux escales de nos regards. Que ma plume s'arrête un instant pour simplement te dire que l'amour se propagera au-delà des mots ; que les silences en porteront les certitudes, que les absences aboliront les distances et que le mot fin ne trouvera son encre, car la communion de nos âmes perpétuera nos à bientôt.

S'il est des pardons de promise, qu'ils brillent de vérités. Que je t'accorde mon être dans sa nudité. Que les peurs qui me restent soient mon cheval de bataille. Que ma plume s'arrête un instant pour simplement te demander pardon d'une maladresse d'un demain évident.

Un zéphyr achemine une mélodie échappée de l'église Saint-Sernin. Le poète aux accents de ville rose me solfie deux vers aux accords de nos alliances : « Tu verras tous ceux qu'on croyait décédés reprendre souffle et vie dans la chair de ma voix jusqu'à la fin du monde ».

L'île aux bonheurs me tend les bras.

Je viens à toi au bout de cette longue traversée solitaire. Aux yeux du monde, tu es promise. Aux regards de mon cœur, nous sommes en pays de connaissance puisqu'on va se retrouver dans mon ignorance. Mon âme s'en amuse puisqu'elle connaît ton nom. Ma main se tend, au-dessus des flots, pour caresser ton visage qui me sourit déjà.

Tu es si proche, que je sens ton parfum…

Carnet de route vers l'île aux bonheurs

Septième escale... Bonjour, Nous

J'ai laissé plusieurs bagages sur place :

> je souffre des abandons.
> Je veux recevoir.
> J'ai besoin d'être aimé.

Tsien est comblée au-delà des espérances :

> le pardon est libérateur.
> L'Amour est le chemin de vie.
> Au-delà du pardon, est l'Amour inconditionnel.
> Plus tu donneras d'Amour, plus tu en recevras. C'est la loi.

Terre en vue

Pi, l'île aux bonheurs

L'envie vive, vivre la vie

La traversée tire, délicatement, sa révérence. En contemplant l'horizon, je repense à cette aventure qui m'enrichit de mille présents. Seul, j'ai posé pied sur un bateau aux destinées incertaines et les flots m'ont guidé vers l'île aux bonheurs.

Je commence à comprendre que si j'avais persisté dans la fuite, je serai resté dans la nuit aux enfers. En embarquant sur Lü, j'ai écouté mon intuition. Dans le désespoir du moment, j'ai osé le premier pas. Ensuite, la destinée a pris en mains les missions d'un gouvernail aux chemins libérateurs. Elle m'a vogué sur l'océan des au-delàs.

Je souris à cette pensée et retourne dans ma cabine. Je découvre, sur le bureau, une plume, un parchemin et une enveloppe. Hungalaï ne semble plus à bord, mais il est si proche que je crois deviner ce qu'il attend de moi.

Je m'assois sur la chaise qui m'invite et m'adosse à son dossier pour éterniser ce moment aux privilèges enchanteurs. Soudain, j'entends un léger bruit derrière moi. Je ne vois rien mais ressens une présence. Si Hungalaï était là, il me dirait certainement : « Peut-être vois-tu déjà la prochaine personne qui entrera, un jour, dans cette cabine ? ». Je souris à ce possible et prends le parchemin. Ma plume s'envole à la rencontre d'un inconnu ou d'une inconnue au demain évident. Je lui dédie ces quelques mots :

« Bonjour l'Ami,
Cela peut te paraître étrange, mais cette lettre t'est destinée. Si tu cherches à comprendre, tu iras vers la raison et là, tu risques de ne trouver aucune réponse. Par contre, si tu te laisses porter par ton intuition, tu peux franchir des portes qui te mèneront dans le monde des possibles.
Si, maintenant, tu lis ces mots c'est que tu as déjà posé pied dans ce monde merveilleux.
Je te souhaite la bienvenue, l'Ami…
Sache qu'aujourd'hui, je suis heureux car je viens de découvrir un trésor inestimable que j'ai envie de partager avec toi. Alors, je vais te conter mon histoire…
Un jour, il y a bien longtemps, je traînais mes pas dans la nuit aux enfers. La détresse était ma compagne de misère. Meskhenet, l'être que j'aimais, venait de partir. Je n'avais plus d'avenir et

j'errais vers un je ne sais où sans espoir. Au hasard d'un chemin, un bateau au nom de Lü m'a tendu les bras. Je suis monté à son bord puis entré dans la cabine 7. Là, j'ai fait la connaissance d'Hungalaï, un compagnon de voyage. Il m'a proposé de le suivre pour une croisière aux destinées enchanteresses. Il m'a fait l'offrande d'une traversée vers Pi, l'île aux bonheurs. Il m'a dit qu'elle était à la portée de tous et que pour l'atteindre, il suffisait de se laisser, tout simplement, guider.

Pour la première fois de ma vie je n'ai pas écouté la raison, j'ai suivi mon intuition. Hungalaï m'a ouvert les yeux et j'ai pu regarder au-delà des apparences. De la nuit aux enfers je suis arrivé à une destination insoupçonnable, la nuit aux sourires.

Pourtant, Meskhenet n'était pas revenue. Dans cette nuit aux enfers, je croyais que seul son retour pouvait me redonner vie. Mais, aux expériences de cette aventure, j'ai compris que l'amour pouvait être autre et qu'alors il était source de vie. J'ai appris à offrir aux vents la puissance du pardon. J'ai pu pardonner à Meskhenet, à mes parents, aux êtres de rencontre et à mon passé. Puis, je me suis pardonné et j'ai retrouvé mon innocence. J'ai ouvert mon cœur à l'amour et à des Nous que j'ai eu le privilège de découvrir.

S'il est un chemin qui glorifie la vie l'Ami, il en est un incontournable : « Plus tu donneras d'amour, plus tu en recevras. C'est la loi ». Que nos routes en parsèment nos demains.

Ce que j'ai appris durant ce voyage, je vais t'en faire part. Je vais te donner l'essentiel car si je devais tout te conter, il faudrait en écrire un livre.

Maintenant, l'Ami, je sais que je ne détiens pas la Vérité. Je n'ai que ma vérité du moment et elle peut évoluer et se transformer au fil du temps. Mon parcours est le mien et il peut être différent pour les autres. Ce que j'ai appris, je te le transmets. Mais sache que je ne te dis pas « Prends le même chemin ». Personne, en ce monde, ne détient cette Vérité. Croire détenir ce savoir, c'est se prétendre supérieur. Ce voyage m'a appris que seule l'humilité nous permet d'avancer et de communiquer aux autres nos expériences. Ce que je t'offre n'est qu'une proposition. Fais-en ce que tu en veux, l'Ami. Si elle t'apporte la petite lumière qui t'ouvre les portes de l'espoir, alors je serai comblé de bonheur.

Maintenant, l'Ami, je sais que plus on croit savoir moins on sait. La quête obsédante des réponses à nos pourquoi nous entraîne dans des méandres sans fin. Il est vain d'aller vers ceux qui prétendent détenir la vérité. Les vraies réponses sont devant nous. Elles nous sont offertes par les expériences de la vie et par les êtres de rencontre où le hasard n'a plus sa place. Les réponses me sont venues durant ce voyage par des êtres simples ; un pêcheur, des enfants au bord d'une plage, une femme qui lave son linge, un homme au bâton, un écureuil, un renard et même une rose. Un homme à mes côtés que je ne voyais pas et un savoir en moi dont j'avais oublié l'existence.

Maintenant, l'Ami, je sais que j'ai abandonné beaucoup de bagages du passé et qu'il m'en reste encore. Je dois continuer d'avancer aux rythmes d'une évidence. Voir pour comprendre, comprendre pour guérir, guérir pour grandir, grandir pour vivre et vivre pour aimer.

Maintenant, l'Ami, je sais qu'une première victoire n'est que le début de l'histoire. Le chemin est long pour vibrer à chaque instant de ce désir de donner et d'aimer. Les obstacles pointent leurs indécents chuchotements pour me détourner. Les doutes envahissent parfois les secondes, les minutes, voire les jours. Rien n'est acquis en ce monde où les murmures de la folie du passé s'embrasent dans les tréfonds de notre être.

Maintenant, l'Ami, je sais que le possible est en Moi. Que le voyage au-delà des apparences peut me libérer de mes peurs. Que la foi m'anime à chaque seconde pour perdurer la volonté de donner et d'aimer. Que la tolérance vienne au secours des désenchantements, des doutes et des peurs qui me sont propres.

Maintenant, l'Ami, je sais que si je vis dans le passé, je suis mort. Si je vis dans un avenir imaginaire, je suis dans l'illusion. J'aspire à ce que la lumière illumine mes ici et maintenant.

Maintenant, l'Ami, je sais que je peux grandir dans le présent, et ce jusqu'à mon ultime départ. A part ça, je ne sais pas grand-chose ou si peu. Sinon que ma vie et mon bonheur ne dépendent que de moi. Que parfois, la lumière nous est indispensable pour poursuivre notre route. Elle peut venir de partout mais l'essentiel est de savoir que la connaissance est en nous.

Maintenant l'Ami, je sais que je ne sais pas ce qui m'adviendra et viendra à moi dans une infime seconde. Ce pouvoir n'appartient pas à l'homme. Je commence à comprendre qu'il est, peut-être, entre les mains de ce que certains appellent le destin, d'autres le divin, Dieu, Allah, Bouddha ou tellement d'autres noms en fonction des origines. Mais, peut-être que nous parlons tous de la même source.

La traversée m'a fait don de ces cadeaux inestimables, l'Ami. Pi se rapproche. En posant pied sur cette nouvelle terre, il est des fortunes qui m'attendent. Je les espère, elles dessinent mes sourires. L'île aux bonheurs semble si proche que mon pied se tend vers elle. Sa vision est une réalité, mais le moment de l'accostage n'est qu'une hypothèse guidée par un demain de mon imaginaire. L'humilité devant la vie me fait sous-entendre que je souhaite arriver dans peu de temps, mais peut-être en sera-t-il autrement ? L'avenir m'en offrira la réponse, mais ça, c'est une autre histoire.

Maintenant, l'Ami, je sais qu'il est important de remercier les cadeaux de la vie. Alors, je remercie Lü qui fait partie de mon histoire et Pi qui est ma destinée. Je remercie tous les êtres de rencontre de ce merveilleux voyage, sans oublier, bien sûr, un petit écureuil à qui je dédis un sourire. Je remercie mon ami le temps. Je remercie le divin de son aide et de sa protection. Je remercie l'amour qui vibre, de nouveau, dans tout mon être.

Enfin, s'il est un baiser que je souffle aux vents, il est destiné à la femme au doux nom de promise que je remercie des bonheurs qui parsèment déjà nos chemins à la croisée évidente.

Maintenant, l'Ami, je commence à être en confiance car je ne suis plus seul, Hungalaï est à mes côtés et Yokayachi, le sourire à la vie, vibre en moi.

Maintenant, l'Ami, je sais que je suis porteur d'un des plus beaux trésors. J'ai posé un autre regard sur la vie et retrouvé ma Vraie Nature. Je me suis réconcilié avec mon passé, avec les autres et avec moi. J'ai observé mes expériences de vie pour métamorphoser ce que je croyais détresses en apprentissages. Je me suis dévêtu de mes préjugés et de ceux que les autres m'avaient imposés. Nu, j'ai ouvert les portes de mon cœur et depuis j'ai posé pied dans un nouveau monde. Celui qui va au-delà des apparences. Celui où l'on prend soin de soi. Celui où l'on sait s'oublier pour donner. Celui où l'on donne sans rien attendre en retour. Celui où l'on sait, tout simplement, que l'amour est l'essence même de la vie.

Maintenant, l'Ami, je sais qu'avant je ne pouvais pas trouver ce trésor. Pourtant, je l'ai si souvent cherché dans toutes les directions. Mais je le croyais ailleurs, dehors, chez les autres. En fait, il n'était pas si loin, il était en moi. Il est en Nous et quand on le trouve, l'Ami, on a cette étrange impression de se retrouver.

Si tu as envie d'aller à la quête de ce précieux trésor, l'Ami, reste à bord. Hungalaï viendra un jour ou l'autre. A moins que tu ne tendes l'oreille et n'écoutes ta petite voix intérieure. Si tu as un doute, je peux te dire que l'amour est une richesse au-delà des espérances et si, un jour, tu es à la croisée des chemins et que tu ne sais pas quoi faire, écoute ton cœur et tu sauras.

En ce moment où la plume verse ses ultimes gouttes, il m'est une dernière volonté avant que l'encre ne sèche, je scelle dans la chair de mes certitudes ces vers venus d'Orient :

*L'origine de toute souffrance en ce monde
est la quête de mon propre bonheur ;
l'origine de toute joie en ce monde
est la quête du bonheur d'autrui.*

Et j'inscris, humblement, dans chaque fibre de mon être, ce que ce voyage m'a dévoilé :

*Au-delà des peurs, les monstres ne sont qu'illusions,
au-delà des illusions il n'y a que paix.*

*Au-delà des souffrances, les tourments ne sont qu'épreuves,
au-delà des épreuves il n'y a que lumière.*

*Au-delà du pardon, les portes du cœur s'ouvrent,
au-delà de cette porte nous découvrons l'Amour.*

Que les dernières courbes des mots s'écoulent librement pour immortaliser dans mon cœur qu'au-delà des murmures de la folie du passé, ma plus belle histoire d'amour, c'est Nous.

Pour que nous puissions un peu, beaucoup, toujours, baigner dans la lumière de l'envie vive, vivre la vie.

Bonne route, l'Ami. »

Je plie le parchemin et le met dans l'enveloppe. Je la dépose avec délicatesse sur le bureau et quitte la cabine 7. Je glisse mes pas sur le pont du navire tout en savourant la douce fraîcheur du moment. Comme à mon habitude, je me pose contre la rambarde et contemple l'horizon qui m'attend.

Je souris à la vie et au prochain voyageur. Mon sourire se perpétue pour lui chuchoter à l'oreille :

Le bonheur existe, je viens de le rencontrer.

A tout à l'heure

Il est des usages et des convenances d'apposer, en cette dernière page, le mot « fin » paraphé d'un point final. Si je devais le faire, qu'il en soit ainsi pour certains murmures qui m'habitaient. Pour un Ego qui doit se taire pour donner naissance à ce Moi qui progresse aux litanies de l'envie vive, vivre la vie.

A vous, bagages abandonnés aux escales de cette traversée et à toi, partie de l'Ego qui m'empêchât, je vous marque de cet impossible retour : « FIN ». Mais il est ma croyance de la non fin.

Tout ce qui est n'est que la conséquence de ce qui était, et tout ce qui sera ne sera que la conséquence de ce qui est.

Si à la fortune d'un Aladin de passage il m'est offert trois vœux, je le prierai d'exaucer ces désirs profonds :

Que ma vie soit guidée par chaque mot de ce livre quels que soient les êtres, les circonstances ou les doutes.

Que le sourire et l'espoir viennent toucher, au moins, le cœur d'une lectrice ou d'un lecteur de hasard au terme de ce voyage.

Que si, dans une prochaine vie, une déraison fugace me faisait oublier le temps d'un instant l'encre de ma plume, que Dieu ne me condamne pas, mais que dans sa clémence, il me guide vers une échoppe de quartier. Que mon épaule bouscule une étagère et que de très haut un livre me tombe sur la tête. Que je puisse retourner auprès de la femme que j'aime pour découvrir, avec elle, ce nouveau compagnon de lecture : *« Au-delà des murmures de la folie du passé, ma plus belle histoire d'amour, c'est Nous ».*

J'ai été très heureux de partager cette traversée avec vous. Je vous remercie sincèrement de votre compagnie et vous dis :

A tout à l'heure...

Carnet de route vers l'île aux bonheurs

Terre en vue... Pi, l'île aux bonheurs

Je vois au loin, l'île aux bonheurs. Pi me tend les bras.

S'il est des mots de retenus, que ma plume s'incruste dans les fibres des nuages pour immortaliser que :

*Au-delà des murmures de la folie du passé,
ma plus belle histoire d'amour, c'est Nous.*

Au rendez-vous de la plume et du pinceau

Il est des rendez-vous qui nous dépassent. Le hasard semble absent quand deux âmes se sourient à la croisée des chemins. Du fond du cœur, je remercie la rencontre de merveille que la vie m'a offerte avec l'artiste peintre Christine Tison.

J'inscris sur cette page les mots de Bernard, un ami de Christine. Ils sont tellement enchanteurs qu'il est une évidence que je pose ma plume le temps d'un instant :

En toute humilité, l'artiste crée, avec pour ambition « Donner à ceux qui l'acceptent ». Sous son regard s'élabore la mystérieuse alchimie émotionnelle entre l'inspiration, la spiritualité, le conscient, l'inconscient, la lumière, les couleurs et surtout l'amour.

Son esprit s'envole, les mains sont l'expression de son âme, elles ont pour but de servir. Quand l'inspiration anime l'artiste, les mains répondent en silence. Si la toile est belle, elle contribue au bonheur des autres, de partage d'énergie, de sentiments. C'est tout simplement le chemin spirituel de l'artiste et du visiteur en recherche de lumière. C'est l'amour.

L'amour de l'artiste a été au rendez-vous de sa plume et de ses pinceaux pour faire don, à ce livre, de la lumière de ses dessins et de sa peinture qui illumine la couverture.

Vous pouvez aller à la rencontre de Christine Tison et de ses œuvres en voyageant sur son site internet :

www.christine-tison.com

Remerciements

Dans le courant des eaux de la vie, les jours passent et les rencontres vont et viennent. Tout est si habituel que souvent nous passons à côté de ceux qui croisent notre route. Nous oublions ou n'osons pas dire merci ou je t'aime. D'ailleurs, n'est-il pas étrange que le seul moment où nous prenons vraiment conscience de l'importance d'un être est celui où nous lui disons au revoir pour l'ultime voyage ?

Alors, en ce jour de bonheur où les pages de ce livre vont me quitter pour aller à la rencontre d'inconnus, je tiens à inscrire ces quelques mots pour tous ceux qui comptèrent pour moi et qui compteront encore au-delà des visibles...

- A mon père et ma mère, Edouard et Renée Marchal, qui m'ont transmis leurs valeurs. A ce passé aux murmures incertains en leur temps et libérateurs aujourd'hui. A cette enfance de famille qui m'a ouvert les portes de l'amour. A ces deux êtres de merveilles et à ce prochain rendez-vous si évident.

- Au chirurgien Jean-Noël Loury de l'hôpital de Chambéry qui, par sa compétence et son humanité, m'a offert cette chance inestimable de traverser des épreuves du corps tout en le préservant dans son intégrité. A tous ces moments de bonheur qui ont leur existence dans ma nouvelle vie que je lui dois.

- Aux trois grâces qui ont été là au seul moment de vie où il faut être là...

- à Claire Montmasson, sœur d'âme, qui m'a soutenu au-delà des possibles. A ce moment hors du temps où elle a trouvé l'introuvable et m'a, ainsi, guidée jusqu'aux portes de la vie,

- à Agnès Fougnies qui a contribué à l'intégrité de mon corps et à son éternel soutien,

- à Catherine Maillet qui m'a fait l'offrande de sa précieuse présence. Je dédie un sourire d'éternité pour une rose au nom de Dame Blanche.

- A Charlette pour ce qu'elle est dans son âme et dans mon être.

- Aux femmes qui ont traversé ma vie m'apportant le bonheur d'aimer et d'être aimé avec une réelle tendresse pour Martine.

- Aux docteurs Dominique Moniot et Jean Michel Paulet d'Aix-les-Bains qui ont en commun cette richesse de savoirs et de grandeur du cœur.

- A Annie Cagnon à qui, un jour de hasard, mon cœur a donné ce doux nom de *« Maman deux »*.

- A Marie Juliette Tachet des Combes qui m'offre le plaisir, à chaque visite, de côtoyer la grâce, l'élégance et le raffinnement de tous les instants.

- Aux êtres qui brillent de la lumière divine et tout particulièrement à ma grand-mère Jeannon.

- A mes amis pour qui l'amitié est un enchantement de tous les instants, à Jean-Pierre et Martine Elsenshon, à Patrick et Agnès Fougnies, à Danielle et Richard Fourré, à Frédéric Gaudillat et Patricia Gauthier, à Jocelyne Joly, à Claire Montmasson, à Odile Robelin, à Gérard de Santis et tant d'autres…

- A tous les êtres de rencontres qui m'ont apporté, par leur attitude, leur écoute et leur conseil ces rayons de lumière si précieux à la vie…

- A tous les êtres de rencontres qui ont, par leurs attitudes négatives, voire destructrices, amplifiés mes murmures pour me permettre, ainsi, d'appréhender la tolérance et la compassion.

- A Laurent Voulzy, à qui je dois ces parenthèses de vie où j'ai fait escale en des lieux de rêves en me laissant guider par ses harmonies et ses mots. Sans oublier, les poètes chanteurs qui font vibrer mes émotions pour me transporter au-delà du présent tel que Barbara, Brel, Brassens, Nougaro, Souchon et tant d'autres...

Références

Eilen Caddy	*La petite voix*
Péma Chödrön	*Entrer en amitié avec soi-même*
Sa Sainteté le Dalaï-Lama	*L'harmonie intérieure*
	Leçons de sagesse
	Vaincre la mort et vivre une vie meilleure
	Les chemins de la félicité
	L'art de la compassion
	L'art du bonheur
	Le sens de la vie
Bernard Duchatelle	*Initiation à la guerre intérieure*
Milton Erickson	*Ma voix t'accompagnera*
Guy Findley	*Le lâcher prise*
	Les clefs pour lâcher prise
Vénérable Hénépola Gunaratana	*Méditer au quotidien*
Thich Nhat Hanh	*Le cœur des enseignements du Bouddha*
	L'enfant de pierre
	La plénitude de l'instant
François Lelord	*Les contes d'un psychiatre ordinaire*
Chrisna Murti	*Commentaires sur la vie*
	Tome 1
	Tome 2
	Tome 3
Osho Rajneesh	*Mon chemin, le chemin des nuages blancs*
Soygal Rinpoché	*Le livre tibétain de la vie et de la mort*
Swani Satyananda	*Yoga nidra*
Baird T. Spalding	*La vie des maîtres*
	Treize leçons sur la vie des maîtres
Richard Wilhem	*Yi-King - Le livre des transformations*

Carnet de route vers l'île aux bonheurs

Mots de Laurent Voulzy 9
Préface de Philippe Loron 11
Avant mots de l'auteur 17

Les pavés de la ville
       La nuit aux enfers 21
       La nuit aux sourires 22
       Le pourquoi des anges 24

L'envol de la plume
       L'envol de la plume 29

La croisée des chemins
       Le glissement des nuages 39
       Un chemin de savoir 43

La route vers l'île

Avant le départ
       La métamorphose de Monsieur Non 51
       A tout de suite 56

Invitation au voyage
       Espérances marines 61

Première escale... La rencontre du possible
       Le possible est en nous 67
       Etre l'auteur de notre vie 72
       Hâtez-vous lentement 78
       Première victoire, début de l'histoire 84

Seconde escale... Le manège désenchanteur
       L'histoire sans fin 93
       Les pas interdits 99
       Les soi-disant 102
       Les fuites des non-retours 108

Troisième escale... Le doigt sur les aiguilles

- Arrêtons les aiguilles 121
- La distribution des rôles 125
- Si nous parlions de nous 128
- Derrière le miroir 131
- La maison des coupables 141
- La maison des innocents 144
- Nous sommes innocents 146

Quatrième escale... Bonjour, Amour

- Visions d'un port 153
- Le fils coupable 155
- L'illusion incomprise 158
- A la rencontre d'une mère 160
- Si l'amour m'était conté 165
- Le fils innocent 168
- Le banc chérissant 170

Cinquième escale... Bonjour, Moi

- Changement de cap 179
- Les sons du lointain 180
- Les marques de l'histoire 183
- Si le malheur m'était conté 186
- Les empreintes de l'enfance 189
- Ces Nous qui nous habitent 192
- Les pièges de l'Ego 195
- Les portes du temps 197
- Le blanc et le noir nous vont si bien 201
- Les lois du Karma 204
- En pays de connaissance 207

Sixième escale... Bonjour, Madame la Peur

- La traversée du pont 213
- Peur, cette inconnue 216
- A la rencontre de la peur 219
- Si nous traversions 221
- L'amour au-delà des peurs 226
- La citadelle de Rahoub 230
- Les jours et les nuits 234

Septième escale... Bonjour, Nous
- Conscience marine 241
- Le vieil homme et la pomme 242
- Au-delà du pardon 249
- Aimer dans la lumière 252
- Ma plus belle histoire d'amour, c'est Nous 255
- Si vous en doutiez 257
- Le chemin des larmes de vie 262
- Les pavés aux sourires libérateurs 265
- La brise aux senteurs de promise 266

Terre en vue... Pi, l'île aux bonheurs
- L'envie vive, vivre la vie 273
- A tout à l'heure 278

Au rendez-vous de la plume et du pinceau 280

Remerciment 281

Références 283

Pour joindre l'auteur :

site : www.jacquesmarchal.fr
blog : jacquesmarchal.over-blog.com
Email : livre1@jacquesmarchal.fr

Composition Cléopas
Editions Cléopas
11, avenue de Grande Rive, 74500 Evian
www.cleopas.fr